Diogenes Taschenbuch 21078

AF186175

GUY DE MAUPASSANT, geboren 1850 auf Schloss Miromesnil in der Normandie geboren, arbeitete nach einem abgebrochenen Jura-Studium als Beamter in Paris. Gleichzeitig begann er mit ersten literarischen Arbeiten, unterstützt und geformt von Gustave Flaubert, dem Jugendfreund seiner Mutter. Sein psychischer Zustand verschlechterte sich zusehends, bis er schließlich in eine psychiatrische Klinik eingewiesen werden musste. Maupassant starb 1893 in Pass bei Paris. Er gilt als Begründer der modernen Kurzgeschichte; er hat fast 300 davon geschrieben.

Guy de Maupassant

Das Haus Tellier

und andere Erzählungen

Aus dem Französischen von
Georg von der Vring

Diogenes

Covermotiv:
Henri de Toulouse-Lautrec, ›Reine de Joie‹
1892 (Ausschnitt)

Veröffentlicht als Diogenes Taschenbuch, 1983
Alle Rechte an dieser Ausgabe vorbehalten
Copyright © 1983
Diogenes Verlag AG Zürich
www.diogenes.ch
ASR/22/852/5
ISBN 978 3 257 21078 1

Inhalt

Jeden Sonntag, sobald sie dienstfrei waren, machten sich die kleinen Soldaten auf den Weg.

Am Kasernentor wandten sie sich rechts und durchquerten mit gestreckten Schritten, als wären sie auf einem Übungsmarsche, den Ort Courbevoie; lagen die letzten Häuser hinter ihnen, so folgten sie, nun schon gemächlicher, der heißen und staubigen Landstraße, die nach Bezons führt.

Sie waren klein und schmächtig. Sie verschwanden fast in ihren zu weiten und zu langen Uniformröcken, deren Ärmel ihnen bis über die Hände reichten. Die weiträumigen roten Hosen behinderten sie; wollten sie schnell marschieren, so mußten sie ganz breitbeinig gehen. Die steifen und steilen Tschakos verdeckten den größten Teil ihrer Gesichter. Es waren zwei knochige bretonische Gesichter mit stillen und sanften blauen Augen. Ihr Ausdruck war sehr einfältig, von einer geradezu tierischen Einfalt.

Während des ganzen weiten Weges schwiegen sie. Sie dachten an das gleiche. Es wäre überflüssig gewesen, davon zu sprechen. Sie hatten nämlich am Eingang des Gehölzes Des Champioux eine Stelle gefunden, die sie an ihre Heimat erinnerte. Dorthin wollten sie.

An der Straßenkreuzung zwischen Colombes und Chaton, wo man unter Bäume kommt, nahmen sie die drückenden Tschakos ab und trockneten sich die Stirn.

Auf der Brücke von Bezons blieben sie immer eine Weile stehen, um auf die Seine hinunterzuschauen. Sie standen da, zwei oder drei Minuten lang, und lehnten sich gegen die Brüstung. Mit besonderer Aufmerksamkeit betrachteten sie das weite Becken von Argenteuil, auf dem die weißen und geneigten Segel der Kutter kreuzten. Dies Bild mochte sie an die bretonische See erinnern, an den Hafen von Vannes,

aus dessen Umgegend sie stammten, und an die
Fischerboote, die an der Küste von Morbihan entlang
auf das hohe Meer hinausfuhren.

War die Seine überschritten, so kauften sie beim
Metzger, beim Bäcker und beim Weinhändler ihr
Frühstück ein. Ein Stück Wurst, für vier Sous Brot,
eine Literflasche roter Landwein bildeten den Mund-
vorrat, den sie in ihren Taschentüchern mitführten.
Alsdann, hinter dem Dorfe, verlangsamten sie den
Schritt mehr und mehr. Es begann jetzt eine Unter-
haltung.

Vor ihnen lag eine mit Baumgruppen übersäte
Ebene. Sie erstreckte sich bis an jenes gewisse kleine
Gehölz, das die beiden an den heimatlichen Wald
von Kermarivan erinnert hatte. Roggen und Hafer
säumten den schmalen Pfad. Das frische Grün der
Halme stand sehr dicht. Und Jan Kerderen sagte
dann jedesmal zu Lucian Le Ganidec:

»Genau wie bei Plonivon.«

»Ja, genauso.«

Sie gingen nebeneinander weiter. Die Erinnerungen an ihr Land daheim überfielen sie. Diese Erinnerungen waren so feurig bunt und so einfältig wie
jene billigen kolorierten Bildchen, die man kennt.
Oh, alles war wie zu Hause! Hier meinen sie einen
wohlbekannten Feldrain wiederzusehen, dort eine
Hecke, drüben ein Stück Heide, eine Wegbiegung,
ein Kreuz aus Granit.

Bei einem bestimmten Grenzstein blieben sie jedesmal stehen, weil er den Keltensteinen von Locneuven
so sehr ähnelte.

Wenn sie die ersten Baumgruppen erreichten, pflegte
Lucian Le Ganidec eine Haselgerte zu pflücken. Im
Weitergehen löste er die Rinde ganz behutsam ab
und dachte dabei an seine Leute daheim.

Jan Kerderen trug den Eßvorrat.

Von Zeit zu Zeit nannte Lucian einen Namen,
oder er erinnerte mit ein paar Worten an ein Ereignis

aus ihrer Kindheit, worauf sie wieder in langes
Nachdenken versanken. Und ihr Land, das ferne
teure Land, gewann sie zurück, es erfüllte sie und
stand vor ihnen, über alles Trennende hinweg, mit
seinen Formen, seinen Geräuschen, den weiten Hori-
zonten und dem Geruch der grünen Flächen, über die
der Meerwind hinbraust.

Sie spürten nicht mehr den Gestank des Pariser
Schmutzes, mit dem die Äcker der Bannmeile gedüngt werden, sondern atmeten den Duft des blühenden Ginsters, den eine salzige Seebrise herüberträgt.
Und die Segel der Kähne drüben hinterm Ufer ver-
wandelten sich für sie in die Segel von Küstenfahrern,
wie sie daheim, von ihren Elternhäusern aus gesehen,
hinter der Ebene auftauchten.

So schlenderten sie dahin, Lucian Le Ganidec und
Jan Kerderen, und waren froh und traurig zugleich.
Ein leiser Kummer begann sich in ihnen zu regen. Es
war der träge und nagende Gram der eingesperrten
Kreatur, die sich erinnert.

Und wenn Lucian die Rinde von der schlanken
Gerte abgelöst hatte, langten sie bei der Waldecke
und bei ihrem Sonntagsplatz an.

Sie holten sich die beiden Steine, die in einem Ge-
büsch versteckt lagen, machten aus trockenem Holz
ein Feuerchen und ließen die Wurst auf den Spitzen
ihrer Messer darüber brutzeln.

Und wenn sie dann gefrühstückt und ihr Brot bis
auf das letzte Krümchen verzehrt und ihren Wein bis
auf den letzten Tropfen getrunken hatten, saßen sie
schweigend nebeneinander im Gras. Ihre schläfrigen
Blicke waren in die Weite gerichtet und die Hände
wie bei der Messe gefaltet. Neben ihren roten Beinen
flammte der rote Mohn. Das Leder ihrer Tschakos und
das Metall ihrer Knöpfe blitzte in der Sommersonne,
und die Lerchen, die singend über ihren Köpfen
schwebten, sahen es und unterbrachen ihren Gesang.

Gegen Mittag begannen sie ihre Blicke nach dem

Dorfe Bezons hinüber zu richten, denn die Kuhmagd kam gegangen.

Sie kam jeden Sonntag an ihnen vorüber. Sie mußte ihre Kuh melken und versorgen. Es war die einzige Kuh, die in dieser Gegend zu sehen war. Sie weidete die schmale Wiese ab, die sich am Waldrande hinzog.

Sie bemerkten die Magd sofort, denn sie war ja das einzige menschliche Wesen weit und breit. Wie schön die Sonne auf ihrem Eimer blinkte! Sie sprachen nicht über sie. Sie freuten sich nur darüber, daß sie vorbeikam. Warum sie sich freuten, wußten sie nicht.

Es war ein schlankes und kräftiges Mädchen mit einem sonnverbrannten Gesicht. Sie war nicht auf den Mund gefallen. Einmal, als sie die beiden wieder an ihrem Grasplatz erblickte, sagte sie zu ihnen:

»Tag ... Sitzt ihr hier denn immer?«

Lucian Le Ganidec nahm allen Mut zusammen und stotterte:

»Ja, wollen 'n bißchen ausruhen.«

Das war alles. Aber am folgenden Sonntag mußte sie doch lachen. Sie lachte gutmütig und herzlich über die beiden komischen Burschen. Und dann fragte sie:

„Was macht ihr da bloß? Zusehen, wie das Gras wächst?«

Lucian sagte lächelnd: »'n kleines bißchen.«

Sie meinte: »'s geht aber nicht schnell, was?«

Er mußte lachen und erwiderte: »Das nicht grade.«

Dann war sie vorbei. Aber als sie mit ihrem milchgefüllten Eimer zurückkam, trat sie zu ihnen und sagte:

»Wollt ihr einen Tropfen davon? Ihr könnt ja denken, 's wär von daheim.«

Sie war vom Lande wie die beiden Bretonen und lebte vielleicht wie sie in der Fremde. So hatte sie das rechte Wort gefunden.

Die beiden kamen in Bewegung. Darauf goß sie ihnen vorsichtig ein wenig Milch in das Literglas, in dem der Wein gewesen war. Lucian trank als erster, in kleinen Schlucken. Von Zeit zu Zeit setzte er ab, um nachzuschauen, ob er nicht schon zuviel genommen hätte. Dann reichte er Jan die Flasche.

Die Magd stand, die Hände auf die Hüften gesetzt, vor ihnen und wartete neben ihrem Eimer. Es machte ihr Freude, zuzusehen, wie sie tranken.

Als sie dann fortging, rief sie: »Also, lebt wohl; bis nächsten Sonntag!«

Und sie folgten ihr mit den Blicken, solange sie zu sehen war; kleiner und kleiner wurde ihre Gestalt; und dann war nur noch das Grün der Felder da.

Als sie eine Woche später die Kaserne verließen, sagte Jan zu Lucian:

»Sollen wir ihr nicht was kaufen?«

Es war nun nicht ganz leicht, zu ermitteln, was für die Kuhmagd das richtige wäre.

Lucian meinte: ein Stück Leberwurst. Jan erklärte sich für Karamellen, denn er war selbst ein Freund von Süßigkeiten. Sein Vorschlag wurde angenommen, und also kauften sie bei einem Krämer für zwei Sous weiße und rote Bonbons.

Sie waren schneller als sonst mit dem Frühstücken fertig und saßen in unruhiger Erwartung da.

Jan entdeckte sie zuerst: »Da ist sie«, sagte er. Lucian nickte: »Ja, da ist sie.«

Sie lachte schon von weitem, als sie die beiden erblickte, und rief:

»Na, geht's euch gut?«

Sie antworteten wie aus einem Munde:

»Und Ihnen auch?«

Dann begannen sie zu plaudern. Sie sprach mit ihnen über das Wetter und über die Ernte, auch über ihre Brotgeber drüben.

Die beiden wagten es nicht, ihr von den Bonbons anzubieten, die in Jans Tasche steckten. Endlich faßte sich Lucian ein Herz. Er murmelte:

»Wir haben Ihnen was mitgebracht.«

Sie fragte: »Was denn aber?«

Darauf zog Jan die spitze Papiertüte hervor und hielt sie ihr hin. Er war bis über die Ohren rot geworden.

Sie nahm Platz und begann die süßen Kugeln zu lutschen. Sie ließ sie aus einer Backe in die andere rollen, wobei sich die Stelle, an der so eine gerade steckte, deutlich ausbeulte. Die beiden Soldaten neben ihr schauten sie still und versunken an.

Dann mußte sie die Kuh melken gehen und gab ihnen auf dem Rückwege noch von der Milch zu trinken.

Sie dachten die ganze Woche an sie und sprachen auch manchmal von ihr. Am folgenden Sonntag saß sie wieder bei ihnen im Gras. Man plauderte zutraulich miteinander. Die Augen waren in die Ferne gerichtet und die Hände um die Knie gefaltet. Sie erzählten sich kleine Begebenheiten aus den Dörfern ihrer Heimat. Die Kuh aber, die ihre Magd aufgehalten sah, reckte den schweren Kopf mit den feuchten Nüstern nach ihr hin und ließ langgezogene Rufe erschallen.

Die Magd fand auch nichts dabei, mit ihnen einen Bissen zu essen oder einen Schluck Wein zu trinken. Als die Pflaumenzeit da war, brachte sie ihnen in der Tasche Pflaumen mit. Ihre Gegenwart munterte die beiden kleinen Soldaten aus der Bretagne auf, und sie konnten jetzt schwatzen wie die Vögel.

An einem Dienstag nahm Lucian Le Ganidec Abendurlaub und kehrte erst um zehn Uhr zurück. Das war bisher nicht vorgekommen.

Es beunruhigte Jan. Er fragte sich überdies, warum sein Kamerad wohl so lange ausgeblieben wäre.

Am darauffolgenden Freitag lieh sich Lucian zehn Sous von seinem Bettnachbar, ging zur Schreibstube und holte sich die Erlaubnis, für einige Stunden fortzugehen.

Und als er sich dann mit Jan für den Sonntagsspaziergang fertig machte, war er wie umgewandelt, überaus lustig und aufgeregt. Kerderen begriff nicht, warum; doch kam ihm eine Ahnung.

Sie sprachen gar nicht miteinander, auch nicht, als sie an ihrer gewohnten Stelle im zerdrückten Grase saßen. Sie frühstückten ohne rechte Lust. Keiner hatte Hunger.

Dann erschien die Magd. Wie an den früheren Sonntagen schauten sie ihr entgegen. Als sie nahe herangekommen war, stand Lucian auf und trat auf sie zu. Sie setzte ihren Eimer nieder und umarmte ihn. Sie umarmte ihn heftig, sie fiel ihm geradezu um den Hals. An Jan schien sie nicht einmal zu denken, denn sie sah ihn überhaupt nicht an.

Er aber saß völlig verwirrt da, der arme Jan. Er war so verstört, daß er gar nichts begriff. Sein Herz brach ihm, aber er wußte es noch nicht.

Dann setzte sich die Magd an Lucians Seite nieder, und sie begannen zu plaudern.

Jan sah an ihnen vorbei. Er begriff jetzt, weshalb sein Kamerad sich während der letzten Woche zweimal Urlaub hatte geben lassen. Drinnen, tief in ihm, rührte sich ein brennender Schmerz, als wäre da eine Wunde oder ein Riß. Sie hatten ihn verraten, das war es.

Lucian und die Magd machten sich dann auf, um die Kuh zu versorgen.

Jan starrte ihnen nach. Schulter an Schulter schritten sie dahin. Die rote Hose des Kameraden leuchtete wie Feuer herüber. Jan sah, daß Lucian den Schlegel nahm und den Pflock einschlug, an dem die Kuh festgemacht wurde.

Die Magd setzte sich und begann zu melken. Sie streichelte dem Tier den kantigen Rücken. Danach ließen sie den Eimer im Grase stehen und gingen in den Wald.

Jetzt war nur noch die Blätterwand zu sehen, die sich hinter ihnen geschlossen hatte. Eine schwere

Traurigkeit legte sich auf Jan. Er versuchte erst gar
nicht, sich zu erheben; er würde auf der Stelle nie-
dergefallen sein.

Nach einer Weile sah er sie aus dem Walde zurück-
kehren. Sie gingen langsam, Hand in Hand, wie die
Verlobten in den Dörfern zu gehen pflegen. Lucian
trug ihr dann den Eimer.

Mit einer letzten Umarmung trennten sie sich. Die
Magd ging davon, ohne Jan eines Grußes oder eines
Lächelns zu würdigen. Sie vergaß sogar, ihm von der
Milch anzubieten.

Die beiden kleinen Soldaten saßen dann wieder
nebeneinander, unbeweglich wie immer, und sie
schwiegen.

Ihre Gesichter verrieten nicht, was in ihren Herzen
vorging. Die Sonne beschien sie. Von Zeit zu Zeit
brüllte die Kuh zu ihnen herüber.

Zur gewohnten Stunde erhoben sie sich, um den
Rückweg anzutreten.

Lucian zupfte sich eine Gerte zurecht. Jan trug die
leere Literflasche. Er lieferte sie beim Weinhändler
von Bezons ab. Darauf betraten sie die Brücke und
blieben, wie an jedem Sonntag, auf ihrer Mitte
stehen, um sich eine Weile das Strömen des Wassers
zu betrachten.

Jan neigte sich vor, er beugte sich weiter und weiter
über die eiserne Brüstung, als hätte er da unten in der
Strömung etwas entdeckt, dem er nachschauen wollte.
Lucian sagte zu ihm: »Willst du dir da 'nen Affen
antrinken?« Bevor er aber das letzte Wort aussprechen
konnte, stürzte Jan kopfüber hinunter. Er überschlug
sich in der Luft, und dann fiel der kleine blaurote
Soldat wie ein Stein auf das Wasser und ging unter.

Lucian blieb der Angstschrei im Halse stecken. Er
sah, daß sich drüben in der Strömung etwas bewegte,
ganz kurz erschien der Kopf seines Kameraden an
der Oberfläche und versank wieder.

Dann, noch weiter weg, bemerkte er von neuem

etwas. Es war eine Hand, eine einzelne Hand. Sie tauchte aus den Wellen auf und war verschwunden. Dann nichts mehr.

Die Schiffer, die herbeieilten, konnten die Leiche an diesem Tage nicht mehr bergen.

Lucian kehrte allein zur Kaserne zurück, in vollem Lauf und wie von Sinnen. Er erzählte dort das Vorgefallene. Die Tränen flossen ihm reichlich, und er schluchzte sehr. Immer wieder mußte er sich die Nase putzen. »Er hat sich vorgebeugt ... hat ... sich zu weit vorgebeugt ... und der Kopf machte 'nen Purzelbaum ... und ... und ... und da fällt er ... da fällt er runter ...«

Mehr brachte er nicht heraus, denn die Kehle war ihm wie zugeschnürt. – Wenn er gewußt hätte ...

Wenn die ersten schönen Tage kommen und die Erde zu neuem Leben erwacht, wenn die laue Luft unser Gesicht streift, in die Lungen eindringt und bis an das Herz zu rühren scheint, keimt in uns die Hoffnung auf ein nie gekanntes Glück: wir möchten die Tage durchschwärmen, die Fernen erwandern, Abenteuer erleben und dabei den ganzen Frühling in uns einsaugen.

Da der Winter streng und lang gewesen war, bis gegen Mitte Mai, so brach dieser Rausch um so plötzlicher und heftiger aus mir hervor.

Eines Morgens, beim Aufwachen, erblickte ich durch mein Fenster, über die Nachbarhäuser hinweg, das weite blaue Feld des sonndurchstrahlten Himmels. Vor den Fenstern sangen die Kanarienvögel wie besessen; in allen Etagen trällerten die Kindermädchen, und von der Straße drang ein fröhlicher Lärm herauf. Festlich gestimmt verließ ich das Haus, um wohin zu kommen? und was zu erleben?

Alle Menschen, die mir begegneten, sahen fröhlich aus; einen Freudenschrei, ein heißes Himmelslicht hatte der wiedererwachte Frühling der Welt gebracht. Die Stadt lag wie von Liebe überflossen; und die jungen Frauen, die in ihren Morgenkleidern vorübergingen, Zärtlichkeit in den Augen, Anmut im Gang, machten mir heftiges Herzklopfen.

Ohne Ziel streifte ich umher und stand plötzlich am Seineufer. Dampfboote fuhren nach Suresnes hinunter. Kaum sah ich sie, so packte mich eine unbändige Lust, draußen in den Wäldern herumzustreifen.

Das Deck der „Mouche" wimmelte von Ausflüglern. Die erste Sonne hatte sie hervorgelockt. Nun schauten sie in die Runde, gingen auf und ab oder plauderten mit den Nachbarn.

Neben mir saß ein junges Mädchen; es war offenbar eine kleine Arbeiterin, von echt Pariser Anmut,

mit einem reizenden blonden Köpfchen und Locken
an den Schläfen; ihr Blondhaar floß wie gekrautes
Licht zu den Ohren hin, lief, dort vom Luftzug be-
rührt, auf den Nacken hinunter und endete in einen
Flaum, so blond, so fein, so verschwebend leicht –
daß ein Kuß auf diese Stelle – tausend Küsse auf
diese Stelle nicht genügt haben würden, um mein
Verlangen zu stillen.

Da ich sie beharrlich ansah, wandte sie den Kopf
her, senkte aber sogleich die Augen, wobei ein kaum
sichtbares Grübchen, ein Lächeln, das entstehen will
und noch nicht entsteht, in ihren Mundwinkeln erschien. Und auch das Grübchen am Munde hatte jenen
feinen und seidigen Flaum, und ein Sonnenschimmer
von Goldstaub lag darauf.

Der Fluß wurde breiter. Eine heiße Freude hing in
der Luft, ein pulsendes Leben füllte den Raum.

Meine Nachbarin hob die Augen, und diesmal, da
ich sie lange ansah, lächelte sie deutlich. Sie war so
reizend, und in ihrem flüchtigen Blick wurden mir
tausend Geheimnisse offenbar, die mir bislang ver-
borgen gewesen waren. Ich sah in unerschlossene
Gründe der Seele, in den dichten Zauberwald der
Leidenschaften und der Poesie, von denen wir immer träumen, und erkannte das Glück, nach dem ich
so lange ohne Unterlaß gesucht hatte. Und mich ergriff das unbezwingbare Verlangen, sie in meine
Arme zu nehmen, sie irgendwohin zu tragen und
ihr die zartesten und köstlichsten Liebesworte ins Ohr
zu hauchen.

Eben war ich im Begriff, sie anzusprechen, als jemand meine Schulter berührte. Ich drehte mich überrascht um; vor mir stand ein alltäglich aussehender
Mann, weder jung noch alt, und sah mich mit trüb-
seliger Miene an.

»Ich muß Sie sprechen«, murmelte er.

Da ich ein abweisendes Gesicht machte, fügte er
hinzu: »Es ist wichtig.«

Ich erhob mich und folgte ihm an die andere Bordseite.

»Mein Herr«, begann. er, »wenn der Winter mit seiner Kälte herannaht und Regen und Schnee bringt, dann sagt Ihnen Ihr Arzt Tag für Tag: ›Halten Sie die Füße warm, denken Sie an Erkältungen, an Schnupfen, an Hals- und Brustfellentzündungen.‹ Darauf suchen Sie vorzubeugen, Sie ziehen Flanellwäsche an, dickes Unterzeug, hohe Stiefel, was Sie indessen nicht unbedingt davor schützt, daß Sie zwei Monate im Bett verbringen müssen. Aber wenn der Frühling mit Laub und Blumen wiederkehrt, mit seinen warmen und erschlaffenden Düften, dem Atem der Wiesen, der Ihnen eine leicht zu übersehende Unruhe, eine völlig grundlose Rührung zuträgt, dann ist niemand da, der zu Ihnen kommt und Ihnen sagt: ›Mein Herr, nehmen Sie sich vor der Liebe in acht! Sie liegt jetzt überall im Hinterhalt; sie lauert in allen Winkeln; ihre Arglist stellt Ihnen Fallen; ihre Messer sind schon gewetzt; ihre ganze teuflische Gemeinheit ist im Anzuge! Hüten Sie sich vor der Liebe!… Hüten Sie sich vor ihr! Sie ist gefährlicher als ein Schnupfen und als eine Hals- und Brustfellentzündung! In der warmen Jahreszeit verführt sie alle Welt zu Streichen, die in der kälteren nicht wiedergutzumachen sind. Sie gibt keinen Pardon!‹ Mein Herr, ich bin der Meinung, daß die Regierung in jedem Jahr weit sichtbare Aufrufe an den Mauern anbringen lassen sollte, die so lauten: ›Der Frühling ist da. Bürger Frankreichs, hütet euch vor der Liebe‹; genauso, wie man an die Haustüren schreibt: ›Achtung, frisch gestrichen!‹ – Da nun aber die Regierung versagt, trete ich an ihre Stelle und rufe Ihnen zu: Hüten Sie sich vor der Liebe; da sie im Begriff ist, Sie zu packen, so sehe ich es als meine Pflicht an, Sie im letzten Augenblick zu warnen; vielleicht wissen Sie, daß man in Rußland dazu verpflichtet ist, einen Begegnenden darauf aufmerksam zu machen, daß ihm die Nase zu erfrieren beginnt.«

Ich stand höchst erstaunt vor diesem seltsamen Fremden und sagte dann von oben herab zu ihm: »Mein Herr, es kommt mir so vor, als mischten Sie sich in Dinge, die Sie nichts angehen.«

Er machte eine heftige Bewegung und antwortete: »O mein Herr! Mein Herr! Wenn Sie bemerken, daß ein Mensch an einer gefährlichen Stelle schwimmt – dürfen Sie schweigen? Dürfen Sie ihn zugrunde gehen lassen? Geben Sie acht, und hören Sie meine Geschichte; Sie werden alsdann begreifen, warum ich gewagt habe, so zu Ihnen zu sprechen.

Es war vor einem Jahre, um diese Zeit. Vielleicht darf ich Ihnen vorher noch mitteilen, daß ich Beamter im Marineministerium bin, in dem unsre Vorgesetzten, die Kommissare, sich von ihren Federfuchser-Offizierstressen so verblenden lassen, daß sie uns wie Kulis behandeln. – Ach, daß doch alle Vorgesetzten Zivilisten wären! Nun, ich schweife ab. – Also ich entdeckte eines Tages von meinem Büro aus einen kleinen tiefblauen Zipfel vom Himmel, über den die Schwalben dahinflogen; und mich ergriff die Lust, mitten zwischen meinen traurigen Mappen einen Tanz auszuführen.

Mein Freiheitsdrang wuchs derartig, daß ich trotz des Widerwillens, den ich gegen ihn hege, zum Alten ging. Es ist ein kleiner, allzeit aufgebrachter Brummbär. Ich melde mich bei ihm krank. Er fühlte mir auf den Zahn und knurrte dann: ›Ich glaube Ihnen nicht, mein Herr. Scheren Sie sich weg! Bilden Sie sich aber nicht ein, daß sich ein Büro mit solchen Beamten in Ordnung halten läßt!‹

Ich drückte mich also und lief zur Seine hinunter. Es war ein Wetter wie heute. Ich bestieg die ›Mouche‹, um eine Fahrt nach Saint-Cloud zu machen.

O mein Herr, daß mir der Vorgesetzte damals den Urlaub doch verweigert hätte!

Mir war, als ob sich mein Herz unter der Sonne weitete. Alles begeisterte mich, das Dampfboot, die

Ufer, die Bäume, die Häuser, die Mitfahrenden ringsum, alles. Ich hätte etwas umarmen mögen und wußte
nicht was: das war die Liebe, die bereits ihre Schlin-
gen aufgestellt hatte.

Am Trocadéro stieg also eine junge Dame zu; sie
trug ein Päckchen in der Hand und nahm mir gegenüber Platz.

Sie war reizend, o ja, mein Herr; es ist unbegreiflich, wie die Frauen sich beim guten Wetter, im ersten
Frühling verschönern! Sie bekommen dann etwas
Berauschendes, ja Bestrickendes, mit einem Wort: ein
ganz besonderes Etwas. Als ob Sie Wein auf Käse
trinken, nebenbei gesagt.

Ich sah sie an, sie erwiderte meine Blicke – aber nur
von Zeit zu Zeit, genau wie die Ihre es vorhin gemacht hat. Dann, nach einer gehörigen Anstands-
pause, war ich der Meinung, daß wir uns genug kannten, um eine Unterhaltung zu beginnen; kurz, ich
sprach sie an. Sie plauderte mit mir. Sie war nett in
allem, o ja! Sie brachte mich bald in Hitze, mein wer-
ter Herr! In Saint-Cloud stieg sie aus – und ich ihr
nach. – Sie hatte eine Bestellung zu machen. Als sie
zurückkam, war das Boot abgefahren. Ich begleitete
sie, und die würzige Luft nahm uns so mit, daß wir
zu seufzen anfingen.

›Im Wald wird es am schönsten sein‹, sagte ich zu
ihr.

Sie antwortete: ›O ja!‹

›Wollen wir dorthin einen Spaziergang machen,
mein Fräulein?‹

Sie blitzte mich von unten auf mit einem raschen
Blick an, als wollte sie abschätzen, was ich mit ihr vor-
hätte; dann, nach kurzem Zaudern, nahm sie an. Und
nun ging es nebeneinander unter den Bäumen hin.
Unter dem noch nicht geschlossenen Laubdach stand
das hohe, dichte, leuchtend grüne, wie vom Grün
gefirniste Gras vom Sonnenschein übergossen da.
Lauter verliebte Lebewesen schwebten umher, und

von überall erklang das Gezwitscher der Vögel. Meine
Begleiterin ließ sich von dem Duft des Waldes be-
rauschen, bald begann sie zu rennen und zu springen.
Und ich, ich rannte hinter ihr drein und machte
Sprünge wie sie. Wie ist man doch manchmal blöd,
mein Herr!

Darauf sang sie allerlei Lieder, Opernarien, das Lied
der Musette! Das Lied der Musette! wie poetisch
fand ich es damals!... Ich weinte beinah. Lauter
Narrenpossen, die uns den Verstand vernebeln; hei-
raten Sie um Gotteswillen nie eine Frau, die da draußen auf dem Lande zu singen anfängt, und auf keinen
Fall eine, die das Lied der Musette singt!

Später wurde sie müde und setzte sich an eine Gras-
böschung. Und ich ließ mich zu ihren Füßen nieder
und nahm ihre Hände in die meinen, die schmalen
Fingerchen, die von Nadelstichen gesprenkelt waren;
und diese Stiche rührten mich tief. Ich dachte: ›Dies
sind die heiligen Male der Arbeit.‹ – Ha, mein Herr,
ahnen Sie auch nur, was diese ›heiligen Male der Arbeit‹ Ihnen erzählen könnten? – Klatsch der Werk-
stätten, getuschelte Zoten, verlorene Reinheit, gemei-
nes Geschwätz, erbärmliche Angewohnheiten, Be-
schränktheit und Einbildung in einem – das alles
bringt Ihnen eine zu, die an ihren Fingerspitzen die
›heiligen Male der Arbeit‹ trägt.

Alsdann sahen wir einander lange in die Augen.

Oh, das Frauenauge, welch eine Zaubergewalt liegt
darin! Wie es einen verwirrt, an sich zieht, in Besitz
nimmt und beherrscht! Wie es weltenweit erscheint,
voll von Versprechungen, voll von Unendlichem! Man
nennt das: sich bis auf den Grund der Seele schauen!
O mein Herr, welch eine Aufschneiderei! Wenn
man nur zeitig genug in diese sogenannte Seele
schauen könnte, man würde geheilt sein, wahrhaftig.

Schließlich war ich soweit, nämlich verrückt. Ich
wollte sie in meine Arme ziehen. Sie aber rief: ›Weg
die Pfoten!‹

Darauf kniete ich vor ihr nieder und öffnete ihr mein Herz; ich breitete vor ihren Knien mein ganzes Sehnen aus, all das da drinnen, an dem ich fast erstickt war. Sie schien sich über mein verändertes Verhalten zu wundern und betrachtete mich mit einem Seitenblick, als ob sie zu sich selber sagte: Aha, so muß man also mit dir umspringen; schön, wir werden weitersehen.

In der Liebe, mein Herr, sind wir immer die Verschwender, und die Frauen die Händlerinnen.

Ich hätte sie besitzen können, ohne Zweifel; ich habe meine Dummheit später begriffen, aber was ich damals begehrte, das war ja gar nicht das; es war die ideale Liebe; ich hatte in Empfindungen geschwelgt, wo ich meine Zeit besser hätte ausnutzen sollen.

Als sie dann von meinen Beteuerungen genug hatte, stand sie auf; wir kehrten nach Saint-Cloud zurück. Wir haben uns erst in Paris getrennt. Auf der Heimfahrt machte sie ein niedergeschlagenes Gesicht. Ich fragte sie, was ihr fehlte. Sie antwortete: ›Ich denke daran, daß es Tage gibt, von denen man nicht viele in seinem Leben geschenkt bekommt.‹ – Mein Herz schlug mir bei dem Sprüchlein, als wollte es zerspringen.

Wir trafen uns am folgenden Sonntag wieder, auch den Sonntag danach, und dann alle weiteren Sonntage. Ich führte sie nach Bougival, Saint-Germain, Maisons-Laffitte, Poissy – überallhin, wo die Liebespaare der Bannmeile auftauchen.

Das kleine Weibsbild war jetzt ›auf Draht‹ und machte in ›leidenschaftlich‹.

Ich verlor schließlich vollständig den Kopf. Drei Monate später heiratete ich sie.

Was wollen Sie, mein Herr, man ist Beamter, steht allein, ohne Familie, ohne jemand, der einem einen Rat gibt! Man stellt sich vor, daß das Leben mit einer Frau wunderbar sein wird! Und also heiratet man diese Frau da!

Dann aber schimpfte sie vom Morgen bis zum Abend, versteht nichts, kann nichts, schwätzt fortwährend, singt aus vollem Halse das Lied der Musette (oh, das Lied der Musette, ein unausstehlicher Schmarren!), schlägt sich mit dem Kohlenträger, erzählt den Pförtnersleuten vertrauliche Familienangelegenheiten, vertraut dem Kindermädchen des Nachbarn Bettgeheimnisse an, reißt ihren Mann vor den Lieferanten herunter und hat, mein Herr, dabei den Kopf gespickt voll von so stupiden Geschichten, von so blödsinnigen Einbildungen, von so lächerlichen Ansichten, von so ungeheuerlichen Vorurteilen, daß ich vor Kleinmut anfange zu heulen, sobald sie nur den Mund aufmacht.«

Er verstummte, etwas außer Atem und sehr erregt. Ich sah ihn an. Da sich in mir das Mitleid mit diesem armen Einfaltspinsel rührte, sagte ich ihm noch rasch ein paar nette Worte. Gleich darauf legte das Boot an. Wir waren in Saint-Cloud.

Das junge Mädchen, das mein Herz in Flammen gesetzt hatte, erhob sich, um an Land zu gehen. Sie kam dicht an mir vorbei und blitzte mich mit einem verstohlenen Lächeln an, einem Lächeln, zum Verrücktwerden herrlich; dann sprang sie auf den Anleger hinüber.

Ich stürzte vor, um ihr zu folgen, aber mein Nachbar hielt mich am Ärmel fest. Ich riß mich mit einem kräftigen Ruck los; er packte mich an den Schößen meines Überrockes und zog mich rückwärts, wobei er fortwährend wiederholte: »Sie sollen ihr nicht folgen! Sie sollen ihr nicht folgen!« und zwar mit so lauter Stimme, daß alle Leute herschauten. Ringsum brach ein Gelächter los, und ich stand starr, rasend vor Wut, von dem lächerlichen Auftritt wie gelähmt da und rührte mich nicht vom Fleck.

Das Dampfboot fuhr wieder ab.

Das junge Mädchen, das auf dem Anleger stehen geblieben war, sah mich mit einer enttäuschten Miene davonfahren, während der Kerl hinter mir sich die Hände rieb und mir ins Ohr flüsterte:

»Lassen Sie es gut sein. Ich habe Ihnen soeben einen ganz gewaltigen Dienst erwiesen.«

DAS WRACK

Es war gestern, am 31. Dezember.

Ich hatte mit meinem alten Freunde Georges Garin gefrühstückt. Der Diener brachte einen versiegelten Brief, der mit ausländischen Marken beklebt war.

Georges nahm ihn und sagte zu mir:

»Du gestattest?«

»Bitte.«

Es waren acht mit großer englischer Schrift kreuz und quer beschriebene Seiten. Er las sie langsam, in ernster Spannung; sein Herz war dabei, soviel sah ich.

Dann legte er den Brief auf eine Ecke des Kamins und sagte:

»Schau, das ist eine drollige Geschichte, die du noch nicht kennst; drollig, ja, und noch etwas dazu, und sie ist mir selber passiert. Wahrhaftig, das war eine besondere Silvesternacht! Zwanzig Jahre sind seither vergangen... damals war ich dreißig, heute bin ich fünfzig...

Ich war zu der Zeit Inspektor der Seeunfallversicherungsgesellschaft, deren Leiter ich heute bin. Ich hatte mir vorgenommen, das Neujahrsfest in Paris zu verleben, da man nun einmal übereingekommen ist, diesen Tag als Festtag anzusehen – als ich einen Brief meiner Direktion empfing. Er enthielt den Auftrag, mich sofort nach der Insel Ré zu begeben, wo ein bei uns versicherter Dreimaster von Saint-Nazaire gestrandet war. Um acht Uhr früh kam der Brief, um zehn war ich im Büro der Gesellschaft, um meine Instruktionen entgegenzunehmen, abends saß ich im Schnellzug und langte am nächsten Morgen in La Rochelle an. Es war der 31. Dezember.

Bis zur Abfahrt des Dampfers ›Jean-Guiton‹, der täglich nach der Insel Ré hinüber verkehrt, waren es noch zwei Stunden. Ich schlenderte derweil durch die Stadt. La Rochelle ist eine Stadt von erhabenem Charakter! Ihre Straßen sind wie ein Labyrinth. Sie lau-

fen unter endlosen Galerien hin. Die niedrigen und
finsteren Bogengänge wirken wie der verschollene
Schauplatz einer Verschwörung. Es ist, als hallten sie
heute noch wider von dem Lärm jener heldenmütigen
und blutigen Religionskriege. Hier ist die alte Burg
der Hugenotten, düster, geheimnisvoll; ganz ohne
die prachtvollen Bauwerke, wie zum Beispiel Rouen
sie besitzt; aber weit eindringlicher durch ihr stren-
ges, ja geducktes Aussehen. Es ist die Feste der starr-
sinnigsten Streiter. In ihr flammte der Glaube der
Calvinisten auf.

Nachdem ich mich einige Zeit in diesen einzigar-
tigen Straßen umgeschaut hatte, begab ich mich an
Bord des kleinen schwarzen Dickbauchs von Dampfboot, das mich zur Insel Ré übersetzen würde. Es
fuhr mit einem wütenden Fauchen ab, schob sich zwischen den beiden alten Türmen hin, die den Hafen
bewachen, kreuzte die Reede und verließ dann die
Digne. Richelieu hat sie erbauen lassen. Ihre unge-
heuren Quadern schauen noch wie Wasserblumen aus
der Flut herauf. Sie umgibt die Stadt wie ein rie-
siger Ring.

Draußen nahm der Dampfer nördlichen Kurs.

Es war einer dieser grauen und eisigen Tage, die
den Geist matt und das Herz müde machen. Ein träger Nebel hing in der Luft, ein feuchter und kalter
Brodem, übel zum Einatmen, und er roch wie Wäsche-
dunst.

Unter der tiefhängenden Nebeldecke lag gelblich
getönt das seichte und sandige Meer dieser flachen
Küste wellenlos und wie ohne Leben da. Der ›Jean-
Guiton‹ schnitt in ruhiger Fahrt durch diese undurch-
sichtige und glatte Masse dahin und hinterließ nur
ein paar Wellen, etwas Gestrudel und etwas Gekräu-
sel, das rasch verschwand.

Ich begann mit dem Kapitän zu plaudern. Er war
ein kleiner kurzbeiniger Mann, rundbäuchig und ge-
wichtig wie sein Dampfer. Ich fragte ihn nach Einzel-

heiten über den Schiffbruch, den ich bestätigen sollte. Es handelte sich um die große Dreimastbark ›Marie-Joseph‹, die in einem Orkan auf den Sandbänken der Insel Ré gestrandet war. Wie schon gesagt, stammte sie aus Saint-Nazaire.

Der Reeder hatte uns mitgeteilt, daß der Sturm das Fahrzeug so hoch auf den Strand geworfen hätte, daß es unmöglich schien, es wieder flottzubekommen. Man hätte deshalb alles, was sich losmachen ließ, eilig in Sicherheit bringen müssen. Ich sollte nun die Lage des Wracks feststellen, abschätzen, wie hoch etwa sein Wert vor der Strandung gewesen war, und dabei nachforschen, ob auch wirklich alles unternommen wurde, um das Schiff zu retten. Ich kam als Vertreter der Gesellschaft, um hernach, wenn es in einem Prozeß nötig sein würde, widersprechend zeugen zu können.

Nach Empfang meines Berichtes würde der Direktor die Maßnahmen ergreifen, die er für geeignet hielt, um unsre Interessen zu wahren.

Der Kapitän des ›Jean-Guiton‹ wußte über die Sache gut Bescheid, denn er war mit seinem Dampfer an den Rettungsversuchen beteiligt gewesen.

Er berichtete mir über die Katastrophe, ganz kurz. Die ›Marie-Joseph‹ war, durch einen wüsten Sturmwind getrieben, in Nacht verloren, steuerlos auf einem schäumenden Meer – das Wasser so weiß wie Milchsuppe, drückte sich der Kapitän aus –, auf den flachen Sandbänken dieser Gegend, die sich zur Ebbezeit in eine völlige Sahara verwandeln, gestrandet.

Während wir sprachen, beobachtete ich in die Runde und nach vorn. Zwischen der Wasserfläche und der diesigen Luft lag ein schmaler Streifen, der die Sicht freigab. Wir erspähten Land. Ich fragte:

›Ist das die Insel Ré?‹

›Jawohl, mein Herr.‹

Darauf hob der Kapitän die Hand und zeigte auf einen meerumspülten, kaum wahrnehmbaren Punkt. Er erklärte mir:

›Schauen Sie, da haben Sie ihr Fahrzeug!‹

›Die Marie-Joseph? ...‹

›Jawohl.‹

Ich war verblüfft. Dieser winzige Punkt, den ich für ein Geklipp gehalten haben würde, schien mir mehr als drei Kilometer von der Küste entfernt zu sein.

Ich erwiderte:

›Aber, Kapitän, hat es an der Stelle, die Sie da zeigen, nicht mindestens zehn Faden Wasser?‹

Er lachte los.

›Zehn Faden, mein Lieber! ... Keine zwei, sage ich Ihnen! ...‹

Er fuhr fort:

›Wir haben jetzt auflaufendes Wasser. Um neun Uhr vierzig ist Flut. Wenn Sie im Hotel du Dauphin gefrühstückt haben, stecken Sie die Hände in die Taschen und gehen ein bißchen am Strand spazieren. Dann, mein Lieber, um zwei Uhr fünfzig oder spätestens um drei, laufen Sie trocknen Fußes zum Wrack hinüber. Sie dürfen sich eine Stunde und fünfundvierzig Minuten bis zwei Stunden dort aufhalten; auf keinen Fall länger; Sie würden verloren sein. Denken Sie mal nach; je weiter das Wasser bei Ebbe zurückgeht, desto schneller ist es bei Flut wieder da. Die Küste ist hier so flach wie ein Brett. Ich rate Ihnen also, gehen Sie um vier Uhr fünfzig von dem Wrack wieder weg; um siebeneinhalb sind Sie dann wieder auf dem ›Jean-Guiton‹, der Sie noch heute abend an den Kai von La Rochelle zurückbringen wird.‹

Ich dankte dem Kapitän und setzte mich am Bug des Dampfers nieder, um mir die kleine Stadt Saint-Martin zu betrachten, der wir uns rasch näherten.

All diese winzigen Häfen gleichen einander. Sie liegen auf ihren einsamen Inseln, die dem Festlande vorgelagert sind, und gelten als Hauptstadt. Es sind aber nur große Fischerdörfer. Sie stehen mit einem Fuß im Wasser und mit dem anderen auf dem Land. Man lebt dort von Fischen und Geflügel, von Austern und Ge-

müse, von Miesmuscheln und Radieschen. Die Insel
Ré ist besonders flach, wenig bebaut, scheint aber recht
bevölkert zu sein; nun, ich bin nicht ins Binnenland
gekommen.

Nach dem Frühstück machte ich mich auf. Zunächst
war ein schmaler Dünenstreifen zu durchschreiten.
Dann lag das Meer vor mir. Da das Wasser schon
zurückwich, beschloß ich loszumarschieren. Fern hinter der Sandfläche, weit, weit draußen, erhob sich
das Wrack. Von hier sah es wie ein schwarzes Stück
Felsen aus.

Ich schritt rasch über die bräunliche Ebene dahin.
Es ging sich hier wie auf Fleisch, und der Boden lief
unter meinen Tritten feucht an, als ob er schwitzte.
Das Meer war soeben noch dagewesen, jetzt hatte es
sich in die äußerste Ferne zurückgezogen. Der Grenz-
strich zwischen Sand und Ozean war nicht mehr zu
entdecken. Eine großartige Zauberei, die sich hier ab-
spielte! Der Atlantik, vor Augenblicken noch nahe
vor mir, war vom Strande wie in eine Versenkung
verschwunden. Ich marschierte von jetzt an wie mitten durch eine Wüste. Es roch nach Salzwasser und
nach Tang, scharf und kräftig. Der Atem des Gren-
zenlosen umwehte mein Gesicht. Ich ging schnell; mir
war nicht kalt; ich hatte das gestrandete Schiff im
Auge, das größer und größer wurde und nun einem
riesigen, ans Land geschwemmten Walfisch ähnelte.

Es schien sich vom Boden zu erheben und nahm
auf dieser endlosen braunen Fläche überraschende
Maße an. Endlich, nach einem Marsch von einer Stunde, war ich am Ziel. Das Wrack lag auf der Seite; es
war geborsten und auseinandergebrochen. Wie ein
Rippentier zeigte es seine eingedrückten Spanten und
die von riesigen Nägeln durchbohrten Holzplanken.
Der Sand war bereits durch jeden Spalt eingedrungen,
und er hielt das, was er besaß, fest und würde es nicht
wieder freigeben. Er hatte geradezu Wurzel gefaßt.
Der Bug war tief in den weichen Boden gesunken,

während vom aufwärtsgereckten Heck der in Weiß
auf die schwarzen Planken gemalte Name ›Marie-
Joseph‹ als ein verzweifelter Hilferuf zum Himmel
aufzusteigen schien.

Ich erkletterte die Schiffsruine an der tiefliegenden
Bordseite, gelangte auf die Kommandobrücke und
drang von da aus ins Innere vor. Das graue Tageslicht
fiel durch die eingeschlagenen Luken und durch die
Spalten in den langen und düsteren Laderaum, wo
allerlei zerbrochenes Holzwerk herumlag. Sonst gab
es da drinnen nichts als Sand. Der Sand bildete jetzt
den Boden für dies Plankengewölbe.

Ich schickte mich an, einiges über den Zustand des
Fahrzeugs zu notieren. Ich saß auf einer kleinen geborstenen Tonne und schrieb. Etwas Licht fiel durch
einen Spalt auf mein Blatt. Der Spalt war so lang, daß
ich die ganze Weite des Strandes im Auge behalten
konnte. Unterm Schreiben lief mir von Zeit zu Zeit
ein Schauer von Kälte und Verlassenheit über die
Haut; manchmal hielt ich inne, um auf die undeut-
lichen und rätselhaften Geräusche im Wrack zu lauschen: sie rührten von Krebsen her, die mit ihren
krummen Scheren an den Planken scharrten, sowie
von Tausenden von kleinen Seetieren, die sich auf
diesem Toten niedergelassen hatten. Dazwischen un-
terschied ich deutlich den feinen und regelmäßigen
Nageton der Pfahlmuschel, die ohne Pause das Ge-
bälk zerfraß und aushöhlte.

Plötzlich erklangen ganz in der Nähe Stimmen von
Menschen. Ich sprang auf, als wäre mir ein Gespenst
erschienen. Eine Sekunde lang glaubte ich aus der
Tiefe des finsteren Raumes zwei Ertrunkene herauf-
schweben zu sehen, die mir von ihrem nassen Tode
erzählen würden. Gleich darauf aber, mit einem
Schwung meiner Handgelenke, faßte ich auf der
Brücke Fuß und sah: vor dem Bug des Schiffes standen ein hochgewachsener Herr und drei junge Damen,
oder besser, ein langer Engländer mit drei Misses.

Sicher bekamen sie einen noch größeren Schreck als ich, als sie plötzlich ein menschliches Wesen auf dem verlassenen Dreimaster auftauchen sahen. Das jüngste der Mädelchen rannte weg; die beiden anderen warfen sich ihrem Vater in die Arme; er selbst stand mit offenem Mund da – es war das einzige Zeichen, das seine Gemütsbewegung verriet.

Nach einer Weile sagte er:

›Aoh, mein Herr, seien Sie der Besitzer von diese Schiff?‹

›Jawohl, mein Herr.‹

›Kann ich sie besichtigen?‹

›Bitte, mein Herr.‹

Er sprach dann einen langen englischen Satz; ich verstand von allem nur das Wort ›gracious‹, das mehrmals darin vorkam.

Darauf suchte er nach einer Stelle zum Heraufklettern. Ich zeigte ihm eine geeignete und streckte die Hand hin. Er stieg herauf; alsdann halfen wir den drei Mädelchen, die inzwischen ihren Mut wiedergefunden hatten. Sie waren reizend, vor allem die älteste, eine Blondine von achtzehn Jahren, frisch wie eine Blume, und so fein, so lieb! Wahrhaftig, die hübschen Engländerinnen sehen wie Geschenke des Meeres aus! Es war, als ob diese da, die ältere, dem Meeressande entstiegen wäre, dessen Braun noch als Glanz auf ihrem Haar läge. Die frischen Farben ihres Gesichts hatten den klaren Ton rosiger Muscheln und den perlmutterfarbenen Schimmer jener seltenen Perlen, die aus den Räumen des Ozeans zu uns heraufkommen.

Sie sprach ein wenig besser Französisch als ihr Vater und machte also den Dolmetscher. Ich mußte den Schiffbruch bis in seine kleinsten Einzelheiten erzählen, und ich dichtete vieles hinzu, als wäre ich selbst dabeigewesen. Danach stieg die ganze Familie in das Innere des Wracks hinunter. Kaum waren sie in den düsteren, matt erhellten Raum eingetreten, so

brachen sie in erstaunte und bewundernde Rufe aus;
und plötzlich hielten der Vater und die Töchter
Skizzenbücher in den Händen, die in ihren weiten
wasserdichten Kleidern gesteckt hatten, und alle vier
begannen damit, Kreidezeichnungen von diesem trost-
losen und phantastischen Orte anzufertigen.

Sie saßen nebeneinander auf einem Balkenvor-
sprung, und die vier Skizzenbücher auf ihren acht
Knien bedeckten sich mit dünnen schwarzen Strichen,
die den gespaltenen Rumpf der ›Marie-Joseph‹ vorstellen sollten.

Ich fuhr fort, das Gerippe des Schiffes zu untersuchen und plauderte dabei mit dem ältesten Mädel.

Ich erfuhr, daß sie den Winter über in Biarritz lebten, und daß sie eilig nach der Insel Ré aufgebrochen
wären, um sich den gesunkenen Dreimaster anzuschauen. Diese Leute hatten nichts von der kühlen
Zurückhaltung der Engländer; sie waren einfach, gut-
herzig und ein bißchen verdreht; sie gehörten zu
jenen ewig Wanderlustigen, die sich von England aus
über die ganze Erde verstreuen. Der Vater, lang,
hager, das rote Gesicht von einem ergrauten Backen-
bart umrahmt, ein richtiger lebender Sandwich, eine
Schinkenscheibe, kunstvoll zu einem menschlichen
Gesicht zurechtgeschnitten und zwischen zwei Haar-
büschel gesetzt; die Töchter, hochbeinig und noch im
Wachsen, mager wie der Papa, ausgenommen die
älteste. Nett waren sie übrigens alle drei, vor allem
aber die Große.

Sie hatte eine so schnurrige Art, Französisch zu sprechen, zu erzählen, zu lachen, zu verstehen und nicht
zu verstehen, den tiefblauen Blick zu heben, um den
Sinn einer Frage zu erraten, sich wieder an die Arbeit
zu machen und ›Yes‹ und ›No‹ zu sagen, daß ich ihr
endlos hätte zuhören und zuschauen können.

Plötzlich murmelte sie:

›Ich höre eine kleine Bewegung auf diesem Schiff.‹
Ich lauschte; ein sonderbares und fortwährendes lei-

ses Raunen hatte sich erhoben. Was war das? Ich
stand auf, um durch den Spalt zu schauen. Ein Schrek-
kensruf entfuhr mir. Das Meer war zurückgekommen!
Wir eilten zur Kommandobrücke hinauf. Es war
zu spät. Die Flut hatte uns bereits eingeschlossen und
strömte mit ungeheurer Geschwindigkeit auf die Küste los, oder besser: sie glitt, sie kroch, sie dehnte sich
hinaus wie ein ungeheurer Fleck. Das Wasser stand
erst ein paar Zentimeter über dem Sand; aber der
Rand der Flutwelle war schon weit und nicht mehr
zu sehen.
Die Engländer wollten loslaufen; ich hielt sie zurück; eine Flucht war wegen der tiefen Priele, denen
wir auf dem Herweg hatten ausweichen können, in
die wir aber jetzt unfehlbar hineinrutschen würden,
völlig unmöglich.
Nach einem langen entsetzten Schweigen begann
die kleine Engländerin zu lachen und sagte:
›Jetzt sein wir die Schiffbruchige!‹
Ich sah an ihr vorbei; eine feige, scheußliche, nied-
rige Angst war, jener Flutwelle gleich, in mich hin-
eingekrochen. Alle Gefahren, die uns drohen würden,
standen mir vor Augen. Ich hätte um Hilfe schreien
mögen. Genug.
Die beiden kleineren Engländerinnen hatten sich an
ihren Vater gedrängt, der seinen bestürzten Blick über
die grenzenlose Wasserfläche schweifen ließ.
Und die Nacht kam ebenso rasch, wie der Ozean
wiedergekehrt war, eine lastende, feuchte und fro-
stige Nacht.
Ich sagte:
›Man kann nichts anderes tun als warten.‹
Der Engländer bestätigte es mit einem:
›Oh yes!‹
Und wir starrten eine Viertelstunde lang, eine halbe
Stunde, ich weiß wahrhaftig nicht wie lange, nach
allen Seiten, auf das gelbliche Wasser, das sich in

Dunkel hüllte, sich verfärbte und mit Gestrudel auf dem wiedereroberten Strande zu spielen schien.

Da es den Mädchen kalt wurde, beschlossen wir, wieder hinunterzusteigen. Man würde da unten vor der eisigen Brise, die bis auf die Haut durchdrang, Schutz finden.

Ich beugte mich über die Luke hinunter. Der Schiffsraum war voll Wasser. Es gab keine andre Möglichkeit, als sich gegen die hintere Reling zu drängen, wo man sich etwas in Windschutz befand.

Die Finsternis umgab uns, und wir saßen dicht aneinandergedrängt, von der Nacht und vom Wasser umringt. Ich fühlte mit meiner Schulter, daß die kleine Engländerin zitterte, und hörte von Zeit zu Zeit, wie ihre Zähne aufeinanderschlugen; aber es drang auch die zarte Wärme ihres Körpers herüber, und diese Wärme war mir so köstlich, wie ein Kuß gewesen sein würde. Wir sprachen nicht mehr; wir hockten zusammen wie Tiere in einem Graben, wenn der Orkan herankommt – regungslos, stumm und ergeben. Und dennoch, trotz allem, trotz der Nacht, trotz der gräßlichen und wachsenden Gefahr, begann ich mich darüber zu freuen, daß ich hier saß, mich zu freuen über die Kälte und über das Unheil, mich zu freuen über die langen Stunden der Dunkelheit und der Angst, die ich neben dem schönen und lieben Mädelchen auf der gleichen Planke verbringen würde.

Ich suchte nach dem Grund dieses seltsamen Glücksgefühls, das mich ergriffen hatte.

Ein Grund? Ja, welcher? Weil sie neben mir war? Wer, sie? Eine kleine unbekannte Engländerin? Ich liebte sie nicht, ich kannte sie ja kaum, und dennoch war ich ihr schon verfallen! Ich wäre glücklich gewesen, sie retten zu können, mich für sie zu opfern und hundert Tollheiten zu begehen! Seltsame Sache! Wie kommt es, daß die Gegenwart einer Frau uns so durcheinanderbringt? Ist es die Gewalt ihrer Schönheit, die uns packt? Dieser Zauber von Anmut und

Jugend, der uns benebelt, als hätten wir Wein getrunken?

Ist es nicht vielmehr eine Art Liebessinn, der immer-
während und auf geheime Weise zwei Wesen zu vereinigen sucht, der Mann und Frau einander begegnen
läßt und sie mit tiefer Verwirrung erfüllt, so wie man
die Erde anfeuchtet, damit die Blumen heraufdrin-
gen können!

Aber das Schweigen der Finsternis wurde aufge-
stört, und wir vernahmen in der Runde, erst undeut-
lich, dann klar, den dumpfen Ton des steigenden Wassers, das in eintönigen Lauten gegen das Schiff schlug.

Plötzlich schluchzte jemand. Die jüngste von den
Engländerinnen hatte angefangen zu weinen. Ihr
Vater suchte sie zu trösten, und sie begannen in ihrer
Sprache miteinander zu reden. Ich verstand nicht,
was gesprochen wurde, hörte aber, daß das Kind
trotz allem Zuspruch weiterschluchzte.

Ich fragte meine Nachbarin:

›Ist Ihnen kalt, Miß?‹

›O ja, ich fühle sehr kalt.‹

Ich bot ihr meinen Mantel an, aber sie wollte ihn
nicht nehmen; ich zog ihn aus und hüllte die Wider-
strebende damit ein. Unterm Sträuben berührte mich
ihre Hand. Ein süßes Gefühl drang mir ins Herz.

Schon seit einer Weile begann es stärker zu wehen.
Das Wasser schlug lauter gegen die Schiffswände.
Ich richtete mich auf; ein kräftiger Wind traf mein
Gesicht; die Brise nahm zu.

Auch der Engländer hatte es bemerkt, er sagte kurz:

›Das ist abscheulich für uns.‹

Zweifellos war es ›abscheulich‹. Es würde für uns
der sichere Tod sein, wenn die Wellen, selbst mäßige
Wellen, das Wrack packten und rüttelten. Es war ja
derartig morsch und aus den Fugen, daß der erste
kräftige Stoß es entzweischlagen mußte.

Und also nahm mit den mehr und mehr sich ver-
stärkenden Windstößen unsre Angst und Sorge zu.

Schon begann das Meer zu branden. Ich sah Schaum-
reihen durch die Schwärze als helle Striche dahin-
eilen und verschwinden, indessen Woge für Woge
gegen den Rumpf der ›Marie-Joseph‹ prallte. Bei
jedem Anprall knisterte das Wrack und stockte uns
der Herzschlag.

Die Engländerin bebte; ich fühlte sie an mir zittern,
und mich ergriff eine wilde Lust, sie in meine Arme
zu reißen.

Drüben, vor uns, zur Linken, zur Rechten und hinter
uns flammten die Leuchtfeuer der Küste auf, weiße,
gelbe und rote Feuer; einige drehten sich wie gewaltige Augen, als wären es Augen von Riesen, die uns
gierig belauerten und unseren Untergang kaum er-
warten könnten. Besonders eins von ihnen machte
mich rasend. Es erlosch alle dreißig Sekunden, um
alsbald wieder aufzuflammen. Dieses war wahrhaftig
ein Auge, ein Auge mit Lidern darüber, die sich unaufhörlich vor seinem Feuerblick hoben und senkten.

Von Zeit zu Zeit entzündete der Engländer ein
Streichholz und schaute auf die Uhr; dann steckte er
sie wieder in die Tasche. Plötzlich sagte er über die
Köpfe seiner Töchter hinweg in ruhigem Ernst:

›Mein Herr, ich wünsche Ihnen einen glücklichen
Neujahr.‹

Es war Mitternacht. Ich reichte ihm die Hand und
er drückte sie. Darauf sagte er etwas auf Englisch,
und plötzlich begannen sie alle vier die Hymne ›God
save the Queen‹ zu singen. Ihr Gesang erhob sich und
klang durch die schwarze und stumme Nacht dahin.

Zunächst war ich geneigt, darüber zu lächeln; dann
aber ergriff mich ein starkes und feierliches Gefühl.

Er hatte etwas Düsteres und Stolzes, dieser Gesang
der Schiffbrüchigen und Verlorenen, etwas von einem
Gebet zu Gott, und er zeugte von einer Ergebenheit,
die an das alte und erhabene *Ave, Caesar, morituri te
salutant* erinnerte.

Als ihr Lied zu Ende war, bat ich meine Nachbarin,

eine Ballade zu singen, irgendein Volkslied, was sie
wollte, damit wir unsre Furcht vergäßen. Sie willigte
ein, und alsbald erhob sich ihre junge und klare
Stimme. Es war gewiß ein trauriges Lied, was sie
sang, langgezogene Töne, die einander langsam folgten und sich wie verwundete Vögel über die Wogen
dahinschwangen.

Das Wasser stieg. Es schlug fortgesetzt gegen das
Wrack. Ich aber dachte nur an diese Stimme. Die
Sirenen fielen mir ein. Wenn ein Schiff an uns vor-
übersegelte, wie würden die Matrosen es aufneh-
men? – Mein gequälter Kopf geriet ins Träumen.
Eine Sirene? War sie nicht wirklich eine Sirene, diese
Tochter des Meeres, die mich auf meinem morschen
Schiff zurückgehalten hatte und sich sogleich mit mir
in die Flut senken würde? . . .

Plötzlich rollten wir alle fünf über die Brücke, denn
die ›MarieJoseph‹ war auf die andere Seite hinüber-
gekippt. Die Engländerin fiel auf mich, und ich riß
sie in meine Arme. Völlig von Sinnen und da ich
mein letztes Stündlein gekommen glaubte, küßte ich
sie wild auf die Wange, auf die Schläfe und ins Haar.
Das Schiff rührte sich dann nicht mehr; wir alle lagen
bewegungslos.

Der Vater rief ›Kate!‹ Sie, die ich umfaßt hielt, antwortete ›yes‹ und machte eine Bewegung, um sich zu
befreien. In diesem Augenblick wünschte ich, daß
das Wrack auseinanderbersten möge und ich mit ihr
ins Wasser sänke.

Der Engländer versetzte:

›Nur ein wenig geschaukelt, sonst nichts. Ich habe
meine drei Kinder behalten bei mir. Nicht sehend
die älteste, ich dachte sie verloren!‹

Ich erhob mich langsam, und plötzlich war dort ein
Licht auf dem Meer, ganz in der Nähe. Ich schrie;
man antwortete. Es war ein Boot, das uns suchte; der
Hotelwirt hatte unsre Unvorsichtigkeit vorausge-
sehen.

Wir waren gerettet. Ich war untröstlich darüber!
Man nahm uns ins Boot und brachte uns nach Saint-
Martin.

Der Engländer rieb sich die Hände und raunte mir
zu:

›Gutes Abendessen! Gutes Abendessen!‹

Man aß dann wirklich zu Abend. Ich blieb still und
dachte an die ›Marie-Joseph‹.

Am andern Morgen hieß es sich trennen, mit vielen
Umarmungen und dem Versprechen, daß man einander schreiben würde. Sie reisten nach Biarritz. Es
fehlte nicht viel, so wäre ich ihnen gefolgt.

Ich war sehr verliebt; beinah hätte ich dem Mädelchen einen Antrag gemacht. Wenn wir auch nur acht
Tage zusammengewesen wären, würde ich sie bestimmt geheiratet haben! Unbegreiflich ist der
Mensch!

Zwei Jahre verstrichen, ohne daß ich von ihnen
hörte; dann kam ein Brief aus New York. Sie war
verheiratet und teilte es mir mit. Und seitdem haben
wir uns jedes Jahr am 1. Januar geschrieben. Sie be-
richtet mir von ihrem Leben, erzählt von ihren Kindern, ihren Schwestern, aber nie von ihrem Mann!
Weshalb nicht von ihm? Warum? . . . Und ich? Ich
schreibe ihr nichts anderes als immer nur von der
›Marie-Joseph‹ . . . Sie ist vielleicht die einzige Frau,
die ich geliebt habe . . . oder besser, ich würde sie geliebt haben . . . was weiß man! . . . Das Leben trägt uns
fort . . . und schließlich . . . geht alles vorbei. Sie wird
inzwischen älter geworden sein . . . ich würde sie nicht
wiedererkennen, nicht wahr . . . jene von damals . . .
die Junge auf dem Wrack . . . welch ein Geschöpf . . .
wie liebreizend! Sie schreibt mir, daß ihr Haar grau
geworden ist . . . Mein Gott! . . . das ist eine schreckliche Pein für mich. Das wunderbare blonde Haar! . . .
Nein, es gibt sie nicht mehr, die Meine von damals . . .«

»Sie werden es mir ja doch nicht glauben!«

»Einerlei, erzählen Sie.«

»Also gut. Vorher will ich Ihnen aber versichern, daß meine Geschichte, so unglaubhaft sie auch klingen mag, von A bis Z wahr ist. Ein Maler würde es übrigens keineswegs bezweifeln, vor allem keiner von den alten, die jene Zeit miterlebt haben, wo all die Hanswurstereien im Schwange waren und beständig herumspukten, ob sie nun gewünscht wurden oder nicht.«

Der alte Maler setzte sich rittlings auf einen Stuhl. (Der Ort dieser Erzählung ist der Speiseraum eines Hotels in Barbizon.)

Er begann also: »Wir hatten damals bei dem lieben guten Sorieul zu Abend gegessen. Er ist schon tot. Er war der Tollste von allen. Wir waren zu dritt: Sorieul, ich und wahrscheinlich Le Poittevin; ich weiß zwar nicht ganz bestimmt, ob er es war. Ich meine selbstverständlich den ebenfalls verstorbenen Marinemaler Eugène Le Poittevin und nicht den begabten Landschafter des gleichen Namens, der ja noch lebt.

Wenn ich sage: wir hatten bei Sorieul zu Abend gegessen, so bedeutet das: wir waren besoffen. Nur Le Poittevin war noch bei Verstand, angeheitert freilich, aber noch klar im Kopf. Wir waren blutjung damals. Wir hatten uns in dem kleinen Raum neben dem Atelier auf den Teppich gelegt und schwätzten drauflos. Sorieul, den Rücken am Boden, die Beine auf einem Stuhl, faselte von einer Schlacht. Als ihm dabei die Uniformen des Kaiserreichs in den Sinn kamen, stand er auf, holte aus seinem großen Requisitenschrank eine vollständige Husarenausrüstung und legte sie an. Darauf wünschte er, daß Le Poittevin sich als Grenadier verkleide. Der wollte nicht. Also packten wir ihn und zogen ihn aus. Er wurde in eine viel zu weite Uniform gesteckt, in der er vollständig verschwand.

Aus mir wurde ein Kürassier. Sorieul ließ uns zuerst eine Weile exerzieren; es war recht schwierig. Dann rief er:

›Was alte Haudegen sind, die saufen auch wie alte Haudegen.‹

Rasch wurde ein Punsch gebraut und hinter die Binde gegossen. Schon flammte es zum zweitenmal aus dem rumgefüllten Bowlengefäß auf! Und alsbald dröhnten die alten Soldatenlieder der Großen Armee durch den Raum.

Le Poittevin, der immer noch halbwegs bei Sinnen war, gebot plötzlich Ruhe! Er lauschte kurz. Dann flüsterte er: ›Jetzt geht jemand durchs Atelier.‹ Sorieul rappelte sich hoch. Er rief: ›Ein Dieb! Schwein gehabt!‹ und stimmte die Marseillaise an:

›Zu den Waffen! Bürger auf!‹

Darauf eilte er an einen Waffenständer, um uns, unseren Uniformen entsprechend, auszurüsten. Ich bekam eine Art Muskete und einen Säbel in die Hand gedrückt, Le Poittevin eine riesenlange Flinte mit Bajonett, und Sorieul, der nicht gleich etwas Passendes fand, versorgte sich mit einer Sattelpistole, die er in den Leibriemen steckte, sowie mit einem Enterbeil, das er in der Faust behielt. Alsdann ward vorsichtig die Tür zum Atelier geöffnet, und die Armee rückte auf den Kriegsschauplatz.

Als wir die Mitte des weiten Raumes, der von vielerlei Sachen, Leinwänden, Möbelstücken und so weiter verstellt war, erreicht hatten, sagte Sorieul zu uns: ›Ich ernenne mich hiermit zum General. Halten wir Kriegsrat. Du, als die Kürassiere, wirst dem Feinde den Rückzug abschneiden, das heißt, du schließt die Tür ab. Du da, als die Grenadiere, bleibst als Bedeckung bei mir.‹

Ich führte die befohlene Bewegung aus. Danach

folgte ich dem Gros der Truppen, das soeben eine
Erkundung unternahm.

In dem Augenblick, als ich hinter einem hohen
Wandschirm wieder zu ihm stieß, erhob sich ein
furchtbares Getümmel. Ich brach vor und beleuchtete mit der Wachskerze, die mir anvertraut worden
war, die Szene. Le Poittevin hatte soeben mit einem
Bajonettstoß die Brust einer Modellpuppe durch-
bohrt. Sorieuls Beilhieb, der ihr den Kopf spaltete,
machte ihr vollends den Garaus. Als er den Irrtum
bemerkte, befahl der General: ›Bleiben wir lieber vorsichtig.‹ Darauf wurden die Operationen fortgesetzt.

Mindestens zwanzig Minuten lang durchstöberten
wir alle Ecken und Schlupfwinkel des Ateliers, ohne
etwas zu entdecken. Schließlich kam Le Poittevin auf
den Gedanken, den riesigen Wandschrank zu öffnen.
Er war tief und finster. Ich leuchtete hinein. Plötzlich
fuhr ich zurück. Ein Mann steckte drin, ein lebendiger Mensch, der mich soeben angeblinzelt hatte.

Rasch warf ich die Tür wieder zu und drehte den
Schlüssel zweimal im Schloß herum. Sodann hielten
wir wieder Kriegsrat.

Die Meinungen waren geteilt. Sorieul wollte den
Dieb ausräuchern. Le Poittevin meinte, es wäre am
besten, ihn durch Aushungern zur Übergabe zu zwin-
gen. Mein Vorschlag ging, kurz gesagt, dahin, daß
man den Schrank in die Luft sprengen müßte.

Le Poittevins Plan drang durch. Während er mit
seiner langen Flinte auf Posten zog, holten wir den
Rest des Punsches und die Pfeifen herüber. Darauf
ward vor der verschlossenen Tür ein Lager bezogen.
Man trank dem Gefangenen zu.

Als wir das eine halbe Stunde lang getrieben hatten,
meinte Sorieul: ›Es ist zu langweilig so, er soll 'raus.
Wollen wir ihn überwältigen?‹

Ich rief: ›Bravo!‹ Wir griffen zu den Waffen. Die
Schranktür wurde geöffnet. Sorieul spannte seine un-
geladene Pistole und stürzte als erster vor. Wir ihm

nach mit Gebrüll. Ein wilder Anprall folgte. Nach
einer fünf Minuten während Schlacht zogen wir
einen alten dreckigen und zerlumpten Strolch ans
Licht. Er wurde an Händen und Füßen gefesselt und
in einen Lehnstuhl gesetzt. Er sagte kein Wort.

Dann rief Sorieul in trunkener Begeisterung: »Das
Kriegsgericht tritt zusammen!‹

Ich war so besoffen, daß mir dieser Befehl durchaus
einleuchtete.

Le Poittevin wurde zum Verteidiger bestellt, ich
übernahm die Anklage.

Er wurde mit allen Stimmen gegen eine, die seines
Verteidigers, zum Tode verurteilt.

›Jetzt wird er hingerichtet!‹ bestimmte Sorieul.
Plötzlich kam ihm ein Bedenken: ›Dieser Mann darf
nicht ohne die Tröstungen der Kirche sterben. Wollen wir ihm einen Priester holen?‹ Als ich einwandte,
daß es dazu zu spät wäre, übertrug Sorieul mir dies
Amt. Er ermahnte den Verurteilten, mir die Beichte
abzulegen.

Schon seit fünf Minuten starrte der Kerl uns mit unruhig rollenden Augen an. Er mochte sich fragen, mit
was für Kreaturen er hier zu tun hätte. Plötzlich
meinte er mit einer heiseren Säuferstimme: ›Sie machen wohl sicher bloß Spaß, was?‹ Aber Sorieul
drückte ihn in die Knie und goß ihm, für den Fall,
daß seine Eltern ihn zu taufen versäumt hätten, ein
Glas Rum über den Schädel.

Dabei sprach er die Worte:

›Beichte dem Herrn; dein letztes Stündlein hat geschlagen.‹

Der alte Strolch erschrak und begann so laut um
Hilfe zu schreien, daß wir ihn knebeln mußten;
er hätte sonst die Nachbarschaft aufgeweckt. Nun
wälzte er sich am Boden, zappelte und wand sich,
warf Möbel um und durchstieß Leinwände – Sorieul
aber schrie wütend: ›Geben wir ihm den Rest!‹ Er
brachte seine Pistole in Anschlag, zielte und drückte

los. Der Hahn schnappte mit einem leisen Knacken nieder. Ich folgte seinem Beispiel und tat ebenfalls meinen Schuß. Aus dem Steinschloß sprang als kleine Überraschung ein Funke heraus.

Darauf sprach Le Poittevin das gewichtige Wort: ›Haben wir eigentlich das Recht, diesen Mann zu erschießen?‹

Sorieul antwortete erstaunt: ›Wir haben ihn doch zum Tode verurteilt!‹

Aber Le Poittevin widersprach: ›Zivilisten werden nicht standrechtlich erschossen, man übergibt sie dem Henker. Wir müssen ihn zur Wache bringen.‹

Das leuchtete uns ein. Man hob den Kerl vom Boden auf. Da er ja nicht gehen konnte, so wurde er auf die Platte des Modelltisches gelegt und darauf festgebunden. Le Poittevin und ich, wir trugen ihn. Sorieul, bis an die Zähne bewaffnet, übernahm die Rückendeckung.

Vor der Wachstube hielt uns der Posten an. Der Wachthabende, dem man uns meldete, kannte uns gut; er hatte schon so manchen unserer tollen Streiche miterlebt. Er lachte sehr, wollte aber den Gefangenen nicht hereinlassen.

Sorieul bestand darauf. Der Soldat hörte auf zu lachen und gab uns den strikten Befehl, uns unverzüglich und ohne weiteren Lärm nach Hause zu verfügen.

Die Truppe marschierte also wieder ab und kehrte ins Atelier zurück. Ich fragte: ›Was wollen wir aber mit dem Dieb machen?‹

Le Poittevin ergriff seine Partei und meinte, der Mann wäre sicher sehr müde. Das war nicht zu bestreiten, er sah nämlich aus, als läge er in den letzten Zügen, gefesselt, geknebelt und auf die Platte geschnürt, wie er war.

Auch mich ergriff plötzlich ein heftiges Mitleid, eine Art heulendes Elend. Ich zog ihm den Knebel heraus und fragte: ›Nun, Alterchen, wie geht's denn?‹

Er ächzte: ›Jetzt ist's aber genug, Himmelsapperment!‹

Darauf beugte sich Sorieul wie ein Vater über ihn. Er nahm ihm die Stricke ab, half ihm beim Aufstehen und duzte ihn freundschaftlich. Wir mußten ihn wieder zu Kräften bringen; also wurde rasch ein neuer Punsch gebraut. Der Dieb saß regungslos in seinem Lehnstuhl und sah uns zu. Als das Getränk fertig war, bekam er ein Glas; wir alle wären bereit gewesen, ihm beim Trinken den Kopf zu stützen. Und man stieß mit ihm an.

Der Gefangene soff für ein ganzes Regiment. Als es Tag wurde, stand er auf und sagte ganz ruhig: ›Ich bin leider gezwungen, Sie jetzt zu verlassen, denn ich muß heim.‹

Wir bedauerten das sehr und versuchten noch, ihn zum Bleiben zu bewegen. Aber er wollte nicht.

Darauf schüttelte man sich die Hand. Sorieul nahm die Kerze und leuchtete ihm hinaus. Im Treppenhaus mahnte er noch:

›Achten Sie auf die Stufe, unten im Torweg.‹«

Ringsum brach ein Gelächter los. Der Erzähler stand auf, zündete sich die Pfeife an und fügte mit Betonung hinzu:

»Und das Netteste an dieser Geschichte – sie ist wirklich passiert.«

Madam Lefèvre war eine Frau vom Lande, eine Witwe »mit Band und Falbelhut«. Sie gehörte zu jener Sorte von Halbbäuerinnen, die überaus falsch sprechen, die nach außenhin großtun und dabei unter ihrem komischen und herausstaffierten Äußeren ein hartes Herz in der Brust haben. Es ist wie mit ihren dicken roten Händen: man sieht sie nicht, weil sie rohseidene Handschuhe darüberziehen.

Ihr Dienstmädchen war ein braves und beschränktes Landkind und hieß Rosa.

Die beiden Frauen bewohnten ein kleines Haus mit grünen Fensterläden. Es lag an einer Landstraße der Normandie, mitten in einer fruchtbaren Ebene, der Caux. Da sie vor ihrer Wohnung einen schmalen Garten besaßen, betrieben sie etwas Gemüsebau.

Eines Nachts wurden ihnen ein Dutzend Zwiebelpflanzen gestohlen.

Kaum hatte Rosa den Diebstahl entdeckt, so rief sie die Frau, die im wehenden Wollrock dahereilte. Das war eine Betrübnis und ein Schrecken! Gestohlen hatte man! Ausgerechnet bei Madam Lefèvre hatte man gestohlen! Gewiß, stehlen, das kam ja in der Welt vor, aber – der Dieb konnte wiederkommen!

Die beiden bestürzten Frauen beugten sich über jede Fußspur, sie schwatzten und gingen der Sache auf den Grund. »Achtung, da sind sie hergekommen. Dort haben sie die Füße auf die Mauer gesetzt. Und hier sind sie ins Beet hinuntergesprungen.«

Und weh! sie erschraken vor der Zukunft. Wie sollte man von jetzt an ruhig schlafen können!

Das Gerücht von dem Diebstahl verbreitete sich. Die Nachbarn kamen und überzeugten sich von dem Tatbestand; vor allem erörterten sie den Fall, daß die Reihe einmal an sie käme; und die beiden Frauen trugen jedem neuen Besucher ihre Beobachtungen bereitwillig vor.

Ein Pächter aus der Nachbarschaft gab ihnen diesen
Rat: »Sie müssen sich einen Hund zulegen.«

Das war unbedingt richtig; sie würden einen Hund
haben müssen, einen, der aufpaßte. Keinen großen
Hund, um Gottes willen! Was sollten sie auch mit
einem großen Hunde anfangen! Er würde sie ruinie-
ren, der Vielfraß! Nein, einen kleinen Hund (in der
Normandie spricht man »Chund«), einen kleinen
Kläffer von »Chund«.

Von nun an wurde jedermann um Rat angegangen.
Madam Lefèvre nahm den Hundeplan sehr genau.
Sie erwog dies und das, und sie überlegte hin und her.
Vor allem bedrückte sie der Gedanke, daß der Hund
ja fressen würde! Diese Erkenntnis versetzte sie geradezu in Schrecken, denn sie war geizig wie alle jene
Landfrauen, die immer etwas Kupfergeld bei sich
tragen, um einem Armen auf der Straße ein Almosen
zu geben oder am Sonntag etwas in die Kollekte zu
werfen – vorausgesetzt, daß es bemerkt wird.

Rosa, die tierliebend war, brachte allerlei Einwände
gegen den Hundeplan vor und verfocht sie nicht ohne
List. Dennoch fiel die Entscheidung gegen sie aus.
Ein Hund sollte her, und zwar ein ganz kleiner
Hund.

Man zog Erkundigungen ein, aber es gab hier offenbar nur diese großen, für die man extra kochen muß.
Der Krämer von Rolleville hatte wohl einen ganz
kleinen; aber er verlangte zwei Franken für das Tier,
angeblich um seine Zuchtkosten zu decken. Madam
Lefèvre erklärte, daß sie wohl bereit wäre, einen
»Chund« zu ernähren; aber noch Geld dafür zahlen,
das ginge zu weit.

Dann brachte ihr eines Morgens der Bäcker, der von
der Sache gehört hatte, auf seinem Wagen einen
sonderbar aussehenden kleinen Hund mit. Er hatte
ein gelbes Fell, Pfoten besaß er keine, dafür aber die
Körperform eines Krokodils, den Kopf eines Fuchses
und hinten einen aufrecht stehenden Schwanz, einen

wahren Federbusch, der im Verhältnis zu groß wirkte wie das ganze Hinterteil dieses Geschöpfes. Irgendein Kunde des Bäckers wollte ihn los sein. Madam Lefèvre fand diesen unreinen Bastard, der gar nichts kostete, wunderhübsch. Rosa nahm ihn an sich. Sie fragte nach seinem Namen. Der Bäcker antwortete: »Pierrot.«

Er wurde in einer alten Seifenkiste untergebracht, und man stellte ihm Wasser hin. Er trank. Man legte ihm alsdann ein Stück Brot vor. Er fraß. Madam Lefèvre, die sein Hunger bereits beunruhigte, kam auf einen Gedanken: »Wenn er sich an das Haus gewöhnt haben wird, kann man ihn frei laufen lassen. Er wird durchs Land streifen und sich sein Fressen selber suchen.«

Man ließ ihn also frei laufen. Dies hinderte ihn aber nicht, immer hungrig heimzukommen. Er kläffte übrigens nur, wenn er zu fressen haben wollte, und er kläffte dann mit wahrer Wut.

Jedermann konnte den Garten betreten. Pierrot schlug nicht an. Er begrüßte alle Ankömmlinge mit wedelndem Schweif.

Nun, Madam Lefèvre hatte sich inzwischen an das Tier gewöhnt. Sie fing sogar an, ihn gernzuhaben. Manchmal nahm sie einen Bissen Brot, tauchte ihn in Fleischbrühe und fütterte den Hund.

Aber, o weh, sie hatte nicht an die Steuer gedacht, und als man ihr acht Franken – acht Franken, Madam! – für diesen Bastard von »Chund«, der nicht einmal bellte, abnahm, fiel sie vor Schreck in Ohnmacht.

Es wurde auf der Stelle entschieden, daß man sich Pierrot vom Halse schaffen müßte. Aber – niemand wollte ihn haben. Alle Leute in zehn Meilen Umkreis bedankten sich für ihn. Darauf, und weil es kein andres Mittel gab, wurde beschlossen, ihn »Mergel fressen zu lassen«.

Man läßt dort alle Hunde »Mergel fressen«, die man los sein will.

Fern auf der kahlen Ebene steht eine Art Hütte oder
besser ein kleines Strohdach, wie man es als Sonnen-
schutz aufzustellen pflegt. Dort ist der Eingang zur
Mergelgrube. Ein genau senkrechter Schacht führt bis
zu zwanzig Meter Tiefe hinunter und stößt da unten
an einige ausgedehnte Minengänge.

Einmal im Jahr, wenn die Äcker gedüngt werden,
steigt man in diesen Steinbruch hinunter. Die übrige
Zeit dient er als Friedhof für die zum Tode verurteilten Hunde; wer an der Öffnung vorüberkommt, kann
häufig ein verzweifeltes Gebell heraufschallen hören.

Die Hunde der Jäger und der Hirten rennen in wildem Schrecken vor dieser ächzenden Grube davon;
beugt man sich vor, so dringt ein ekliger Verwesungs-
geruch herauf.

Entsetzliche Dramen, die sich in der Finsternis abspielen.

Wenn ein Hund da unten in dem Loch seit zehn
oder zwölf Tagen am Verenden ist und an den ver-
wesenden Überresten seiner Vorgänger nagt, wird
vielleicht ein neues und noch kräftiges Tier zu ihm
hineingeworfen. Sie sitzen also da, zu zweien, ent-
kräftet, mit glimmenden Augen. Sie belauern und
folgen einander, noch zaudern sie. Aber der Hunger
ist da und peinigt; sie gehen aufeinander los, sie
kämpfen lange und erbittert; und der stärkere frißt
den schwächeren und zerfleischt ihn bei lebendigem
Leibe.

Als die Entscheidung dahin gefallen war, daß Pierrot »Mergel fressen« sollte, sah man sich nach einem
Vollstrecker um. Der Chausseewärter, der drüben an
der Straße arbeitete, forderte zehn Sous für den Weg.
Das war Madam Lefèvre zu teuer. Der Lehrling des
Nachbarn wollte sich mit fünf Sous begnügen; auch
das fand sie noch zuviel; und als Rosa die Ansicht
äußerte, daß es weit besser wäre, wenn sie ihn selbst
hinbrächten, schon weil er unterwegs nicht gequält
würde und also arglos bliebe, wurde beschlossen, daß

sie beide sich vor der Nacht mit ihm aufmachen
wollten.

Man setzte ihm an diesem Abend eine schöne Suppe
vor, mit einer Messerspitze Butter darin. Er schlang
sie bis auf den letzten Tropfen hinunter und we-
delte vor Zufriedenheit mit dem Schweif. Darauf
tat Rosa ihn in die Schürze.

Sie eilten mit hastigen Schritten, wie Spitzbuben, die
unterwegs sind, über die Ebene dahin. Die Mergelgrube kam in Sicht, und sie langten an. Madame
Lefèvre beugte sich vor, um zu lauschen, ob sie ein
Ächzen vernähme. – Nein – alles blieb still; Pierrot
würde allein sein. Darauf nahm die weinende Rosa
den Hund auf den Arm und warf ihn in die Grube.

Die beiden neigten sich vor und horchten ange-
strengt. Zuerst hörten sie ein dumpfes Geräusch;
darauf das gellende Wehgeheul des verletzten Tieres;
alsdann eine Folge von abgerissenen Klagelauten und
schließlich ein langhinhallendes verzweifeltes Bellen.
Wie ein inständiges Flehen klang es, das der kleine
Hund mit erhobenem Kopfe zur Öffnung hinauf-
schickte.

Er bellte! Oh, wie er bellte!

Die Frauen wurden von Reue gepackt, von Grausen,
von einer wahnwitzigen Angst. Sie retteten sich durch
die Flucht. Und da Rosa schneller lief, schrie Madam
Lefèvre: »Warte auf mich, Rosa! Warte doch auf
mich!«

In dieser Nacht kamen ihr grausige Träume.

Madam Lefèvre träumte, sie säße am Tisch, um ihre
Suppe zu essen. Als sie aber den Deckel abnahm, lag
Pierrot in der Schüssel. Er sprang heraus und biß sie
in die Nase.

Sie wurde wach und glaubte ihn noch bellen zu
hören. Sie lag und lauschte; aber es war eine Täu-
schung gewesen.

Sie schlief wieder ein und befand sich auf einer langen Straße, einer endlosen Straße, auf der sie dahin-

ging. Plötzlich bemerkte sie mitten auf dem Fahrweg einen Korb, einen großen Bauernkorb. Er stand ganz verlassen da. Dieser Korb ängstigte sie.

Sie nahm allen Mut zusammen und öffnete ihn. Pierrot, der blutbedeckt darin lag, packte ihre Hand und ließ sie nicht wieder los; entsetzt suchte sie sich zu retten und rannte fort. Aber am Ende ihres Armes hing immer noch der Hund und fletschte die Zähne nach ihr.

Als der Morgen graute, erhob sie sich, halb von Sinnen, und lief zur Mergelgrube.

Er bellte; er bellte noch, er hatte die ganze Nacht gebellt.

Sie begann zu schluchzen und rief ihm lauter Kosenamen hinunter. Er gab ihr mit den zartesten Tönen seiner Hundestimme Antwort.

Oh, sie wollte ihn wiederhaben und nahm sich vor, ihn bis zu ihrem Tode zu verwöhnen.

Sie eilte zum Brunnengräber, der mit der Förderung des Mergels beauftragt war, und trug ihm ihren Fall vor. Der Mann hörte ihr ruhig zu. Als sie zu Ende kam, erklärte er: »Sie wollen Ihren ›Chund‹ wieder? Das kostet vier Franken!«

Sie fuhr auf; ihr ganzer Schmerz verflog mit einem Schlag.

»Vier Franken! Sie werden sich bei dem bißchen doch nicht umbringen! Vier Franken!«

Er antwortete: »Sie meinen wohl, ich schlepp' da meine Stricke und meine Kurbel hin und steig da runter mit meinem Jungen und laß mich noch beißen von Ihrem verfluchten Hund, bloß daß Sie das Vergnügen haben hernach, 'n wiederzusehn? Hätten ihn ja nicht reinschmeißen brauchen.«

Sie ging entrüstet davon. Vier Franken!

Als sie nach Hause kam, rief sie Rosa und nannte ihr den Preis, den der Brunnengräber gefordert hatte. Rosa schüttelte den Kopf und meinte immer wieder: »Vier Franken! Das ist viel Geld, Madam.«

Dann fügte sie hinzu: »Wenn man ihm was zu fressen reinwerfen tät, dem armen Chund, auf daß er nicht totgeht da unten?«

Madam Lefèvre stimmte sehr erfreut zu; sie machten sich sogleich mit einem großen Stück Butterbrot zur Mergelgrube auf.

Sie brachen es in einzelne Bissen und warfen einen nach dem andern hinunter. Bei jedem Wurf sprachen sie mit Pierrot. Und sobald der Hund ein Stück aufgefressen hatte, kläffte er los, um das nächste zu fordern.

Sie kamen abends wieder, dann am nächsten Morgen, und so jeden Tag.

Eines Morgens aber klang ein wildes Geheul zu ihnen herauf. Sie vernahmen es in dem Augenblick, als sie das Brot in Stücke teilten. Es heulten zwei! Man hatte einen anderen Hund hinuntergeworfen, einen großen!

Rosa schrie: »Pierrot!« und Pierrot bellte und bellte. Also fing man an, das Fressen hinunterzuwerfen. Jedesmal aber war deutlich zuerst ein wüstes Durcheinanderstürzen und gleich darauf das Wehgeheul Pierrots zu vernehmen, der von seinem Genossen gebissen wurde. Dieser, da er der stärkere war, fraß die Brotstücke allein.

Sie hatten gut reden, wenn sie ihm zuriefen: »Dies ist für dich, Pierrot!« Pierrot bekam offenbar nichts. Die beiden Frauen sahen sich bestürzt an, und Madam Lefèvre verkündete in ärgerlichem Ton: »Ich kann nicht all die Hunde durchfüttern, die man da hinunterwirft. Man muß es aufgeben.«

Gewürgt von der Vorstellung, daß all diese Hunde auf ihre Kosten leben würden, eilte sie von dannen. Einen Rest von dem Butterbrot hielt sie noch in der Hand und begann im Gehen davon abzubeißen.

Rosa folgte ihr und trocknete sich die Augen mit dem Zipfel ihrer blauen Schürze.

Das Mittagsgeläut verklang. Die Tür des Schulhauses öffnete sich, und die Knaben drängten heraus. Statt sich aber wie sonst zu zerstreuen und zum Essen heimzulaufen, blieben sie nach einigen Schritten stehen, traten zusammen und begannen wie die Vögel zu zwitschern.

Heute war nämlich Simon, der Sohn der Blanchotte, in die Klasse eingetreten.

All diese Knaben hatten in ihren Familien über die Blanchotte reden gehört; obwohl man die Frau allgemein gernhatte, sprachen die Mütter untereinander in einem halb geringschätzigen, halb mitleidigen Tone von ihr; die Kinder wußten den Grund dieser Geringschätzung nicht, aber den Ton hatten sie sich gemerkt.

Simon selbst kannten sie kaum, denn er ging nie aus und rannte nicht mit ihnen auf der Dorfstraße oder am Flußufer herum. So einer ist nie beliebt. Und nun standen die Knaben da und zwitscherten wie die Vögel.

Ein bestimmtes Wort erklang immer wieder und wurde hier mit Schadenfreude, dort mit Erstaunen ausgesprochen. Ein Bursche von vierzehn Jahren, ein »Großer« also, hatte es ihnen zugeflüstert und dabei vielsagend mit den Augen gezwinkert – dies Wort: »Wißt ihr... der Simon... der hat überhaupt keinen Papa.«

Jetzt erschien der Sohn der Blanchotte auf der Schwelle der Schultür.

Er war ein blasser Junge von sieben oder acht Jahren, sauber gekleidet; er wirkte schüchtern, beinah linkisch.

Nun er sich eben auf den Heimweg begeben wollte, drängte der Schwarm seiner Mitschüler heran. Sie umringten ihn, zwitscherten ohne Pause und warfen ihm höhnische Blicke zu, als führten sie etwas im

Schilde. Er blieb überrascht und befangen stehen und begriff nicht, was sie von ihm wollten. Jener Bursche aber, der die Neuigkeit verbreitet hatte, fragte ihn stolz und siegesgewiß:

»Wie heißt du denn, du?«

Er antwortete: »Simon.«

»Simon, und wie weiter?« forschte der andre.

Der Kleine wiederholte verwirrt: »Simon.«

Der Bursche schrie ihn an: »Man sagt Simon und noch was dazu... das ist doch kein Name... bloß Simon.«

Er, schon dem Weinen nahe, erklärte zum drittenmal:

»Ich heiße Simon.«

Die Schlingel brachen in ein Gelächter aus. Der Bursche krähte triumphierend: »Ihr seht also, daß er keinen Papa hat.«

Eine lange Stille folgte. All die Kinder waren aufs höchste erstaunt über diese sonderbare, unglaubliche und gräßliche Sache – ein Junge, der keinen Vater hat –, sie starrten ihn an wie ein Wundertier, und der Grund der Verachtung, die ihre Mütter daheim der Blanchotte gegenüber hegten, wurde ihnen jetzt klar.

Simon hatte sich gegen einen Baum gelehnt, um nicht umzusinken; er stand wie zerschmettert da. Er wollte das aufklären. Aber er wußte nicht, was er ihnen antworten könnte, um diese ungeheuerliche Tatsache, daß er keinen Vater hatte, zu widerlegen. Schließlich schrie er ihnen mit fahlem Gesicht aufs Geratewohl zu: »Ich habe doch einen.«

»Wo ist er denn?« fragte jener Bursche.

Simon schwieg; er wußte es nicht. Die Kinder ringsum lachten sehr angeregt; es waren Kinder vom Lande und grausam wie das Hühnervieh, das ja auch mit herzlicher Lust ein krankes Huhn über den Hof zu hetzen pflegt. Simons Blick aber fiel plötzlich auf einen Nachbarsjungen, den Sohn einer Witwe, den er immer nur allein mit seiner Mutter gesehen hatte.

»Und du genauso«, sagte er, »du hast auch keinen
Papa.«

»Doch«, antwortete ihm der andre, »ich habe wohl
einen.«

»Wo ist er denn?« fragte Simon rasch.

»Er ist tot«, erklärte der Knabe mit Stolz, »er ist
auf dem Friedhof.«

Ein Beifallsgemurmel ging durch die Rotte der Tau-
genichtse, als ob der Vater ihres Kameraden nur
deshalb auf dem Friedhof läge, um diesen gegenüber
dem anderen zu erhöhen, der überhaupt keinen auf-
weisen konnte. Und diese Straßenjungen, deren Väter
überwiegend Bösewichter, Trinker, Diebe und die
Plage ihrer Frauen waren, drängten heran und rück-
ten mehr und mehr zusammen, als ob sie, die ehelich
Geborenen, den anderen da, der außerhalb des Gesetzes stand, zwischen sich ersticken wollten.

Einer von ihnen, der dicht an Simon herantrat,
streckte ihm hurtig die Zunge heraus und schrie ihm
zu:

»Keinen Papa! Keinen Papa!«

Simon packte ihn mit beiden Händen an den Haaren, trat ihm mit den Füßen gegen die Beine und biß
ihn scharf in die Backe. Darauf folgte ein wildes
Durcheinander. Die beiden Kampfhähne wurden getrennt, und Simon lag alsbald verprügelt, gezaust,
zerschunden an der Erde. Die Schlingel waren auf
ihre Kosten gekommen. Als Simon aufstand und sich
mechanisch die völlig verschmutzte Bluse abklopfte,
schrie ihm einer zu:

»Nun geh also und sag's deinem Papa!«

Simon war zumute, als zerbräche etwas in seinem
Herzen. Sie waren stärker als er, sie hatten ihn geschlagen, und er konnte es ihnen nicht heimzahlen;
überdies war es richtig, was sie behaupteten: er hatte
wirklich keinen Papa. Mit aller Wut kämpfte er ein
paar Sekunden lang gegen die Tränen, die herauf-
drängten. Aber der Druck in seiner Kehle verstärkte

sich, und also begann er mit zusammengebissenen
Zähnen zu schluchzen. Noch gelang es ihm, das Weinen zu unterdrücken.

Inzwischen hatte sich ringsum ein Triumphgeheul
erhoben. Sie fingen an, ihn wie Wilde beim Kriegs-
tanz zu umkreisen, sie faßten in vollem Lauf ihre
Hände und wiederholten im Chor:

»Keinen Papa! Keinen Papa!«

Simon hörte plötzlich auf zu schluchzen. Eine verstörte Wut packte ihn. Jawohl, es gab hier Steine
genug; er raffte welche zusammen und schleuderte
sie mit aller Kraft gegen seine Peiniger. Zwei oder
drei wurden getroffen und rannten heulend davon;
und der Simon sah so entsetzlich drein, daß die übrigen Angst bekamen. Feige, wie die Masse einem bis
zum Äußersten entschlossenen Menschen gegenüber
immer ist, stoben sie auseinander und ergriffen die
Flucht.

Der kleine vaterlose Junge, der allein zurückblieb,
entfernte sich nach den Feldern hinüber. Er begann
zu laufen, denn soeben war ihm etwas eingefallen.
Kaum bedachte er es, so stand in seinem Kopfe ein
großer Entschluß fest. Er wollte sich im Fluß ertränken.

Er erinnerte sich nämlich an dies: Vor acht Tagen
hatte sich ein armer Teufel, ein Bettler, aus Verzweiflung ins Wasser gestürzt. Simon war dabeigewesen, als man ihn herausfischte; der arme Kerl hatte
sehr abstoßend, schmutzig und garstig ausgesehen;
dennoch war dem Knaben der beruhigte Ausdruck,
der auf den bleichen bärtigen Wangen und in den
offenstehenden stillen Augen gelegen hatte, aufgefallen. Das war wunderlich gewesen. Neben ihm
hatte jemand gesagt: »Er ist tot.« – Und ein andrer
fügte hinzu: »Der ist jetzt gut dran.« – Also, Simon
wollte sich ertränken, weil er keinen Papa hatte. Er
wollte es genauso machen wie jener arme Teufel,
dem weiter nichts gefehlt hatte als Geld.

Er kam zum Ufer und sah das Wasser strömen. Ein paar Fische glitten in der klaren Flut dahin. Manchmal schnellten sie sich über den Wasserspiegel und schnappten nach Mücken. Simon wischte sich die Nässe aus den Augen, um es sich anschauen zu können, denn ihr Treiben fesselte ihn bereits. Bisweilen aber – wie in den Pausen eines Sturmes unvermittelt heftige Windstöße heranbrausen, die alle Bäume knarren lassen und sich wieder ins Weite verlieren – tauchte der bitterliche Gedanke wieder in ihm auf: Ich will mich ertränken, weil ich keinen Papa habe.

Das Wetter war schön. Über dem Gras lag warmer Sonnenschein. Das Wasser blinkte wie ein Spiegel. Simon überfiel eine wohlige Erschlaffung, wie sie auf Tränen folgt. Er hätte sich ins warme Gras legen mögen, um zu schlafen.

Ein winziger grüner Frosch sprang zu seinen Füßen. Simon versuchte ihn zu fangen. Der Frosch entwischte. Er griff von neuem zu. Er verfehlte ihn dreimal hintereinander. Endlich packte er ihn an den Enden seiner Beine. Es war zum Lachen, wie das Tierchen zappelte, um freizukommen. Erst zog es sich auf seine langen Beine zurück. Darauf, mit einem plötzlichen Ruck, machte es sie lang und straff wie zwei Stäbchen. Die Augen waren so rund und hatten einen goldenen Kreis, und mit seinen Vorderfüßen griff es wie mit richtigen Händen in die Luft. Es erinnerte Simon an ein Spielzeug, das aus schmalen Holzbrettchen, die im Zickzack aufeinandergenagelt waren, bestand: durch einen ähnlichen Ruck konnte man die kleinen Soldatenfiguren, die obenauf steckten, zum Exerzieren bringen.

Danach dachte er an zu Hause und an seine Mutter. Die Verzweiflung kehrte zurück, und er fing wieder an zu weinen. Ein Schaudern fuhr ihm über die Glieder; er sank in die Knie und sprach sein Gebet, wie er es vor dem Schlafengehen zu tun pflegte. Aber er kam nicht bis zum Amen, denn die Tränen flossen

ihm so reich, so strömend, daß sie ihm Gesicht
und Mund überschwemmten. Er dachte nichts mehr;
nichts war mehr da für ihn; das Weinen erfüllte ihn
ganz.

Plötzlich legte sich eine schwere Hand auf seine
Schulter, und eine tiefe Stimme fragte: »Na, was hast
du denn, kleiner Mann? Was ist denn los?«

Simon wandte sich um. Ein großer Handwerksgesell stand vor ihm und sah ihn freundlich an. Er
hatte einen Bart und schwarzes Kraushaar. Der
Knabe schluchzte mit nassen Augen:

»Sie haben mich gehauen... weil ich... ich... keinen... Papa habe.«

»Was ist das?« machte der Mann und mußte lächeln,
»jeder Mensch hat doch einen.«

Simon stieß krampfhaft immer wieder die gleichen
bekümmerten Worte hervor:

»Ich... ich... habe keinen.«

Darauf wurde der Handwerksgesell ernst; er hatte
gemerkt, wer da vor ihm saß, nämlich der Sohn der
Blanchotte; obwohl er erst seit kurzem in der Gegend
arbeitete, hatte er doch von ihr und ihrer Geschichte
gehört.

»Sei brav und beruhige dich, mein Junge«, sagte er.
»Komm mit mir zu deiner Mama. Wirst schon doch
noch... 'nen Papa bekommen.«

Sie machten sich auf. Der Große hielt den Kleinen
an der Hand, und der Mann lächelte jetzt wieder,
denn er hatte durchaus nichts dagegen, sich die Blanchotte einmal anzuschauen; man hatte ihm erzählt, daß
sie eine der hübschesten Frauen dieser Gegend wäre;
und er hatte vielleicht noch andere Gedanken über sie
im Kopf, die nicht einmal besonders schön waren.

Sie langten bei einem schmucken weißen Häus-
chen an.

»Wir sind da«, sagte der Junge und rief »Mama!«

Eine Frau erschien. Der Handwerksgesell hörte sofort auf zu lächeln, als er sie sah. Diese große blasse

Frau, die aufrecht und streng auf der Türschwelle stehenblieb, würde nicht ein zweites Mal mit sich scherzen lassen. Eingeschüchtert und die Mütze in der Hand stotterte er:

»Sehen Sie, Madam, ich bring Ihnen da Ihren kleinen Burschen zurück. Er wäre beinah ins Wasser gefallen.«

Simon aber sprang seiner Mutter um den Hals und schluchzte unter neuen Tränen:

»Nein, Mama, ich wollte ins Wasser gehn, weil die andern mich gehauen haben ... mich gehauen haben ... weil ich keinen ... keinen Papa habe.«

Eine brennende Röte übergoß das Gesicht der jungen Frau. Dies Wort hatte sie ins Herz getroffen. Mit einer leidenschaftlichen Bewegung riß sie das Kind an sich. Tränen sprangen ihr aus den Augen und rannen nieder. Der Mann stand verlegen an seiner Stelle und wußte nicht, ob er gehen oder bleiben sollte. Aber blitzschnell lief Simon zu ihm hinüber und fragte:

»Wollen Sie mein Papa sein?«

Eine schwere Stille folgte. Die Blanchotte lehnte sich wortlos, wie in Scham und Pein, gegen die Mauer und drückte beide Hände aufs Herz. Das Kind ahnte, daß es keine Antwort bekommen würde, und fügte hinzu:

»Wenn Sie es nicht wollen, so geh ich wieder hin, und dann bin ich wirklich im Wasser.«

Der Handwerksgesell suchte zu scherzen und erwiderte lachend:

»Nun, ich will es ja.«

»Und wie heißt du«, fragte der Knabe, »damit ich den andern antworten kann, wenn sie deinen Namen wissen wollen.«

»Philipp«, antwortete der Mann.

Simon schwieg einen Augenblick, um sich diesen Namen genau einzuprägen. Dann breitete er völlig getröstet die Arme aus und sagte:

»Also gut, Philipp, du bist mein Papa.«

Der Geselle hob ihn von der Erde empor und küßte
ihn ungestüm auf beide Backen. Darauf eilte er mit
langen Schritten davon.

Als der Junge am nächsten Morgen in die Klasse
kam, empfing ihn ein spöttisches Gelächter; aber bei
Schulschluß, als die Burschen wieder anfangen wollten, warf ihnen Simon diese Worte an den Kopf, und
er sprach sie, als hielte er einen Stein in der Faust:
»Mein Papa heißt Philipp.«

Ein Freudengeheul brach von allen Seiten los.

»Wieso Philipp? ... Welcher Philipp? ... Was ist
denn das, Philipp? ... Wo hast du ihn dir gestohlen,
deinen Philipp?«

Simon antwortete nicht. Unerschütterlich und gläu-
big trotzte er ihnen, Auge in Auge. Mochten sie ihn
wieder quälen, fortlaufen würde er nicht. Der Lehrer
befreite ihn und brachte ihn auf den Heimweg.

Seit drei Monaten schon machte der große Handwerksgesell Philipp seine Spaziergänge am Hause
der Blanchotte vorüber. Bisweilen, wenn er sie am
Fenster bei ihrer Näharbeit erblickte, faßte er sich
ein Herz und sprach sie an. Sie antwortete ihm dann
ebenso höflich wie ernst. Es fiel kein Scherzwort
zwischen ihnen. Auch lud sie ihn nie ein, hereinzu-
kommen. Er bildete sich zwar ein, daß sie, sobald
sie mit ihm sprach, ein wenig mehr Farbe auf die
Wangen bekam.

Übrigens ist ein guter Ruf, der verlorenging, kein
guter Ruf mehr, und hinfällig bleibt er überdies für
alle Zeit. Und also fing man bereits an, über die beiden zu klatschen.

Simon hielt sich derweilen zu seinem neuen Papa,
er liebte ihn sehr und machte mit ihm fast jeden
Abend nach getaner Arbeit einen Gang. Unter den
Schulkameraden ging er munter und selbstsicher den
eigenen Weg. Er sprach nicht mit ihnen.

Eines Tages jedoch sagte jener Bursche, der ihn
damals als erster angegriffen hatte, zu ihm:

»Du hast gelogen, du hast keinen Papa, der Philipp heißt.«

»Wie das?« fragte Simon erregt.

Der Bursche rieb sich die Hände und erklärte:

»Wenn du einen hättest, so müßte er doch der Mann deiner Mama sein.«

Simon begriff, daß dies durchaus richtig gedacht war, und wurde unruhig. Dennoch antwortete er: »Er ist trotzdem mein Papa.«

»Alles schön und gut«, grinste der Bursche, »er ist aber nicht dein Papa *ganz und gar.*«

Der Sohn der Blanchotte senkte den Kopf und ging nachdenklich davon. Er wandte sich zur Schmiede des Meisters Loizon hinüber, in der sein Philipp arbeitete.

Die Schmiede lag im Schatten breitkroniger Bäume. Drinnen war es finster; doch warf die Glut der Esse ihren roten Widerschein auf die nackten Arme der fünf Schmiedegesellen, die mit gewaltigem Lärm auf ihren Amboß loshämmerten. Sie standen aufgereckt, umlodert wie Dämonen, und hielten die Augen auf das glühende Eisen gerichtet, das sie bearbeiteten; und ihre schwerfälligen Gedanken stiegen und fielen mit ihren Hämmern.

Simon trat unbemerkt ein und zog seinen Freund sachte am Ärmel. Der wandte sich um. Darauf unterbrach man die Arbeit. Auch die anderen Gesellen schauten aufmerksam herüber. In der plötzlich eingetretenen Stille erhob sich Simons helles Kinderstimmchen:

»Hör einmal, Philipp, da ist ein Bursche, der sagt immerzu, daß du nicht *ganz und gar* mein Papa bist.«

»Weshalb denn nicht?« fragte der Handwerksgesell.

Der Junge erwiderte in aller Unschuld:

»Weil du nicht der Mann meiner Mama bist.«

Niemand lachte. Philipp reckte sich und lehnte die Stirn an seine starken Hände, die den aufgestützten

Hammer umklammert hielten. Er dachte nach. Seine
vier Kameraden hielten an, und Simon stand, wie
ein Zwerg zwischen Riesen, und wartete mit pochendem Herzen auf die Entscheidung. Nach einer Weile
sagte einer von den Gesellen zu Philipp:

»Sie ist trotz allem eine gute und anständige Frau,
die Blanchotte, tapfer und ordentlich bei allem Unglück. Sie würde eine ehrenwerte Frau abgeben für
einen ehrlichen Kerl.«

»Durchaus richtig«, sagten die drei anderen.

Der Geselle fuhr fort:

»Ist es ein Verbrechen von dieser Frau gewesen, daß
sie nachgegeben hat? Man hat ihr die Ehe versprochen, und ich kenne mehr als eine, die man heute hoch-
achtet, und der es ehedem genauso ergangen ist.«

»So ist es«, nickten die drei Männer.

Er fügte noch hinzu: »Wie sie sich abgemüht hat,
die Arme, um ihren Jungen ganz allein aufzuziehen,
und wie sie geweint hat, seit sie überhaupt nicht
mehr ausgeht, wenn man die Kirche nicht rechnet,
das weiß ja nur einer, und das ist unser Herrgott.«

»Auch wahr«, sagten die anderen.

Darauf hörte man eine Weile nichts als den Blase-
balg, der ins Feuer fauchte. Auf einmal beugte sich
Philipp zu Simon nieder:

»Sag deiner Mama, daß ich sie heute abend sprechen
möchte.«

Und er hob den Jungen auf seine Schultern.

Dann wandte er sich wieder der Arbeit zu. Fünf
Hammerschläge dröhnten, als wäre es ein einziger
Schlag. Und also hämmerten sie auf das Eisen bis
zum Abend, stark, gewaltig und in freudiger Lust.
Wie aber das Glockengedröhn einer Kathedrale an
Feiertagen über das Gebimmel der kleineren Glocken
dahinhallt, so übertönte Philipps Hammer, von Sekunde zu Sekunde niedersausend, das Getöse der
anderen. Mit strahlenden Augen schmiedete er, aufrecht und funkenumsprüht.

Der Himmel war sternklar, als er an die Haustür
der Blanchotte pochte. Er trug unter seinem Sonn-
tagskittel ein sauberes Hemd und war frisch rasiert.
Die junge Frau erschien auf der Schwelle. Sie sagte
bekümmert: »Es ist mir nicht recht, daß Sie bei ein-
brechender Nacht kommen, Herr Philipp.«

Er suchte nach einer Antwort, stotterte und stand
verwirrt vor ihr.

Sie fuhr fort: »Sie begreifen wohl, daß es nicht gut
ist, wenn man über mich spricht.«

Plötzlich faßte er sich:

»Es handelt sich darum«, sagte er, »ob Sie meine
Frau werden wollen!«

Es kam keine Antwort. Dann aber vernahm er im
Dunkel der Hausflures ein Geräusch, als ob jemand
sich anlehnen müßte oder umsinken würde. Er trat
schnell ein; und Simon, der im Bett lag, hörte den
Laut eines Kusses und sodann ein paar leise Worte
seiner Mama.

Gleich darauf wurde er von seinem Freunde aus
dem Bett gehoben, und dieser Freund, der ihn auf
seinen starken Armen hielt, sagte zu ihm:

»Du sollst deinen Kameraden erzählen, daß dein
Papa der Philipp Rémy ist, der Schmied, und daß er
alle bei den Ohren nehmen wird, die dir was tun
wollen.«

Am nächsten Morgen, als die Schüler in der Klasse
versammelt waren, vor Beginn des Unterrichts, stand
der kleine Simon auf, blaß und mit bebenden Lippen:
»Mein Papa«, sagte er mit heller Stimme, »das ist der
Philipp Rémy, der Schmied, und er hat mir versprochen, daß er alle bei den Ohren nehmen wird, die mir
was tun wollen.«

Diesmal lachte keiner, denn man kannte den Philipp
Rémy, den Schmied, recht gut. Das war ein Papa, auf
den jedermann hätte stolz sein können.

MENUETT

Für Paul Bourget

Schwere Schicksalsschläge bedrücken mich nicht so lange, begann Jean Bridelle, ein alter Junggeselle und Skeptiker. Ich habe den Krieg in nächster Nähe erlebt: ich trat auf Leichen, ohne viel Besonderes dabei zu empfinden. Schmerzliche Naturereignisse oder die Roheiten der Menschen vermögen Ausrufe des Schreckens in uns auszulösen, aber sie verursachen nicht dieses Weh, dieses Schaudern, das uns bei bestimmten kleinen herzzerreißenden Begebenheiten über den Rücken fährt.

Der tiefste Verlust, den es zu erleiden gibt, ist zweifellos der Verlust eines Kindes für eine Mutter, und der Verlust der Mutter für einen Mann. Der ist arg, er wirft einen nieder und tut entsetzlich weh; aber man erhebt sich von diesem Schlag, wie ja auch große und blutige Wunden sich schließen. Dagegen können zufällige Begegnungen, halbgesehene oder auch nur erratene Dinge, gewisse sorglich versteckte Kümmernisse, Unbill des Schicksals, das eine ganze Welt schmerzlicher Gedanken aufrührt, plötzlich das geheimnisvolle Tor der unbekannten und unstillbaren menschlichen Leiden vor uns auftun; ich meine jene Art von Leiden, die um soviel bitterer sind, weil sie nichtig erscheinen, um soviel brennender, weil sie nicht faßbar sind, um soviel nagender, weil sie erdichtet wirken, und die in unserer Seele ein Gefühl von Bitterkeit und einen Hauch von Trübsinn zurücklassen, von dem wir uns erst lange danach befreien können.

Mir stehen immer zwei oder drei Begebenheiten vor Augen, die niemand mit mir beobachtet hat und die in mich eingedrungen sind wie tiefe und feine Stiche, die nicht zuheilen wollen.

Sie werden die Erregung, die nach diesen vorüberhuschenden Erlebnissen in mir zurückgeblieben ist, vielleicht nicht einmal verstehen. Ich will Ihnen nur von einem berichten. Es liegt weit zurück, aber es ist so frisch geblieben als stamme es von gestern.

Ich bin jetzt fünfzig. Damals war ich ein naiver junger Mann und Student der Rechte, ein wenig schwerblütig, ein wenig verträumt, mit einem ausgesprochenen Hang zur Einsamkeit; die geräuschvollen Cafés und die lärmenden Kameraden lockten mich ebensowenig wie die stumpfsinnigen Mädchen. Ich war Frühaufsteher; zu meinen kostbarsten Genüssen gehörte es, allein, gegen acht Uhr morgens, in der Baumschule des Luxembourg spazierenzugehen.

Sie haben diese Baumschule nicht mehr gekannt? Oh, sie war wie ein verwunschener Garten aus einem vergangenen Jahrhundert und war so hübsch wie ein anmutiges Lächeln, das verfliegt. Buschige Hecken trennten die schmalen und geraden Alleen, die still zwischen ihren Wänden aus kunstvoll beschnittenem Blattwerk dahinführten. Die großen Scheren der Gärtner stutzten diese Laubwände fortwährend; und je nach dem Ort traf man auf Blumenbeete, auf Reihen junger Bäume, die aussahen wie Schüler auf dem Spaziergang, auf wahre Versammlungen herrlicher Rosenstöcke oder auf ganze Regimenter von Obstbäumen.

Eine Ecke dieses entzückenden Wäldchens bewohnten die Bienen. Ihre Strohkörbe standen in regelmäßigen Abständen über die Bretter aufmarschiert und öffneten der Sonne ihre fingerhutkleinen Türen. Die Wege hinunter folgte mir das Gesumm goldglänzender Bienen. Sie waren die eigentlichen Herrinnen dieser Oase, die unermüdlichen Spaziergängerinnen dieser Alleen.

Ich kam fast jeden Morgen hin. Ich setzte mich auf eine Bank und las. Manchmal ließ ich das Buch sinken, um zu träumen, um dem Brodeln von Paris zu lauschen und die tiefe Ruhe der altertümlichen Buchengänge in mich aufzunehmen.

Aber ich merkte bald, daß ich nicht der einzige Besucher war, der sich gleich nach dem Öffnen der Tore einstellte, denn mitunter stieß ich überraschend, im Winkel eines dichten Gesträuches, auf einen seltsamen kleinen Greis.

Er trug Schuhe mit silbernen Schnallen, Kniehosen, einen tabakbraunen Überrock, eine Spitzenkante statt einer Krawatte, und dazu einen borstigen grauen Hut mit riesigen Rändern, der geradezu vorsintflutlich wirkte.

Er war überaus mager, knochig, schnitt Gesichter und lächelte vor sich hin. Seine feurigen Augen rollten unter einem fortwährenden Schwirren der Augenlider; ständig trug er einen prächtigen Stock mit goldenem Knopf bei sich, der gewiß ein teures Andenken war.

Anfangs erschreckte mich der gute Alte, bald aber begann er mich lebhaft zu beschäftigen. Ich spähte durch die Blätterlücken nach ihm aus, folgte ihm von weitem und versteckte mich hinter den Wänden der Bosketts, um nicht von ihm bemerkt zu werden.

Und dies geschah eines Morgens, als er sich wohl allein glaubte: er schickte sich an, sonderbare Bewegungen zu machen, zunächst ein paar kurze Sprünge, dann eine Verbeugung; alsdann vollführte er auf seinen dünnen Beinen einen noch recht beachtlichen Luftsprung; hierauf begann er sich geschickt zu drehen, zu tänzeln, sich auf eine schnurrige Weise zu schütteln, zu lächeln wie vor einem Publikum, anmutig die Arme zu runden, seinen alten marionettenhaften Körper zu verrenken und dann flüchtig ein paar rührende und lächerliche Grüße in das Nichts hinauszusenden. Er tanzte!

Ich stand wie angewurzelt und fragte mich: Wer von uns beiden ist verrückt geworden, er oder ich?

Jetzt hielt er an, und nachdem er, wie es die Schauspieler auf der Bühne zu tun pflegen, vorgetreten war, wich er wieder, sich verneigend, mit einem

zierlichen Lächeln und komödienhaften Kußhänden
zurück und warf seine zittrige Hand zu den Wänden
der beschnittenen Bäume hinauf.

Alsdann setzte er gravitätisch seinen Spaziergang
fort.

Von da ab ließ ich ihn nicht mehr aus den Augen;
jeden Morgen wiederholte er seine seltsamen Übun-
gen.

Ich hätte ihn sehr gerne angesprochen, und ich
wagte es dann. Indem ich ihn grüßte, sagte ich zu
ihm:

»Es ist sehr schön heute, mein Herr.«

Er verneigte sich.

»Gewiß mein Herr, es ist in der Tat ein Wetter wie
von ehedem.«

Acht Tage später waren wir Freunde, und ich
kannte seine Lebensgeschichte. Er war unter der Regierung Ludwigs XV. Tanzmeister an der Oper gewesen. Sein schöner Rohrstock war ein Geschenk des
Grafen von Clermont. Wenn ich ihn auf den Tanz
brachte, war sein Redefluß nicht zu dämmen.

Dann aber, eines Tages, vertraute er mir folgendes
an:

»Ich bin mit der Castris verheiratet, mein Herr.
Ich werde Sie ihr vorstellen, wenn Sie wollen, aber
sie kommt erst später hierher. Dieser Garten, schauen
Sie, ist unser Vergnügen und unser Leben. Er ist das
einzige, was uns von damals verblieben ist. Wir sind
überzeugt, daß wir nicht atmen könnten, wenn wir
ihn nicht hätten. Er ist alt und vornehm, nicht wahr?
Ich glaube hier eine Luft zu atmen, die seit meiner
Jugendzeit die gleiche geblieben ist. Meine Frau und
ich, wir verbringen hier unsre ganzen Nachmittage.
Ich selbst komme bereits am Morgen, denn ich stehe
gern zeitig auf.«

Sobald ich gefrühstückt hatte, kehrte ich in den
Luxembourg zurück, und bald darauf erschien mein
Freund mit einer uralten kleinen, schwarzgekleideten

Dame am Arm, die er sehr zeremoniell heranführte.
Ich wurde ihr vorgestellt. Dies war die Castris, die
berühmte Tänzerin, einst der Liebling von Fürsten,
Liebling des Königs, Liebling jener ganzen galanten
Zeit, die der Nachwelt einen Duft von Zärtlichkeit
zurückgelassen zu haben scheint.

Wir nahmen auf einer Bank Platz. Es war im schönsten Mai. Blumenduft lag in den frischen Alleen;
warmer Sonnenschein drang durch das Laub und goß
breite Tropfen von Licht über uns hin. Das schwarze
Kleid der Castris war ganz in Glanz getaucht.

Der Garten war menschenleer. Aus der Ferne klang
das Rollen von Fiakern.

»Würden Sie die Güte haben«, fragte ich den alten
Tanzmeister, »mir das Menuett zu erklären?«

Er fuhr auf.

»Das Menuett, mein Herr, ist die Königin der
Tänze und der Tanz der Königinnen. Begreifen Sie!
Seit es keine Könige mehr gibt, gibt es auch kein
Menuett mehr.«

In schwulstigen Worten begann er eine lange, begeisterte Lobrede, von der ich so gut wie nichts begriff. Er hätte mir lieber die Schritte, die Bewegungen und die Stellungen schildern sollen. Als ich es
ihm sagte, geriet er in Verwirrung. Er brachte es
nicht heraus und hielt zornig und bekümmert inne.

Plötzlich wandte er sich an seine alte Gefährtin, die
stumm und ernst dasaß, und fragte sie:

»Elise, würdest du, sag, würdest du so freundlich
sein, würde es dir recht sein, wenn wir dem Herrn
vormachten, wie es gewesen ist?«

Sie ließ ihre Augen forschend nach allen Seiten
schweifen, erhob sich dann wortlos und stellte sich
ihm gegenüber auf.

Jetzt erlebte ich etwas Unglaubliches.

Sie begannen ein Hin und Her aus kindischer Zie-
rerei, sie lächelten, gingen im Schwebeschritt und
verneigten sich, sie tänzelten wie zwei greise Puppen,

die einer jener alten klapprigen Mechanismen in
Bewegung setzt, wie sie ehedem von geschickten Ar-
beitern nach dem Geschmack ihrer Zeit konstruiert
wurden.

Mit erregtem Herzen und bewegter Seele schaute
ich ihnen zu. Mir war, als hätte ich eine ebenso quä-
lende wie komische Vision, als begegnete ich dem
Schatten eines in allem versunkenen Jahrhunderts.
Mir war eher nach Weinen als nach Lachen zumute.

Endlich hielten sie an, sie hatten alle Figuren des
Tanzes vorgeführt. Noch standen sie einander einige
Sekunden lang mit seltsamen Grimassen gegenüber;
plötzlich umarmten sie sich schluchzend.

Drei Tage danach reiste ich in die Provinz ab. Ich
habe sie nicht wiedergesehen. Als ich zwei Jahre
später nach Paris zurückkehrte, gab es die Baumschule nicht mehr. Was mag aus ihnen geworden
sein, ohne den geliebten Park ihrer alten Zeit, mit
seinen verwunschenen Winkeln, seinem Duft von
ehemals und den laubigen Flächen seiner Buchen-
wände?

Sind sie gestorben? Irren sie durch die Straßen dieser Zeit wie hoffnungslos Verbannte? Tanzen sie als
schnurrige Gespenster zwischen den Zypressen eines
Friedhofs, dort, wo der Weg im Schein des Mondes
an den Gräbern hinführt?

Die Erinnerung an sie ist in mir lebendig geblieben
und verläßt mich nicht, sie martert mich, sie brennt
in mir wie eine Wunde. Warum? Was weiß ich?

Das kommt Ihnen übertrieben vor, wie?

OBER, EIN BOCK!...

Für José Maria de Heredia

Weshalb mag ich damals diese Bierwirtschaft betreten haben? Ich weiß es nicht mehr. Es war ein frostiger Abend. Ein feiner Regen stob. Die Gasflammen standen wie verschleiert im Dunst; die Gehsteige glänzten vor Nässe; und der Schein der Schaufenster beleuchtete grell den feuchten Straßenkot und die schmutzigen Stiefel der Vorübergehenden.

Ich schlenderte herum, hatte zu Abend gegessen und wollte mir ein wenig die Beine vertreten. Ich kam an der Lyoner Bank vorbei und ging durch die Rue Vivienne und durch irgendwelche andre Straßen. Plötzlich stand ich vor einer größeren Bierwirtschaft, die gut besucht war. Ich betrat sie durchaus ohne Grund. Durst hatte ich nicht.

Ich sah mich nach einem Tisch um, an dem ich nicht allzu beengt sitzen würde, und nahm dann neben einem älteren Manne Platz. Er sog an einer Tonpfeife, die bereits kohlschwarz geraucht war. Sieben oder acht Bieruntersetzer, die vor ihm auf der Tischplatte aufgeschichtet waren, zeigten die Anzahl der Gläser Bockbier an, die er schon getrunken hatte. Mein Nachbar interessierte mich nicht weiter. Es war einer jener Bockbiertrinker und Stammgäste der Bierwirtschaften, die sich am Morgen, sobald man öffnet, dort einstellen und erst spät am Abend, wenn geschlossen wird, wieder gehen. Er sah ungepflegt aus und hatte eine riesige Glatze; nur hinten am Kopf hing ihm strähniges und fettiges, halb angegrautes Haar auf den Kragen seines Überrockes nieder. Der zu weite Anzug mochte aus einer Zeit stammen, wo er bedeutend stärker gewesen war. Die Hose rutschte offenbar; er hätte keine zehn Schritte tun können, ohne sie festzuhalten und in Ordnung zu bringen. Trug er eine Weste? Schon die bloße Vorstellung seiner Schnürstiefel und dessen, was sie einschlossen, verursachte mir Ekel. Die zerfaserten Manschetten hatten schwarze Ränder, ebenso wie seine Fingernägel.

Als ich mich eben an seiner Seite niedergelassen hatte, fragte mich dieser Mann mit einer ruhigen Stimme: »Geht's dir gut?«

Ich wandte den Kopf und sah ihm ins Gesicht. Er fragte: »Erkennst du mich nicht?«

»Nein!«

»Des Barrets.«

Ich war höchst erstaunt. Es war der Graf Jean des Barrets, mein ehemaliger Kamerad vom Gymnasium.

Wir tauschten einen Händedruck. Ich war so verwirrt, daß ich keine Worte fand. Endlich brachte ich heraus: »Und dir? Geht's dir gut?«

Er antwortete still: »Ich? Soweit das möglich ist.«

Er schwieg. Ich suchte nach einem freundlichen Wort, fand aber keins und fragte dann: »Und... was treibst du?«

Er erwiderte gelassen: »Du siehst es.«

Ich fühlte, daß ich rot wurde. Ich drang in ihn und sagte: »Aber doch nicht immer!«

Er murmelte, indem er sich in dichte Rauchwolken hüllte: »Immer dasselbe.«

Darauf ergriff er ein Soustück, das vor ihm lag, klopfte damit gegen die Marmorplatte des Tisches und rief: »Ober, zwei Bock!«

Drüben im Raum wiederholte eine Stimme: »Zwei Bock, sofort!« Eine andre, weiter entfernte Stimme antwortete mit einem helltönenden »Sehr wohl!« Darauf erschien ein weißbeschürzter Mann mit zwei Gläsern Bockbier, von dem er im Schwung ein paar braune Tropfen auf den sandbestreuten Fußboden schüttete.

Des Barrets leerte sein Glas in einem Zug, setzte es nieder und sog den Schaum, der an seinem Schnurrbart hängengeblieben war, ein.

Darauf fragte er mich: »Und was gibt's Neues?«

Ich wußte nichts Neues, das erzählenswert gewesen wäre, und erwiderte achselzuckend: »Gar nichts, alter Junge. Ich bin Kaufmann.«

Er fragte in seinem immer gleichbleibenden Tonfall:

»Und ... ist das unterhaltsam?«

»Das nicht grade. Irgend etwas muß man aber ja treiben.«

»Weshalb aber?«

»Nun ... um sich zu beschäftigen.«

»Was für einen Zweck hat es aber? Schau mich an, wie ich hier sitze, ich tue nichts, gar nichts. Wer keinen Sou in der Tasche hat, muß arbeiten, das begreife ich. Hat man aber zu leben, so ist es überflüssig. Arbeiten? Wozu denn? Arbeitest du für dich oder für andre? Arbeitest du für dich, dann tust du es also, weil es dir Spaß macht, einverstanden; arbeitest du aber für andere, so bist du ein Tropf.«

Darauf legte er seine Pfeife auf die Tischplatte und rief von neuem: »Ober, ein Bock!« Und zu mir: »Das Sprechen macht Durst. Ich spreche nämlich selten. Es ist aber so, wie ich sagte: Ich tue nichts, ich schaue zu und lebe mein Leben dabei zu Ende. Sterbe ich, so werde ich gar nichts vermissen. Ich werde keine andre Erinnerung haben als diese Wirtschaft hier. Keine Frau, keine Kinder, keinen Kummer, keine Sorgen, nichts. Das ist besser.«

Er leerte das Glas, das man ihm gebracht hatte, fuhr sich mit der Zunge über die Lippen und griff nach der Pfeife.

Ich sah ihn betroffen an und dachte nach. Dann fragte ich:

»Du hast aber nicht immer so gedacht?«

»Doch, immer, seit dem Gymnasium.«

»Das ist doch kein Leben, mein Lieber. Das ist ungeheuerlich. Ich bitte dich, du tust doch irgend etwas, du hast irgendeine Neigung, du hast Freunde!«

»Keineswegs. Ich stehe gegen Mittag auf. Ich

komme hierher, ich·frühstücke, ich trinke Bier, ich lasse es Abend werden, ich esse zur Nacht, ich trinke Bier; dann, so gegen halb zwei in der Frühe, gehe ich zum Schlafen heim, weil man hier schließt. Man schließt – das ist es, was mich vor allem ärgert. Innerhalb von zehn Jahren habe ich wenigstens sechs Jahre auf dieser Bank hier, in meiner Ecke, angenehm hingebracht; zu Haus bin ich im Bett und nie anderswo. Bisweilen unterhalte ich mich mit den Stammgästen.«

»Was hast du aber anfangs getan, als du nach Paris kamst?«

»Ich habe das gleiche getrieben ... im Café de Médicis.«

»Und später?«

»Später ... bin ich über die Brücke gegangen und hierher gekommen.«

»Weshalb wechseltest du?«

»Nun, sag selbst, man kann sein ganzes Leben doch nicht im Quartier Latin verbringen. Die Studenten waren mir zu laut. Jetzt aber werde ich mich nicht mehr vom Fleck rühren. Ober, ein Bock!«

Ob er sich über mich lustig machte? Ich ließ nicht nach und sagte zu ihm:

»Laß uns offen sprechen. Du hast gewiß einen schweren Kummer gehabt? Einen Liebeskummer, nicht wahr? Ein Unglück hat dich getroffen. Wie alt bist du jetzt?«

»Dreiunddreißig. Aber ich sehe schon nach mindestens fünfundvierzig aus.«

Ich sah ihn mir genau an. Sein ungepflegtes, gefurchtes Gesicht hatte etwas Greisenhaftes. Auf seiner schmutzigen Kopfhaut bewegten sich ein paar strähnige Haare. Er hatte starke Augenbrauen, einen buschigen Schnurrbart und einen dichten Vollbart. Ich stellte mir plötzlich ein Waschbecken vor, voll von schwärzlichem Wasser ... so mußte das Wasser aussehen, in dem man dies Haar waschen würde.

Ich sagte dann: »Es ist richtig, du siehst älter aus
als du bist. Bestimmt hast du Schweres erlebt.«

Er erwiderte: »Durchaus nicht. Ich bin alt geworden, weil ich nie an die Luft gehe. Nichts schadet
dem Menschen mehr als das Leben in den Cafés.«

Ich konnte ihm nicht glauben: »Hast du nicht doch
unsolide gelebt? Gewiß bist du deshalb so früh kahl
geworden, weil du zuviel mit Frauen zu tun gehabt
hast.«

Er schüttelte den Kopf. Weiße Stäubchen fielen
ihm aus dem Nackenhaar auf den Rücken nieder:
»Nein, ich bin immer mäßig gewesen.« Und indem
er die Augen zum Kronleuchter, der nahe über unseren Köpfen hing, erhob: »Wenn ich kahl bin, so
ist das Gaslicht daran schuld. Es schadet dem Haar.
– Ober, ein Bock! – Hast du denn keinen Durst?«

»Nein, danke. Hör mich aber an! Ich muß immer
darüber nachdenken. Seit wann bist du kleinmütig?
Das ist doch nicht normal, es ist nicht natürlich. Es
steckt etwas dahinter.«

»Nun ja. Es geht bis in meine Kindheit zurück.
Damals, als ich klein war, hat mir jemand einen
Schlag versetzt. Damals bin ich ein Schwarzseher ge-
worden und werde es bis an mein Ende bleiben.«

»Was ist dir geschehen?«

»Du willst es wissen? Höre zu. Du erinnerst dich
noch an das Schloß, in dem ich aufgewachsen bin;
du bist ja fünf- oder sechsmal während der Ferien
bei uns gewesen. Du kannst dir den langen grauen
Bau noch vorstellen, nicht wahr, mitten in seinem
weiten Park, und auch die mächtigen Eichenalleen,
die nach den vier Himmelsrichtungen führten! Du
erinnerst dich an meinen Vater und an meine Mutter,
an diese beiden zeremoniellen, stattlichen und stren-
gen Menschen.

Ich verehrte meine Mutter und fürchtete meinen
Vater, ich achtete sie beide; überdies war ich gewöhnt, daß jedermann vor ihnen dienerte. Sie waren

dort auf dem Lande der Herr Graf und die Frau
Gräfin; und auch die Nachbarn, die Tannemares, die
Ravelets und die Brennevilles, bezeigten meinen
Eltern eine besondere Hochachtung.

Ich war damals dreizehn Jahre alt. Ich war immer
fröhlich und guter Dinge, wie man es in dem Alter
ja ist, ein lebenslustiger Bursche.

Eines Tages, gegen Ende September, vor dem Wie-
derbeginn des Unterrichts am Gymnasium, also kurz
vor meiner Abreise, als ich für mich allein im Park
den ›Schwarzen Mann‹ spielte und dabei durch das
Dickicht der Zweige und Blätter dahinstöberte, erblickte ich beim Überqueren einer Allee meinen Vater
und meine Mutter. Sie gingen spazieren.

Mir ist, als wäre es gestern gewesen. Es war ein
stürmischer Tag. Die hohen Bäume der Allee bogen
sich unter den Windstößen, sie knarrten, sie schienen
zu seufzen und dumpfe und geheimnisvolle Worte
auszustoßen, wie es der Wald bei Sturm zu tun pflegt.
Die Blätter lösten sich und flogen wie Vögel davon,
sie wirbelten dahin, streiften zu Boden und rannten
wie kleine geschwinde Wesen die Allee hinunter.

Es wurde Abend. Im Dickicht war es schon finster.
Das Branden des Sturmwindes in den Ästen feuerte
mich an, ich lief wie ein Besessener dahin und heulte
dabei, wie es sich für den ›Schwarzen Mann‹ gehörte.

Kaum hatte ich die Eltern erblickt, so schlich ich
mit gedämpften Tritten, von den Zweigen verdeckt,
zu ihnen hinüber, um sie als ein echter und richtiger
Landstreicher zu überfallen.

Ein paar Schritte von ihnen entfernt blieb ich erschrocken stehen. Was war das? Mein Vater schrie
in furchtbarer Wut:

›Deine Mutter ist eine dumme Gans; übrigens geht
es nicht deine Mutter, sondern dich ganz allein an.
Du weißt, daß ich das Geld brauche. Ich erwarte also
von dir, daß du unterschreibst.‹

Mama antwortete mit fester Stimme:

›Ich werde auf keinen Fall unterschreiben. Es handelt sich um Jeans Vermögen. Ich hebe es für ihn auf, und ich will nicht, daß du es mit Frauenzimmern und Dienstboten durchbringst, wie du es mit deiner eigenen Erbschaft getan hast.‹

Darauf wandte sich Papa, bebend vor Zorn, um. Er packte seine Frau am Hals und begann ihr mit der anderen Hand aus aller Kraft ins Gesicht zu schlagen.

Mamas Hut flog zur Erde, ihr Haar löste sich und fiel auseinander; sie versuchte, die Schläge abzuwehren, aber ohne Erfolg. Und Papa schlug zu, schlug zu wie ein Wahnsinniger. Sie sank zu Boden und schützte ihr Gesicht mit den Armen. Darauf warf er sie auf den Rücken, stieß die Hände, mit denen sie das Gesicht bedeckte, beiseite und schlug weiter.

Und ich, mein Lieber? Nun, ich war überzeugt, daß die Welt unterginge, daß die ewigen Gebote Gottes sich gewandelt hätten. Ich stand fassungslos, wie man dem Widernatürlichen, ungeheuerlichen Katastrophen und unersetzlichen Verlusten gegenübersteht. Mein kindliches Gemüt verwirrte sich und verdarb. Ich begann aus aller Kraft zu schreien und wußte noch gar nicht warum. Mein Vater hörte mein Geschrei, er drehte sich her, sah mich stehen, stand auf und kam auf mich zu. Ich glaubte, daß er mich töten wollte, und entfloh wie ein gehetztes Wild in den Wald.

Ich rannte vielleicht eine Stunde lang oder zwei, ich weiß es nicht mehr. Es wurde Nacht, und ich fiel ins Gras und blieb liegen. Angst zerschnitt mir die Brust, Kummer peinigte mich, mein Kinderherz litt ohne Maß. Und ich fror und hatte gewiß auch Hunger. Der Tag brach an. Sollte ich aufstehen? Heimgehen? Oder weiterlaufen? Ich wagte nicht, mich zu bewegen. Ich fürchtete mich davor, meinem Vater zu begegnen. Ich wollte ihn nicht wiedersehen.

Ich würde vielleicht vor Gram und Entkräftung am

Fuße meines Baumes gestorben sein, wenn nicht der
Holzwärter mich gefunden und mit Gewalt heim-
gebracht hätte.

Meine Eltern zeigten ihre gewohnten Gesichter, als
ich eintrat. Meine Mutter sagte mir nur dies: ›Wie
du mich geängstigt hast, du unartiger Junge, ich habe
die ganze Nacht nicht geschlafen.‹ Ich konnte ihr
nicht antworten und konnte nur weinen. Mein Vater
schwieg.

Acht Tage darauf kehrte ich ins Gymnasium zurück.

Also, mein Lieber, etwas war zu Ende für mich.
Ich hatte die andere Seite der Dinge gesehen, die
schwarze Schattenseite; die lichte Seite ist mir seit
jenem Tage nicht mehr vor Augen gekommen. Was
mag in mir vorgegangen sein? Welches seltsame Phä-
nomen hat mir die Begriffe verschoben? Ich weiß
es nicht. Ich habe seither an nichts mehr Geschmack
gefunden, zu nichts Lust gehabt, zu niemandem Zuneigung gespürt, nie einen Wunsch gehegt, keinen
Ehrgeiz gekannt und keine Hoffnungen genährt.
Immer noch sehe ich meine arme Mutter drüben in
der Allee an der Erde liegen, und immer noch steht
mein Vater neben ihr und schlägt zu. – Mama ist
ein paar Jahre darauf gestorben. Mein Vater lebt
noch. Ich habe ihn nicht wiedergesehen. – Ober, ein
Bock! . . .«

Das Bier wurde gebracht, und er goß es in einem
Zug hinunter. Als er dann, mit zitternder Hand,
seine Pfeife nehmen wollte, zerbrach sie ihm. Er
machte eine betrübte Miene und sagte: »Schau! Das
ist nun ein wirklicher Kummer für mich, zum Beispiel. Ich werde einen ganzen Monat zu tun haben,
bis die neue angeraucht ist.«

Und wieder ließ er durch den weiten Raum, der
jetzt mit Tabakrauch und Trinkenden gefüllt war,
seinen nie endenden Ruf erschallen:

»Ober, ein Bock – und eine neue Pfeife!«

DAS TESTAMENT

Für Paul Hervieu

Ich lernte damals einen hochgewachsenen jungen Mann namens René de Bourneval kennen. Er war zuvorkommend im Umgang, wiewohl ein wenig finster; er schien allen Glauben an die Menschen verloren zu haben; jedenfalls gehörte er zu jenen Zweiflern, die mit ätzender Schärfe jede Äußerung der heuchlerischen Gesellschaft auf ihren wahren Kern zu untersuchen pflegen. Ich hörte ihn einmal sagen: »Es gibt keine Ehrenmänner; wenigstens sind sie im Verhältnis zu den Lumpen dünn gesät.«

Er hatte zwei Brüder, mit denen er nicht zusammenkam, die Herren de Courcils. Ich nahm an, daß sie aus einer anderen Ehe seiner Mutter stammten, worauf ja auch die Verschiedenheit der Namen hindeutete. Ich hatte einmal gehört, daß in seiner Familie eine üble Geschichte passiert wäre; Einzelheiten wußte ich nicht darüber.

Dieser Mann gefiel mir ausnehmend, wir freundeten uns rasch an. Eines Abends, als ich bei ihm gespeist hatte – wir waren unter uns –, fragte ich ihn ganz arglos: »Entstammen Sie eigentlich der ersten oder der zweiten Ehe Ihrer Mutter?« Ich bemerkte, daß er blaß wurde und dann errötete; er saß einen Augenblick lang schweigend da und war sichtlich verlegen. Darauf begann er auf die ihm eigene schwermütige Weise zu lächeln und sprach: »Lieber Freund, falls es Sie nicht langweilt, möchte ich Ihnen Näheres über meine Herkunft erzählen. Da ich Sie für einen überlegenen Menschen halte, so brauche ich wohl nicht zu fürchten, daß unsere Freundschaft darunter leiden wird; sollte sie doch darunter leiden, so würde es für mich ohne jeden Wert sein, Sie zum Freunde zu haben.

Meine Mutter, Frau de Courcils, war eine arme kleine verschüchterte Frau, die von ihrem Manne des

Geldes wegen geheiratet worden war. Ihr Leben ist
eine einzige Marter gewesen. Dies liebenswürdige,
ängstliche, empfindsame Herz wurde unaufhörlich
von demjenigen gepeinigt, der mein Vater hätte sein
sollen und der einer dieser Grobiane war, die man
Krautjunker nennt. Schon im ersten Monat ihrer
Ehe gab er sich mit einer Bedienten ab. Darüber
hinaus betrog er sie mit den Frauen und Töchtern
seiner Pächter, was ihn aber durchaus nicht hinderte,
zwei Kinder von dieser Frau zu haben; man wird
sagen drei, falls man mich hinzurechnet. Meine Mutter schwieg zu dem allem; sie lebte in diesem lärmenden Hause wie die Glanzlichter auf ihren Möbeln.
Sie stand im Schatten, unsichtbar und verschüchtert.
Sie begegnete den Menschen mit ihren großen unruhigen Blicken und lebte in beständiger Furcht. Sie
war gleichwohl hübsch, hellblond, von einem bedeckten Blond, von einem farblosen Blond; wie wenn
ihr Haar durch die unaufhörlichen Kümmernisse ver-
färbt gewesen wäre.

Zu den Bekannten des Herrn de Courcils, die regelmäßig ins Schloß kamen, gehörte ein ehemaliger
Kavallerieoffizier, Witwer, ein wegen seiner Reiz-
barkeit und Heftigkeit gefürchteter Mann, der zu
klaren Entschlüssen fähig war. Er hieß de Bourneval,
ich führe seinen Namen. Er war von hoher, hagerer
Gestalt und trug einen schwarzen Schnurrbart. Ich
bin ihm sehr ähnlich. Er war belesen und dachte in
allem anders als die Leute seiner Klasse. Seine Ur-
großmutter war eine Freundin J. J. Rousseaus gewesen, und man hätte durchaus sagen können, daß
etwas von der Liebschaft dieser Vorfahrin in ihm
lebendig geblieben sei. Er wußte den ›Contrat social‹,
die ›Neue Héloise‹ und all die philosophischen Schrif-
ten auswendig, die die spätere Umwälzung unsrer
veralteten Gebräuche, unsrer Vorurteile, unsrer ver-
staubten Gesetze und unsrer verblödeten Sitten vorbereitet haben.

Er liebte meine Mutter, ich weiß es, und er wurde
von ihr wiedergeliebt. Ihre Liebe war so heimlich,
daß niemand sie ahnte. Die arme Frau, hilflos und
niedergeschlagen wie sie war, mußte sich ja mit
einem verzweifelten Mut an ihn anschließen und
durch den Umgang mit ihm seine Art zu denken
annehmen: seine Ansicht von der Freiheit des Ge-
fühls und dem Recht zur freien Liebe; da sie aber
viel zu verschüchtert war, darüber zu sprechen, so
wurde all das ins Herz zurückgedrängt und dort verschlossen gehalten.

Meine Brüder waren schroff zu ihr wie mein Vater,
sie gaben ihr nie ein gutes Wort, und da die beiden
daran gewöhnt waren, daß sie im Hause nichts galt,
behandelten sie die Mutter so etwa wie ein Kindermädchen.

Ich war von ihren Söhnen der einzige, der sie von
Herzen liebte, und den sie wiederliebte.

Sie starb. Ich war damals achtzehn Jahre alt. Damit
Sie das, was jetzt folgt, verstehen können, muß ich
einfügen, daß ihr Ehemann durch einen Gerichts-
beschluß gebunden war, welcher eine Gütertrennung
zugunsten meiner Mutter vorsah, und der ihr dank
der List irgendeines Gesetzes und dank der Ergebenheit und Klugheit ihres Notars das Recht gewahrt
hatte, ihr Testament nach eigenem Gutdünken zu
machen.

Wir wurden also davon benachrichtigt, daß bei diesem Notar ein Testament vorläge, und aufgefordert,
der Verlesung beizuwohnen.

Mir ist, als sei es gestern gewesen. Es wurde eine
großartige, bewegte, possenhafte und überraschende
Szene. Sie ward heraufbeschworen durch die nach-
trägliche Empörung einer Toten, durch ihren Auf-
schrei nach Freiheit, durch ihre Herausforderung aus
dem Grabe heraus. Aus dem verschlossenen Sarge erhob diese Märtyrerin ihren erbitterten Wehruf über
die im Leben erlittene Knechtschaft.

Jener, der sich für meinen Vater hielt, ein starker,
vollblütiger Mann mit dem Äußeren eines Metzgers,
und meine Brüder, zwei kräftige Burschen von zwanzig und zweiundzwanzig Jahren, warteten ruhig auf
ihren Sitzen. Herr de Bourneval, der dazu geladen
war, trat ein und nahm hinter mir Platz. Er steckte
in seinem eng anliegenden Überrock, war sehr blaß
und kaute an seinem Schnurrbart, als ob ihm die
Sache unbehaglich wäre. Er schien darauf gespannt
zu sein, was sich ereignen würde.

Der Notar schloß die Tür sorglich ab. Nachdem er
vor unseren Augen den Briefumschlag, der mit rotem
Lack gerichtlich versiegelt war, erbrochen hatte, begann er mit der Verlesung. Übrigens kannte er den
Inhalt des Briefes nicht.«

Mein Freund hielt inne. Er stand auf und entnahm
seinem Sekretär ein vergilbtes Blatt Papier, entfaltete
es, küßte es und fuhr fort: »Hier ist das Testament
meiner herzgeliebten Mutter:

›Ich, die Endesunterzeichnete, Anna-Katharina-
Genoveva-Mathilde de Croixluce, Ehefrau des Jo-
hann-Leopold-Joseph Gontran de Courcils, gesund
an Körper und Geist, lege hier meinen letzten Willen
nieder.

Vorerst bitte ich Gott um Verzeihung, und nach
ihm sodann meinen teuren Sohn René, wegen der
Tat, die ich begangen habe. Ich weiß, daß mein Kind
großherzig genug ist, um mich zu verstehen und mir
zu verzeihen. Mein ganzes Leben lang habe ich ge-
litten. Ich bin aus Berechnung geheiratet und durch
meinen Ehemann allezeit verachtet, verleugnet, unter-
drückt und betrogen worden.

Ich verzeihe ihm, aber ich schulde ihm nichts.

Meine älteren Söhne haben mich nie geliebt, mich
nie geherzt, sie haben mich kaum als ihre Mutter angesehen.

Ich habe, solange ich lebte, ihnen gegenüber meine

Pflicht getan; nun ich tot bin, schulde ich auch ihnen nichts mehr. Die Bande des Blutes werden zunichte ohne die sorglich pflegende Liebe eines jeden Tages. Ein undankbarer Sohn ist dem Herzen geringer als ein Fremdling, denn Kaltherzigkeit gegen die Mutter ist eine Sünde.

Ich habe immer vor diesen Menschen zittern müssen, vor ihrem angemaßten Gewaltrecht, ihrer unmenschlichen Lebensführung, ihren niederträchtigen Vorurteilen. Vor Gottes Antlitz fasse ich Mut. In meinem Sterben werfe ich die schimpfliche Verstellung ab; ich wage es, zu sagen, was ich denke; ich mache das Geheimnis meines Herzens offenbar. Hier steht es geschrieben.

Hiermit vermache ich durch Hinterlegung den ganzen Teil meines Vermögens, über den ich laut Gesetz verfügen kann, meinem innigst geliebten Freund Peter-Simon de Bourneval, von dem es auf meinen Sohn René überkommen soll.

(Diese Willensäußerung ist an anderer Stelle in einer notariellen Akte genau formuliert.)

Dazu erkläre ich vor dem Allerhöchsten Richter, der mich hört, daß ich Himmel und Erde verflucht haben würde, wenn mir nicht die tiefe, aufopfernde, zärtliche und unerschütterliche Zuneigung meines Geliebten geworden wäre und wenn ich nicht in seinen Armen begriffen hätte, daß der Schöpfer seine Wesen in die Welt gegeben hat, damit sie einander lieben, einander helfen, einander trösten und in den Stunden des Schmerzes miteinander weinen sollen.

Meine beiden älteren Söhne haben Herrn de Courcils zum Vater. René allein verdankt sein Leben Herrn de Bourneval. Ich bitte den Lenker der Menschen und ihrer Geschicke, diesen Vater und seinen Sohn über alle gesellschaftlichen Vorurteile zu erheben, auf daß sie einander lieben bis an ihren Tod und auch mich und mein Grab in ihre Liebe einschließen.   Mathilde de Croixluce.‹

Herr de Courcils war aufgesprungen; er schrie: ›Das ist das Testament einer Wahnsinnigen!‹ Herr de Bourneval trat einen Schritt vor und erklärte mit lauter und schneidender Stimme: ›Ich, Simon de Bourneval, versichere, daß diese Niederschrift die lautere Wahrheit enthält. Ich bin in der Lage, dies durch Briefe, die in meinem Besitz sind, zu beweisen.‹

Darauf rückte Herr de Courcils gegen ihn vor. Ich fürchtete, daß sie sich schlagen würden. Sie standen wutschnaubend voreinander, beide hochgewachsen, der eine untersetzt, der andere hager. Der Mann meiner Mutter stieß ein paar abgehackte Worte hervor: ›Sie sind ein Lump!‹ Der andere verkündete in dem gleichen entschiedenen und trockenen Ton: ›Wir werden uns an einem anderen Orte wiedersehen, mein Herr. Ich würde Sie längst geohrfeigt und gefordert haben, wenn ich nicht, solange sie lebte, auf die Ruhe der armen Frau hätte Rücksicht nehmen müssen, der Sie so viel Leid zugefügt haben.‹

Alsdann wandte er sich an mich: ›Sie sind mein Sohn. Wollen Sie mir folgen? Ich habe nicht das Recht, Sie hier wegzuführen, aber ich nehme es mir, wenn Sie mich gern begleiten wollen.‹

Ich schüttelte ihm stumm die Hand. Wir sind zusammen fortgegangen. Ich war völlig von Sinnen.

Zwei Tage darauf wurde Herr de Courcils von Herrn de Bourneval im Duell getötet. Meine Brüder schwiegen aus Furcht vor einem peinlichen Skandal. Ich habe ihnen die Hälfte des Vermögens, das meine Mutter hinterließ, abgetreten, und sie haben es angenommen.

Ich führe seither den Namen meines wirklichen Vaters; auf den, der mir nach dem Gesetz zustand, aber nicht der meine war, habe ich verzichtet.

Herr de Bourneval ist vor fünf Jahren gestorben. Ich habe seinen Verlust noch nicht verschmerzt.«

Er erhob sich und ging ein paar Schritte auf und ab. Indem er sich dann mir gegenübersetzte, sagte er:

»Nun, ich meine, daß das Testament meiner Mutter eines der herrlichsten, der ehrenwertesten, der größten Dinge ist, die eine Frau vollbringen kann. Meinen Sie nicht auch?«

Ich reichte ihm tief ergriffen beide Hände.

LIEBE

(Drei Blätter aus dem Tagebuch eines Jägers)

... Ich lese soeben in der Zeitung über eine Liebestragödie, die sich jüngst ereignet hat. Ein Er hat eine Sie erschossen und hernach sich selbst; das alles geschah, wie es heißt, aus Liebe. Ich kenne die beiden nicht, sie gehen mich als Personen nichts an. Mich interessiert nur ihre Liebe, und auch nicht deshalb, weil sie mich etwa in Erstaunen gesetzt und nachdenklich gemacht oder gar gerührt und erschüttert hätte – sondern insofern, als sie mich an ein unvergeßliches Jagdabenteuer aus meiner Jugendzeit erinnert, das mich gelehrt hat, was die Liebe ist... damals stand es vor meinen Augen an den Himmel gezeichnet, wie den ersten Christen das Kreuz des Herrn.

Ich bin meiner Anlage nach ein primitiv empfindender Mensch; das Leben hat zwar so einiges verwässert... Eins aber bin ich geblieben und werde ich bleiben: ein leidenschaftlicher Jäger; das schweißende Wild, Blut auf den Federn, Blut auf meinen Händen... wenn ich das erlebe, so ist mir alles andre gleichgültig.

Also, wie ist das damals gewesen, in meiner Jugend? Gegen Ende Herbst, als ganz plötzlich starker Frost einsetzte, bekam ich eine Einladung von Karl de Rauville, meinem Vetter: Komm herüber, wir gehen in der Frühe zusammen auf die Entenjagd.

Mein Vetter war damals ein bärenstarker Kerl von vierzig Jahren, fuchsrot und vollbärtig, ein richtiger Landjunker, nicht eben gebildet, aber lustig und liebenswürdig und mit einem guten Schuß Mutterwitz, der einem diese Leute erträglich macht. Er bewohnte eine Art Schloß oder Gutshof, mitten in einem weiten Tal, das ein Fluß durchströmte. Die Hügel ringsum waren bewaldet. Es waren alte Wälder, die zum Gut gehörten; es gab da drinnen noch prachtvolle

Bäume; man trifft dort noch heute das erlesenste Federwild der ganzen Gegend an. Wer Glück hat, kann dort einen Adler erlegen; man stößt in diesen jahrhundertealten Beständen auf all die Zugvögel, die unsre dichtbevölkerten Landstriche sonst meiden. Sie behalten die stillen Waldwinkel, die ihnen bei der kurzen nächtlichen Rast Unterschlupf gewährt haben, im Gedächtnis und erscheinen in jedem Jahr wieder.

Unten im Tal gab es weite Wiesenflächen, die durch Wasserrinnen entwässert wurden; lange Hecken trennten sie voneinander. Weiter talauf bildete der Fluß, der bis zu dieser Stelle kanalisiert worden war, eine unübersehbare Sumpffläche. Dieser Sumpf, das idealste Jagdgelände, das ich je kennengelernt habe, war der Augapfel meines Vetters. Er pflegte ihn, wie man einen Park pflegt. Quer durch die riesigen Schilfwälder, die den Morast bedeckten, auf ihm lebten, über ihm rauschten und im Winde scharrten, hatte er schmale Gassen gezogen, die man in flachen Booten durchfahren konnte. Diese Boote wurden mit Stangen vorwärtsgestoßen und gelenkt. Wenn man in ihnen über die reglose Flut dahinglitt, streiften einem die Schilfhalme um die Mütze, flitzten die Fische flink wie der Blitz in die Krautwolken und tauchten die Bläßhühner, kaum daß man noch ihren spitzen schwarzen Kopf zu Gesicht bekam, unter Wasser.

Das Wasser ist meine Freude: gewiß auch das Meer, obwohl es zu gewaltig und zu erregend ist, als daß man es je ganz kennenlernte . . . und auch die reizenden Flüsse, die vorüberströmen, dem Blick entschwinden und keinen Ort haben . . . über alles aber liebe ich die Sümpfe, in denen sich das überaus rätselhafte Leben der Wassertiere abspielt. Der Sumpf ist eine Art Zwischenreich, er ist nicht Erde allein und nicht Wasser allein; er hat sein besonderes Eigenleben, seine seßhaften Bewohner, seine weiterreisenden Gäste, eigene Stimmen und eigene Geräusche, kurz,

er ist ein Wesen für sich. Außerdem hat er ... sein
Geheimnis. Nichts ist beunruhigender und, zu Zeiten, grausenerregender als ein Moorbruch. Woher
rührt die Unruhe, die über den wasserbedeckten
Flächen brütet? – Das uferlose Rauschen im Schilf,
die beklemmenden Irrlichter ... das rätselhafte
Schweigen in windstillen Nächten? ... Oder aber
die wechselnden Formen des Nebels, die wie Toten-
gewänder über die Halme dahinschleifen ... der
kaum vernehmbare Ton, der fern und ganz flüchtig
hörbar wird, der eben noch gedämpft herüberklang
und der jetzt, in der Nähe, losdröhnt wie ein Kano-
nenschuß oder wie der Donnerschlag eines Gewitters?
Wirkt all dies zusammen, um den Sumpf zu einer
trügerischen Welt zu machen, zu einem Ort, den man
meiden sollte, weil auf seinem Grunde ein unlösbares
und gefährliches Geheimnis ruht?

Nicht dies. Ein anderes Mysterium enthüllt sich
hier, tiefer noch und bedeutungsvoller ... es treibt
mit den schweren Nebelschwaden dahin und ist vielleicht das Geheimnis der Schöpfung selbst! Denn hat
sich nicht in einem solchen stillstehenden Wasser, in
der satten Feuchtigkeit der fruchtbaren Erde, von der
glühenden Sonne überlodert, der erste Lebenskeim
geregt?

Ich kam gegen Abend an. Es fror Stein und Bein.

Das Abendessen wurde im Saal eingenommen. Da
drinnen hatte sich nichts verändert. Schränke, Wände
und die Decke, alles war mit ausgestopften Vögeln
bedeckt; einige hingen mit ausgebreiteten Flügeln,
als ob sie schwebten, andre saßen auf Ästen, die mittels Nägeln an der Wand befestigt waren. Da gab es
Sperber, Reiher, Eulen, Ziegenmelker, Bussarde,
Habichte, Geier und Falken. Mein Vetter, der in seiner Jacke aus Robbenhaut wie ein komisches Unge-
tüm der Polarzone aussah, setzte mir bei Tisch auseinander, wie die Sache vor sich gehen sollte.

Wir würden früh um halb vier aufbrechen müssen,

um gegen halb fünf den Punkt zu erreichen, wo wir uns auf den Anstand stellen wollten. Man hätte drüben eine Hütte errichtet, eine Art Blockhaus aus dicken Eisstücken; wir würden also vor dem bitterkalten Wind, der kurz vor Tagesanbruch aufkommt, einigermaßen geschützt sein. Dieser Wind ... ich habe allen Respekt vor ihm: er schneidet einem in die Haut mit der Schärfe eines Messers, er legt sich ins Haar mit der Eiseskälte einer Degenklinge, er sticht wie mit Stacheln und beißt wie mit Zangen, er ist Eis und Feuer zugleich.

Mein Vetter rieb sich die Hände. Er sagte: »So einen Frost habe ich noch nie erlebt – um sechs Uhr abends schon zwölf Grad unter Null!«

Ich legte mich gleich nach dem Abendessen zu Bett und fiel beim Schein der Flammen, die im Kamin loderten, in Schlaf.

Schlag drei Uhr wurde ich geweckt. Ich zog mir einen Schafpelz über. Mein Vetter erschien in einem Mantel aus Bärenfell. Nachdem wir jeder zwei Tassen heißen Kaffee und darauf noch zwei Schnäpse getrunken hatten, brachen wir auf. Der Feldhüter übernahm unsre beiden Hunde Plongeon und Pierrot.

Draußen drang einem die Kälte bis auf die Haut. In solchen Nächten scheint der Frost der alten Erde den Garaus machen zu wollen: die eisige Luft wird ganz fest, ganz dick und ist wie mit Händen zu greifen; kein Hauch bewegt sie; sie ist starr, wie festgewachsen; sie dringt den Bäumen bis ins Mark, sie beißt zu und vernichtet die Pflanzen, die Insekten und sogar die kleinen Vögel – sie fallen aus der Luft und liegen auf der steinharten Erde und werden hart wie sie unter dem unerbittlichen Frost.

Der Mond stand im letzten Viertel. Er neigte sich auf die Seite. Blaß, hinfällig, wie krank, hing er da oben. Es war, als ob er sich nicht mehr zu rühren vermöchte, als hätte ihn die scharfe Eisluft an seine Stelle gebannt und dort angefroren. Er verbreitete ein

frostiges und trübes Licht. Sein Silber war fahl geworden wie Blei. In drei Tagen würde er tot sein –
Neumond.

Wir beide, Karl und ich, gingen nebeneinander,
die Schultern hochgezogen, die Hände tief in den
Taschen, die Flinte unterm Arm. Man hatte uns die
Stiefel, damit wir auf den überfrorenen Wasser-
flächen nicht ausgleiten sollten, mit Wolle umwik-
kelt; so schritten wir lautlos dahin; ich sah, daß der
Atem der Hunde als weißer Dampf aufwölkte.

Bald begann der Sumpf. Eine der Schilfgassen, die
sich durch den dürren, niedrigen Wald hinzogen,
nahm uns auf.

Wenn unsre Ellbogen die langen Blattbänder streiften, scharrte es leise; schon spürte ich, daß mir das
Herz klopfte und ein Fieber mich schüttelte . . . dies
Fieber, das mich befällt, sobald ich den Fuß auf ein
Moorgelände setze. Heute packte es mich stärker
noch als sonst, denn dieser Sumpf war tot; ein Toter
lag unter unseren Füßen, und wir schritten quer
durch einen Wald erstarrter Halme über ihn hin.
Plötzlich, da die Gasse eine Biegung machte, kam
jene Eishütte in Sicht, die man zu unserem Schutz
errichtet hatte. Ich ging hinein. Es war noch Zeit. Die
ersten Vögel würden erst in einer Stunde erwachen.
Ich drehte mich also in eine Decke, um wieder warm
zu werden.

Als ich da drinnen in dem Gehäuse auf dem Rücken
lag und mir den verbogen Mond ansah, der hinter
den durchscheinenden Seitenflächen dieser Polarhütte
deutlich zu erkennen war, hatte er sich verwandelt:
vier Spitzen hatte er plötzlich . . .

Doch die Kälte des Sumpfeises unter mir, der Eis-
wände ringsum und der eisigen Luft brach alsbald
so mörderisch über mich herein, daß ich zu husten
anfing.

Vetter Karl beunruhigte mein Husten. Er sagte:
»Es wäre schade, wenn wir heute deshalb nicht zum

Schuß kommen würden, aber du sollst dir keine Er-
kältung holen; machen wir also Feuer.« Er ließ den
Feldhüter ein Bündel Schilf schneiden.

Man schichtete es mitten in der Hütte auf und
öffnete die Decke, damit der Rauch abziehen konnte;
als dann die rote Flamme vor den kristallenen Wänden aufzüngelte, setzte ein kaum vernehmbares Zi-
schen ein; es war, als ob die Eisquadern schwitzten.
Karl rief mich nach draußen: »Komm und schau dir
das an!« Ich ging zu ihm hinaus und erlebte etwas
Überwältigendes: die Hütte, dieser Eiskegel, blitzte
wie ein ungeheurer Edelstein... er blitzte und blinkte
rund um seinen Feuerkern... als wäre soeben ein
feuriges Herz aus der vereisten Brust des Sumpfes
herausgewachsen. Drinnen aber lagen, wie zwei phan-
tastisch geformte Versteinerungen, unsre beiden Hunde, die sich am Feuer wärmten.

Ich starrte das Bild an. Plötzlich erhob sich droben
in der Luft ein seltsames Getön. Etwas schrie, und
der Schrei schwebte, und er irrte umher. Das Feuer
im Eishause hatte die Zugvögel aus dem Schlaf ge-
schreckt.

Es gibt nichts Ergreifenderes als diesen ersten Klang
des erwachenden Lebens, das man nicht sieht, der,
bevor noch die späte Helle des Wintertages über dem
Horizont heraufkeimt, hier, dort, überall, wie ein
Wind, der sich erhoben hat, in der finsteren Luft
hörbar wird. Eisige Stunde vor Tagesanbruch – so
oft ich deinen Vogelruf, deinen auf Vogelschwingen
dahinirrenden Schrei vernommen habe, war es mir,
als hörte ich die Erde aus tiefstem Herzen aufseufzen!

Karl sagte: »Macht das Feuer aus. Es tagt.«

Der Tag begann zu grauen. Ich sah die Enten als
Flecke und Striche unter der Himmelswölbung daher-
schießen und wieder ins Dunkel gleiten. Ein Feuer-
strahl blitzte auf, Karl hatte geschossen; und die beiden Hunde brachen ins Schilf.

Jetzt schossen wir beide, nun er, jetzt ich, in kurzen

Abständen, immer wenn überm Schilfwalde ein
schattenhafter Zug heranschwebte. Und Pierrot und
Plongeon kamen keuchend gerannt und apportierten
die blutige Beute. Die kleinen Vogelaugen starrten
mich an.

Es war jetzt hell. Der Himmel wurde klar und blau;
die Sonne erschien am Rande des Tales. Wir rüsteten
eben zur Heimkehr, als zwei Vögel mit gestreckten
Hälsen und ohne Flügelschlag über unseren Köpfen
dahinbrausten. Ich schoß. Der eine fiel mir genau
vor die Füße. Es war eine Knäkente mit silberheller
Brust. Plötzlich schrie über mir ein Vogel. Ein kurzer
abgerissener Klageruf erklang und wiederholte sich
unaufhörlich. Der zweite Vogel, der meiner Schrot-
garbe entkommen war, kam über den blauen Himmel
dahergeflogen und zog um uns seine Kreise; es war,
als schaute er nach seiner toten Gefährtin aus, die
schlaff an meiner Hand hing.

Karl hockte sich aufs Knie, brachte die Flinte in
Anschlag und spähte scharf hinauf; er wartete, bis
der Vogel auf Schußweite heran sein würde.

»Du hast das Weibchen erlegt«, sagte er, »das Männchen fliegt uns also nicht mehr weg.«

So war es, das Männchen blieb; es kreiste über unseren Köpfen und ließ seinen Klageton erschallen.
Nie in meinem Leben ist mir die Klage der leiden-
den Kreatur so zu Herzen gegangen wie der schmerz-
volle Zuruf dieses Vogels und sein einsamer Flug
durch den Raum. Mir war es wie ein Vorwurf . . .

Immer wieder bog er vor dem angehobenen Flin-
tenlauf, der seinem Fluge folgte, zur Seite; manchmal
schien er allein weiterfliegen zu wollen und glitt der
Ferne zu. Dann aber konnte er sich nicht dazu ent-
schließen und kam zurück, um nach seiner Gefährtin
zu suchen. Karl sagte:

»Leg sie auf den Boden, dann wird er sofort heran-
kommen.«

Er kam wirklich. Er achtete der Gefahr, die ihm

drohte, nicht mehr. Sein Vogelherz trieb ihn un-
widerstehlich zu seiner Freundin, die ich ihm getötet
hatte.

Karl schoß; es war, als würde ein Faden, der den
Vogel gehalten hätte, durchschnitten. Etwas Dunkles
fiel ins Schilf. Pierrot apportierte ihn mir.

Ich schob das erkaltende Tier zu dem andern in die
gleiche Jagdtasche ... und kehrte noch an demselben
Tage nach Paris zurück.

Das schönste am Reisen sind die zufälligen Begegnungen. Welch eine Freude, wenn man fünfhundert Meilen im Land drinnen einen Pariser, einen früheren Schulkameraden, einen Landsmann wiedertrifft! Bist du schon eine Nacht durch in dem kleinen bimmelnden Postwagen jener Landstriche gefahren, wo es noch keine Eisenbahn gibt? Du hast kein Auge zutun können, denn dir zur Seite saß eine junge unbekannte Frau, die du nur flüchtig gesehen hattest, als sie beim Schein der Laterne vor der Tür eines weißen Kleinstadthauses zu dir einstieg.

Wenn dann der Morgen graut und dir Kopf und Ohr noch von dem ewigen Gebimmel der Schellen und dem splitternden Klirren der Scheiben benommen sind – welch herrliches Erlebnis für dich, nun zu sehen, wie die hübsche zerzauste Mitreisende die Augen öffnet, wie sie um sich schaut, mit ihren feinen Fingerspitzen das widerspenstige Haar zurechtzupft und mit einigen raschen Griffen nachfühlt, ob nicht Korsett und Kleid verrutscht sind und der Rock keine Falten bekommen hat!

Sie schaut dich mit einem flüchtigen, kühlen und genauen Blick an. Dann setzt sie sich stolz in der Ecke zurecht und hat nur noch ein Auge für die Landschaft.

Du aber beobachtest sie fortwährend mit deinem Lauerblick, du beschäftigst dich einzig und allein mit ihr. Wie mag sie heißen? Woher kommt sie? Wohin reist sie? Schon entsteht in deinem Kopfe ein ganzer Roman. Sie ist hübsch; sie wird bezaubernd sein können! Glücklich derjenige ... Ein Leben an ihrer Seite müßte köstlich sein! Und wer weiß? Vielleicht ist sie die Frau, die dein Herz braucht und die du immer für dich erträumt hast.

Und wie ist selbst die Enttäuschung bittersüß, nun du sie an der Tormauer eines Landhauses aussteigen siehst. Dort steht ein Mann mit zwei Kindern und zwei Kindermädchen, und er erwartet sie. Er legt die Arme um sie, und mit dieser Umarmung setzt er sie auf den Boden. Sie beugt sich zu den Kleinen nieder, die ihr die Händchen geben; sie küßt sie zärtlich; und dann, während noch die Mädchen Pakete in Empfang nehmen, die ihnen der Wagenführer zuwirft, gehen sie die Allee hinunter zum Haus.

Ade! Zu Ende! Du wirst sie nicht wiedersehen. Ade, du junge Frau, die die Nacht an meiner Seite verbracht hat! Du hast sie nicht gekannt, du hast nicht mit ihr gesprochen; dennoch tut dir die Trennung weh! Ade!

Ich habe so manche Reiseerinnerungen, fröhliche, aber auch traurige.

Ich war einmal in der Auvergne und streifte zu Fuß in dieser reizenden französischen Berglandschaft umher. Die Berge sind nicht hoch und nicht schroff; sie sind mir seit langem vertraut und lieb. Ich hatte den Sancy erstiegen und kehrte in einer kleinen Herberge ein, die neben der Wallfahrtskapelle Notre-Dame-de-Vassivière steht. Drinnen im Raum saß eine seltsame Greisin am Tisch und frühstückte.

Es war eine hohe, magere und knochige Siebzigerin. Das weiße Haar lag ihr wulstig über den Schläfen nach der Mode von Anno dazumal. Aus dem verdrehten Schnitt ihres Kleides hätte man auf eine umherreisende Engländerin schließen können; alles in allem machte sie den Eindruck eines Menschen, dem sein Äußeres vollständig gleichgültig ist. Sie verzehrte einen Eierkuchen und trank Wasser dazu.

Sie hatte verwirrte und unruhige Augen. Sie sah aus, als hätte ihr das Leben übel mitgespielt. Immer wieder mußte ich sie ansehen, und ich fragte mich: Wer mag es sein? Was mag die Frau erlebt haben? Weshalb irrt sie allein in den Bergen herum?

Sie zahlte, erhob sich und legte sich dann einen auffallend leichten Schal um die Schultern, dessen Zipfel

ihr über die Arme herabhingen, Sie holte einen langen Bergstock aus der Ecke, der herauf und herunter
mit allerlei in Kupferblech geprägten Namen be-
nagelt war. Darauf ging sie los, aufrecht und starr,
mit den langen Schritten eines Briefträgers, der seine
Bestellung beginnt.

Draußen erwartete sie ein Führer. Er schloß sich
ihr an. Ich sah dann, daß sie auf dem Wege, den eine
Reihe hoher Holzkreuze bezeichnet, ins Tal hinunter-
stiegen. Sie war größer als ihr Begleiter. Er hatte
Mühe, mit ihr Schritt zu halten.

Zwei Tage darauf erklomm ich die Ränder jenes
tiefen Trichters, der als riesige, grüne, mit Bäumen,
Gestrüpp, Felsblöcken und Blumen bedeckte Höh-
lung den See von Pavin umschließt. Der See ist so
rund, als hätte ihn ein Zirkel gezogen; so durchsich-
tig blau, als wäre ein Stück blauen Himmels auf die
Erde heruntergefallen; so einzigartig, daß man oben
auf dem waldigen Abhang, der den Krater und sein
kühl ruhendes Wasser überragt, in einer einsamen
Hütte leben möchte.

Ich sah sie da unten stehen. Regungslos und versunken blickte sie in die klare Flut hinunter. Sie
starrte, als ob sie auf den Boden des erloschenen
Vulkans ... oder bis in jene verborgenen Tiefen hin-
abschauen wollte, wo nach dem Volksglauben riesige
Ungetüme von Forellen hausen, die alle übrigen
Fische aufgefressen haben. Als ich an ihr vorbeikam,
sah ich, daß ihr zwei Tränen niederrollten. Sie entfernte sich mit eiligen Schritten und kehrte zu ihrem
Führer zurück, der in einer Schenke unten am Fuß
der Anhöhe auf sie wartete.

An diesem Tag sah ich sie nicht mehr.

Am Tag danach erreichte ich gegen Abend die Burg
von Murol. Die alte Feste, ein mächtiger Turm über
einem Berghaupte, liegt mitten in einem Tal, das
durch den Zusammentritt dreier Täler noch weit-
räumiger wirkt. Braun, rissig und verbeult ragt sie

zum Himmel auf. Alles an ihr ist kreisrund, von dem breiten Sockel bis zu den baufälligen Türmchen da oben. Sie überrascht mehr als jede andere Ruine durch ihre einfache Größe, durch Stolz und Würde und Düsterkeit. Sie steht da, vollkommen für sich, hoch wie ein Berg, eine verstorbene Königin, noch nach ihrem Tode die Königin der Täler ringsum.

Da drinnen gibt es die eingefallenen Säle, zerbröckelnde Treppen, tiefe Löcher, Keller, Verliese, geborstene Mauern und Gewölbe, die seltsamerweise noch halten; und am Boden, neben einem Erdrutsch von Steinen, dringt das Gras hervor und huschen Eidechsen.

Ich durchstreifte die totenstille Ruine.

Plötzlich, als ich um einen Mauerrest bog, sah ich ein seltsames Phantom stehen. Dies Wesen dort im Schatten – einen Augenblick lang hielt ich es für den Geist dieser Ruine. Gleich darauf aber erkannte ich die Greisin wieder, der ich schon zweimal begegnet war.

Sie weinte. Sie weinte bittere Tränen. In der Hand hielt sie ein Taschentuch.

Ich wollte mich sofort zurückziehen. Sie mochte sich überrascht fühlen und sagte beschämt:

»Mein Herr, Sie sehen mich weinen... es überfällt mich... nur manchmal.«

Ich wußte nicht recht, was ich ihr antworten sollte, und fragte verwirrt: »Verzeihen Sie, gnädige Frau, daß ich Sie gestört habe. Ist Ihnen ein Unglück... ein Unfall zugestoßen?«

Sie murmelte

»Ja – nein. – Ich bin wie ein verlaufener Hund.«

Sie drückte sich das Taschentuch auf die Augen und schluchzte. Ihre Tränen erschütterten mich. Um sie zu beruhigen, nahm ich ihre Hände in die meinen. Dann aber vermochte sie ihren Kummer nicht mehr allein zu tragen. Sie begann zu sprechen. Sie erzählte mir ihre Leidensgeschichte.

»Oh, mein Herr ... wenn Sie wüßten ... in welcher Herzensnot ich lebe ... in welcher Herzensangst ...

Ich war einst glücklich ... Ich hatte ein Haus, drüben ... in meinem Land. Ich will nicht mehr dorthin zurück, nie mehr kann ich heimkehren, es wäre zu schwer.

Ich hatte einen Sohn ... Seinetwegen, nur seinetwegen! Kinder verstehen das nicht ... Man lebt so kurz! Wenn ich ihn jetzt wiedersehen würde, ich würde ihn vielleicht nicht mehr erkennen! Und wie ich ihn einst geliebt habe! Schon bevor er geboren wurde und sich unter meinem Herzen rührte. Und später erst! Wie ich ihn umarmte, liebkoste und hegte! Wenn Sie wüßten, wie manche Nacht ich durchwacht habe, um seinen Schlummer zu belauschen, und wie manche andere, um an ihn zu denken. Ich war wie besessen nach ihm. Als er acht Jahre alt wurde, gab sein Vater ihn in ein Pensionat. Da ging es zu Ende. Er war nicht mehr bei mir. Oh, mein Gott! Er kam nur am Sonntag heim und ging dann wieder.

Später besuchte er ein Gymnasium, in Paris. Ich sah ihn nur noch viermal im Jahr! Denken Sie sich das aus! Bei jedem Besuch waren seine Gestalt, sein Blick, seine Art sich zu geben, seine Stimme, sein Lachen verändert – all das gehörte mir nicht mehr. Ein Kind wandelt sich so rasch; und wenn wir das alles nicht miterleben, dies Wachsen und Anderswerden, so ist das entsetzlich! Das Kind entgleitet uns, und wir finden es dann nicht mehr ...

Eines Tages kam er und hatte einen Flaum auf der Wange! Er! Mein Junge! Ich war bestürzt ... und betrübt! Können Sie es nachfühlen? Ich wagte kaum, ihn zu umarmen. War er es noch? Mein kleinwinziger kraushaariger Blondkopf von ehemals, mein einziges teures Kind, das einst in Windeln auf meinem Schoße lag, das sich an meine Brust gedrängt und meine Milch getrunken hatte – war das er, dieser

langaufgeschossene, braunhaarige Bursche, der es
kaum fertigbrachte, mich zu umarmen, der mich vor-
nehmlich aus Pflichtgefühl zu lieben schien, der mich
aus Wohlerzogenheit mit dem Namen ›Mutter‹ an-
sprach, und der mich auf die Stirn küßte, wo ich ihn
in meinen Armen hätte zerpressen mögen?

Mein Mann starb. Meine Eltern folgten bald darauf.
Schließlich verlor ich auch meine beiden Schwestern.
Wenn der Tod eine Familie heimsucht, so scheint es
immer, als möchte er, um nicht so bald wiederkommen zu müssen, möglichst viel in einem Zuge
erledigen. Er läßt nur eine oder zwei Personen am
Leben, und das sind dann die, die all das Leid tragen
müssen.

Ich stand ganz allein. Mein großer Sohn machte
damals das juristische Examen. Ich freute mich darauf, bald mit ihm leben und einst bei ihm sterben
zu können.

Wir zogen also zusammen. Er hatte die Gewohn-
heiten der jungen Leute angenommen; er gab mir zu
verstehen, daß er sich durch mich beengt fühlte. Ich
reiste sofort ab: es war unrecht von mir; aber ich
konnte es nicht ertragen, daß ich, seine Mutter, ihm
lästig sein sollte. Ich kehrte an meinen früheren Ort
zurück.

Ich sah ihn nur noch selten.

Er heiratete. Welche Freude! Wir würden endlich
für immer zusammenkommen. Ich würde Enkel-
kinder haben! Er hatte eine Engländerin geheiratet.
Sie mochte mich nicht. Sie fühlte vielleicht, daß ich
ihn mehr liebte, als ich ihn hätte lieben sollen.
Ich sah mich genötigt, wieder abzureisen, und war
nun ganz allein.

So kam das, mein Herr.

Später siedelte er nach England über. Er zog zu
seinen Schwiegereltern. Verstehen Sie, was das für
mich bedeutet? Sie besitzen ihn, meinen Sohn, ihnen
gehört er jetzt! Sie haben ihn mir gestohlen! Er

schreibt mir einmal im Monat. In der ersten Zeit besuchte er mich noch. Jetzt kommt er nicht mehr.

Vor vier Jahren sah ich ihn zuletzt! Er hatte Falten im Gesicht und graues Haar. War denn das auszudenken? Dieser beinahe alte Mann – mein Sohn? Mein kleines rosiges Knäblein von einst? Nein, ich will ihn bestimmt nicht wiedersehen.

Ich bin das ganze Jahr über auf Reisen. Mein Weg führt mich hierhin und dorthin, wie Sie sehen, und immer bin ich allein.

Ich komme mir vor wie ein verlaufener Hund. Leben Sie wohl, mein Herr, und entfernen Sie sich jetzt, bitte, denn es ist mir entsetzlich, daß ich Ihnen das alles erzählt habe.«

Als ich den Hügel hinunterstieg und mich umwandte, sah ich die Greisin aufrecht auf einer geborstenen Mauer stehen. Sie schaute über das Tal zu den abendlichen Bergen hinüber, vor denen der See von Chambon schon im Dunst verschwand. Und ihr Kleid und ihr komischer kleiner Schal flatterten im Wind wie eine schwarze Fahne.

DIE NACHT

(Alptraum)

Ich liebe die Nacht mit aller Glut meines Herzens. Ich liebe sie, wie man seine Heimat oder seine Braut liebt, mit einer echten, tiefen, unzerstörbaren Liebe. Ich liebe sie mit allen Sinnen, mit meinen Augen, die sie schauen dürfen, mit meinem Atem, der sie einsaugt, mit meinen Ohren, die ihre Stille vernehmen, mit meinem ganzen Sein, dem die Dunkelheit wohltut. Die Lerchen singen im Sonnenschein, in der Bläue, in der Wärme, in der lichten Klarheit der Frühe. Die Eule aber sucht sich die Nacht. Als schwarzer Schatten durchschweift sie den schwarzen Raum. Von der schwarzen Unendlichkeit berauscht, läßt sie ihren zitternden und unheilverkündenden Ruf ertönen.

Der Tag langweilt und ermattet mich. Er ist roh und laut. Ich stehe unmutig auf, bin schon beim Ankleiden müde, verlasse das Haus mit Unlust, und jeder Schritt, jede Bewegung, jedes Wort und jede Gebärde zehren an mir und vermehren die drückende Bürde.

Sinkt aber dann die Sonne, so ergreift mich ein wirres Freudegefühl, an dem mein ganzes Wesen teilhat. Ich werde wach, ich lebe auf. Mit der wachsenden Dämmerung wandle ich mich, ich werde jünger, stärker, munterer und glücklicher. Ich sehe das erhabene und wohltuende Dunkel, das sich herabsenkt, undurchdringlich werden: es überschwemmt die Stadt wie eine dichte und ungreifbare Welle, es verhüllt, verlöscht, schwärzt alle Farben und Formen und rückt die Häuser und Paläste, Mensch und Getier mit unsichtbarer Hand einander näher und zusammen.

Das ist die Zeit, wo ich wie die Käuze vor Freude pfeifen und mit den Katzen über die Dächer schlei-

chen möchte; der ungestüme Wunsch zu lieben ent-
brennt in meinen Adern.

Ich gehe aus und marschiere durch die verdunkelten
Vorstädte oder durch die Wälder rings um Paris, wo
meine Schwestern, die Rehe, und meine Genossen,
die Wilddiebe, im Dickicht herumknistern.

Das, was wir auf der Welt mit Inbrunst lieben, wird
uns am Ende ja immer töten. Aber wie soll ich erklären, was jetzt mit mir ist; wie es so verständlich
machen, daß man es begreifen wird? Ich kann es
nicht, ich kann es nicht mehr, ich weiß nur, daß es
geschehen ist. – Nur das.

Denn gestern – ist es gestern gewesen? – ja, ohne
Zweifel. Oder sollte es sich doch früher, an einem
anderen Tage, in einem anderen Monat, einem anderen Jahre ereignet haben? Ich kann es wirklich nicht
sagen. Ich meine aber doch gestern, denn es ist seither ja nicht wieder Tag geworden, denn es hat seither ja keine Sonne mehr geschienen. Wie lange aber
währt die Nacht schon? ... Wer verrät es mir? Wer
wird es jemals in Erfahrung bringen?

Ich ging also aus – sagen wir: gestern –, wie ich es
jeden Abend nach dem Essen zu tun pflege. Das
Wetter war schön, mild und warm. Ich schlenderte
nach den Boulevards hinunter und besah mir den
schwarzen und besternten Fluß da oben, den die
Kanten der Hausdächer aus dem Himmel heraus-
schnitten und der sich mit dem Lauf der Straße bog
und drehte – ein Bach, auf dem Sterne dahinrollten.

Jedes Licht stand klar in der leichten Luft, von den
Planeten herunter bis zu den Gasflammen. So viele
Feuer erglänzten über und in der Stadt, daß die Fin-
sternisse davon zu Licht wurden. Leuchtende Nächte
sind heiterer als helle Sonnentage.

Auf dem Boulevard strahlten die Cafés auf, man
lachte, man kam und ging, man trank. Ich trat in ein
Theater, für einige Augenblicke; ich weiß nicht mehr
in welches. Es war drinnen so grell, daß es mich be-

drückte; ich ging wieder. Die Lichtreflexe auf dem Gold der Loge, das vielfältige Gefunkel der riesigen kristallenen Kronleuchter, die flammende Wand der Bühnenrampe, dies ganze Heranfluten einer verlogenen Helligkeit verdüstert mir das Herz. Ich kam zu den Champs-Elysées, wo die Konzertcafés wie Feuersbrünste durchs Laubwerk flammten. Die Kastanienbäume, von gelbem Licht übergossen, wirkten wie illuminiert oder als ob sie mit eigenem Licht leuchteten. Und die elektrischen Lampen, scharf und kalt blitzende Monde – Mondeier, die vom Himmel gefallen waren – riesige Perlen voll Feuer –, überstrahlten mit ihrer perlmutterfarbenen, geheimnisvollen und königlichen Helle die Ketten gemeiner Gaslaternen und die Girlanden farbiger Lämpchen.

Ich blieb unter dem Arc de Triomphe stehen und sah die Avenue hinunter, die lange und herrliche, von Sternen umfunkelte Straße, wie sie zwischen zwei Linien aus Licht nach Paris hineinführt. Und ich sah das Sternenmeer über ihr, den unbegreiflichen Glanz, der in die Unendlichkeit hinausgestreut scheint, um Zeichen und Figuren zu bilden, an denen wir Menschen herumrätseln und von denen wir träumen.

Ich trat ins Bois de Boulogne und blieb dort lange, lange. Ein sonderbarer Schauder ergriff mich, eine nie gekannte starke Erregung, eine Überspanntheit, die an Wahnsinn grenzte.

Ich marschierte lange, lange dahin. Dann kehrte ich um.

Wie spät war es, als ich wieder durch den Arc de Triomphe zurückkam? Ich weiß es nicht. Die Stadt ging zur Ruhe, und Wolken, lange und schwarze Wolken, zogen sich langsam über den Himmel.

In diesem Augenblick fühlte ich deutlich, daß sich irgend etwas Befremdendes ereignen würde. Ich fühlte, daß ich fror, daß die Luft dichter und dichter wurde, daß die Nacht, meine über alles geliebte Nacht, sich mir schwer auf das Herz legte. Die

Avenue lag jetzt verlassen da. Zwei Schutzleute gingen in der Nähe des Droschkenhalteplatzes auf und
ab; und auf dem Fahrdamm, der von dem zuckenden
Schein der Gasflammen matt erhellt war, fuhr eine
Reihe von Gemüsewagen nach den Hallen hinunter.
Sie rollten langsam dahin und waren mit Karotten,
Rüben und Kohl beladen. Die Fuhrleute schliefen,
die Pferde folgten dem voranfahrenden Wagen und
zogen in gleichmäßigem Trott über das Holzpflaster
dahin. Bei jedem Schein, der vom Gehsteig fiel, leuchteten die Karotten rot, die Rüben weiß und der
Kohl grün auf; und so rollten sie einer nach dem
andern vorüber, die roten Wagen rot wie Feuer, die
weißen weiß wie Silber und die grünen grün wie
Smaragd. Ich folgte ihnen eine Strecke, bog dann in
die Rue Royale ein und kam wieder zu den Boulevards. Kein Mensch, keine erleuchteten Cafés mehr,
nur ein paar Verspätete, die sich beeilten. Ich hatte
Paris nie so verlassen gesehen. Ich sah auf die Uhr.
Es war zwei.

Etwas trieb mich weiter, ein Bedürfnis zu gehen.
Ich ging dann bis zur Bastille hinunter. Dort fiel mir
auf, daß ich bestimmt noch nie eine so finstre Nacht
erlebt hatte, denn hier war nicht einmal die Juli-
Säule zu erkennen; samt ihrem vergoldeten Genius
war sie von der Finsternis verschluckt worden. Ein
Wolkengewölbe, ein unermeßliches Gedränge von
Wolken hatte die Sterne überdeckt und schien sich
zur Erde herabzusenken, wie um sie zu verschlingen
und ihre letzte Spur auszutilgen.

Ich kehrte um. Niemand war in der Nähe. Doch am
Place de Château-d'Eau stieß ein Betrunkener gegen
mich und verschwand. Eine Zeitlang waren noch
seine ungleichmäßigen und dumpfen Tritte zu hören.
Ich ging weiter. Auf der Höhe der Vorstadt Montmartre kam eine Droschke vorbei, sie fuhr in der
Richtung der Seine. Ich rief den Kutscher an. Er gab
keine Antwort. Bei der Rue Drouot strich eine Frau

auf und ab: »Mein Herr, hören Sie mal.« Ich beschleunigte den Schritt, um ihrer ausgestreckten Hand zu
entgehen. Dann nichts mehr. Vor dem Vaudeville
durchwühlte ein Lumpensammler die Gosse. Seine
winzige Laterne schwankte über dem Rand des Geh-
steigs. Ich fragte ihn: »Wie spät ist es, mein Lieber?«
Er knurrte: »Weiß ich das! Ich habe keine Uhr.«
Dann fiel mir plötzlich auf, daß die Gasflammen
erloschen waren. Ich weiß, daß man sie zu dieser
Jahreszeit aus Sparsamkeitsgründen frühzeitig, schon
vor Tag, ausgehen läßt; aber der Tag war noch fern,
so fern!

»Gehen wir zu den Hallen«, sagte ich zu mir, »dort
werden wir wenigstens Leben antreffen.«

Ich machte mich auf; aber jetzt war der Weg vor
meinen Füßen nicht mehr zu erkennen. Ich ging
langsam, Schritt für Schritt, wie man im Walde geht;
ich suchte die Querstraßen zu entdecken und zählte
sie.

Vor der Lyoner Bank knurrte ein Hund. Ich wandte
mich in die Rue de Grammont und verlief mich
dann, ich irrte umher, auf einmal aber erkannte ich
die Börse an den Eisengittern, die sie umgeben. Paris
lag in einem bleiernen und mörderischen Schlaf. In
der Ferne rollte noch eine Droschke, ein einzelner
Wagen, vielleicht derselbe, der vorhin an mir vorbei-
gekommen war. Ich versuchte, ihn einzuholen, ging
auf das Räderrollen zu und durchquerte Straße auf
Straße; die eine war wie die andre schwarz, schwarz
wie der Tod.

Ich verirrte mich von neuem. Wo war ich? Welche
Dummheit, das Gas so früh zu verlöschen! Kein
Vorübergehender, kein Verspäteter, kein Herumstrei-
cher, kein Geschrei verliebter Katzen. Nichts.

Wo steckten denn Schutzleute? Ich sagte mir: »Ich
will rufen, dann werden sie kommen.« Ich rief. Niemand gab Antwort.

Ich rief lauter. Meine Stimme klang auf, schwäch-

lich und ohne Echo; die undurchdringliche Nacht
erstickte sie und sog sie ein.

Ich brüllte: »Zu Hilfe! Zu Hilfe! Zu Hilfe!«
Mein verzweifelter Ruf blieb ohne Antwort. Wie
spät war es denn? Ich zog die Uhr heraus, aber ich
hatte keine Streichhölzer bei mir. Ich lauschte ihrem
leisen Ticktack geradezu mit Entzücken. Mir war, als
lebte sie. Ich war weniger allein. Welch Geheimnis!
Ich tastete mich weiter wie ein Blinder, indem ich
mit dem Handstock die Mauern berührte. Immer
wieder hob ich die Augen zum Himmel, ob der Tag
noch nicht erschiene; aber der Raum da oben war
schwarz, oh, noch schwärzer als die Stadt.

Wie spät mochte es sein? Mir war, als ob ich schon
eine Unendlichkeit lang unterwegs wäre; die Beine
knickten unter mir ein, mein Atem keuchte, ein nagender Hunger meldete sich.

Ich entschloß mich, am ersten besten Torweg zu
läuten. Ich zog am kupfernen Knopf, und die Glocke
erklang und hallte im Hause nach; sie tönte so maß-
los laut, als wäre das Haus hohl und leer.

Ich wartete, aber es meldete sich niemand, die Tür
blieb verschlossen. Ich läutete ein zweites Mal; ich
wartete und wartete – nichts.

Meine Angst wuchs! Ich lief zur nächsten Wohnung. Wohl zwanzigmal hintereinander schellte ich
in einem kleinen Gang, wo der Pförtner schlafen
mußte. Aber er wurde nicht wach – und ich ging
weiter, von Haus zu Haus, und zog überall und
aus aller Kraft an den Ringen oder an den Knöpfen
und schlug überall mit den Füßen, mit dem Stock
und mit den Fäusten gegen die hartnäckig verschlossenen Türen.

Plötzlich merkte ich, daß ich vor den Hallen stand.
Die Hallen lagen verlassen, stumm, regungslos, ohne
einen Wagen, ohne ein menschliches Wesen, ohne
ein Bund Gemüse oder einen Blumenstrauß da. – Sie
waren leer, tödlich verlassen, tot!

Entsetzen ergriff mich – namenlos. Was ging hier
vor? Oh, mein Gott! Was ging hier vor?

Ich machte mich wieder davon. Wer? wer? wer?
würde mir sagen, wie spät es war. Die großen Uhren
der Kirchtürme schlugen nicht an und blieben stumm.
Ich dachte:

»Ich will das Glas meiner Taschenuhr öffnen und
mit den Fingern die Zeiger zu fühlen versuchen.«
Ich zog die Uhr heraus ... sie ging nicht mehr ... sie
war stehengeblieben. Nichts mehr, nichts mehr, kein
Hauch eines Atems in der Stadt, kein Schimmer eines
Lichts, kein Raunen eines Lautes. Nichts! Nichts
mehr! Kein noch so fernes Rollen einer Droschke
mehr – nichts!

Ich stand dann auf dem Kai, und ein eisiger Hauch
kam vom Flusse herauf.

Strömte die Seine noch?

Das wollte ich wissen, ich fand die Treppe und stieg
hinunter. Ich konnte nicht feststellen, ob die Strömung an den Brückenpfeilern strudelte ... noch Stu-
fen ... dann der Sand ... Schlamm ... dann Wasser ...
ich tauchte meine Arme hinein ... es strömte ... es
strömte ... kalt ... kalt ... kalt ... wie erstarrend ...
wie erschöpft ... wie schon tot.

Und ich wußte nun, daß ich nie mehr die Kraft
haben würde, wieder hinaufzusteigen ... und daß ich
da sterben müßte, auch ich, vor Hunger – vor Mü-
digkeit – vor Kälte.

Die Herren gingen ins Rauchzimmer hinüber und begannen zu plaudern. Man unterhielt sich über das Thema: Unverhoffte Erbschaften, seltsame Erbteilungen. Einer der Anwesenden, der im Hintergrund am Kamin lehnte – es war M. Le Brument, ein bekannter und hervorragender Rechtsanwalt –, nahm das Wort und sagte:

»Ich bin im Augenblick auf der Suche nach einem Erben, der unter den denkbar furchtbarsten Umständen verschwunden ist. Es handelt sich dabei um eins der vielen geheimnisvollen Dramen des alltäglichen Lebens; ein Fall, der immer und überall vorkommen kann, der aber dennoch oder gerade deshalb zu den entsetzlichsten gehört, die man sich ausdenken kann. Ich erzähle:

Vor etwa sechs Monaten wurde ich zu einer Sterbenden gerufen. Sie sagte mir:

›Mein Herr, ich möchte Sie mit der schwersten und gewiß langwierigsten Aufgabe betrauen, die es überhaupt gibt. Nehmen Sie bitte von meinem Testament Kenntnis; es liegt dort auf dem Tisch. Ein Betrag von fünftausend Franken fällt Ihnen als Honorar zu, wenn Sie keinen Erfolg haben werden; zehntausend Franken, wenn Sie den Auftrag erfüllen. Sie sollen nach meinem Tode meinen Sohn auffinden.‹

Sie sprach mühsam und war schon nach diesen wenigen Worten außer Atem. Sie bat mich, ihr ein Kissen unter den Rücken zu schieben, damit ihr das Sprechen leichter würde.

Ich befand mich in einem sehr reichen Hause. Die Einrichtung der Kammer war kostbar, aber betont schlicht. Schwere und geschmackvoll abgestimmte Stoffe bedeckten die Wände. Der Raum hatte, wie soll ich sagen, etwas Verstummendes – das gesprochene Wort wurde von ihm eingeschluckt, es erstarb, sobald es erklang.

Die Sterbende fuhr fort:

›Sie sind der erste Mensch, dem ich mein furchtbares Leben erzähle. Ich kann nur hoffen, daß ich noch die Kraft haben werde, bis ans Ende zu kommen. Mir liegt daran, daß Sie alles erfahren, damit Sie selbst, den ich als einen Mann von Herz und von Weltkenntnis schätze, den lauteren Wunsch haben, mir aus allen Kräften beizustehen. Hören Sie mich an.

Vor meiner Ehe liebte ich einen jungen Menschen, dem meine Familie das Jawort versagte, weil er ihr nicht vermögend genug war. Bald darauf heiratete ich einen reichen Mann. Ich nahm ihn aus Unwissenheit, aus Furcht, aus Gleichgültigkeit; ich gehorchte meinen Eltern – Sie wissen, wie junge Mädchen dazu kommen.

Ich bekam ein Kind, einen Knaben. Mein Mann starb bald darauf.

Der, den ich als junges Mädchen liebte, hatte sich inzwischen verheiratet. Als ich nun Witwe wurde, litt er sehr darunter, daß er nicht mehr frei war. Er suchte mich auf, er weinte und schluchzte vor mir – fast brach mir das Herz. Er wurde mein Freund. Es wäre gewiß besser gewesen, wenn ich ihn nicht wiedergesehen hätte. Bedenken Sie aber dies: Ich war allein, war traurig, war einsam, war verzweifelt! Und ich liebte ihn ja noch immer. Was wir Menschen alles ertragen müssen!

Ich hatte auf der Welt niemand als ihn; meine Eltern waren damals schon tot. Er besuchte mich häufig; er verbrachte ganze Abende bei mir. Ich hätte ihm nicht erlauben sollen, daß er so oft kam, schon wegen seiner Frau. Aber ich besaß nicht die Kraft, von ihm zu lassen.

Da Sie alles wissen sollen – er wurde mein Geliebter! Wie kam es dazu? Ich weiß es nicht. Begreift man es? Meinen Sie, daß es anders ausgehen kann, wenn zwei Menschen durch die Gewalt gegenseitiger heftiger Liebe zueinander gedrängt werden? Seien

Sie überzeugt, mein Herr, daß man nicht immer und immer fähig ist, Widerstand zu leisten, daß man nicht immer mit sich kämpfen und nicht immer das verweigern kann, was von einem mit Bitten und Flehen und flammender Leidenschaft begehrt wird – begehrt von einem Manne, den man selber anbetet, den man froh und glücklich sehen, dessen geringsten Wunsch man erfüllen möchte –, den man aber in Verzweiflung stürzen würde, wenn man ihn abwiese, wie es der Ehrenkodex der Gesellschaft vorschreibt! Wieviel Kraft würde man gebraucht haben! Welch ein Verzicht auf Freude wäre aufzubringen gewesen! Welche Entsagung zu üben! Und dann dies: auch die selbstsüchtige Sorge um den guten Ruf hätte mit im Spiel sein können! Habe ich nicht recht?

Kurz, mein Herr, ich wurde seine Geliebte; und ich war glücklich darüber. Volle zwölf Jahre meines Lebens bin ich glücklich gewesen. Ich wurde aber auch – und das war meine schwere Sünde und eine gemeine Niedertracht –, ich wurde die Freundin seiner Frau.

Wir erzogen meinen Sohn gemeinsam, wir machten aus ihm einen aufrichtigen und verständigen Menschen, einen Jüngling voll Feuer und Lebensmut, und wir nährten in ihm hochherzige und überlegene Gedanken. Der Junge wurde damals sechzehn Jahre alt.

Ihn, den Jüngling, liebte mein ... Geliebter wohl fast ebensosehr, wie ich selbst ihn liebte; beide gleicherweise hielten wir ihn wert und in treuer Hut. Der Junge nannte ihn: ›Lieber‹. Er verehrte ihn sehr; er empfing ja nichts anderes von ihm als wohlmeinende und kluge Ratschläge und sah in ihm das Beispiel von Geradheit, Ehrenhaftigkeit und Rechtschaffenheit. Ihm war er der alte, bewährte und ergebene Freund seiner Mutter, deren gütiger Vater etwa, ihr Vormund oder Beschützer – Sie wissen, was ich meine.

Vielleicht hatte er sich selbst nie darüber Rechenschaft gegeben, denn er war ja seit seiner frühesten Kindheit daran gewöhnt, diesen Mann in unserem Hause, mit ihm und mir zusammen, und allezeit um uns beide bemüht zu sehen.

Eines Abends hatten wir miteinander verabredet, zum Essen zusammenzusein. Diese Abende gehörten zu meinen reinsten Freuden. Ich erwartete die beiden also und machte mir noch ein Spiel daraus, mich davon überraschen zu lassen, wer wohl zuerst eintreffen würde. Die Tür ging auf; es war mein alter Freund. Ich breitete die Arme aus und trat auf ihn zu; er küßte mich lange und zärtlich auf den Mund.

Plötzlich war ein Laut, ein kaum wahrnehmbares Rauschen zu spüren. Wir mochten beide die Empfindung haben, daß jemand in der Nähe sei; wir erbebten und fuhren hastig auseinander. Jean, mein Sohn, stand im Zimmer, aufgereckt, mit fahlem Gesicht. Er starrte uns an.

Es war ein Augenblick gräßlichster Verwirrung. Ich wich zurück; wie mit einer beschwörenden Bitte streckte ich meinem Jungen die Hände entgegen. Aber er war nicht mehr da. Er war gegangen.

Wir zwei standen wie zerschmettert voreinander; keiner fand ein Wort. Ich sank in einen Stuhl. Ich fühlte eine wirre Lust, zu entfliehen, in die Nacht hinauszurennen, für immer von hier zu verschwinden. Ein Schluchzen drang aus meiner Brust herauf; und ich weinte, der Krampf schüttelte mich, das Herz brach mir im Leibe, meine Nerven waren ein einziger Schmerz. Welch furchtbares, nie wiedergutzumachendes Unglück! Und Scham, o Scham eines Mutterherzens, die nicht enden kann!

Er... stand da wie außer sich; er wagte nicht, zu mir zu kommen, nicht, mich anzusprechen, nicht, mich anzurühren, aus Furcht, daß der Junge plötzlich zurückkäme. Nach einer langen Zeit sagte er:

›Ich will zu ihm gehen ... ihm sagen ... ihm alles erklären ... schließlich ist es nötig, daß ich mich mit ihm auseinandersetze ... daß er es erfährt ...‹

Er ging.

Ich wartete ... ich wartete in Angst, ich erbebte beim kleinsten Geräusch; in namenlosem Entsetzen lauschte ich; aber nichts war zu hören als das Knistern des Kaminfeuers.

Eine Stunde verrann, zwei Stunden ... ich wartete. Aus meinem Herzen stieg jetzt eine neue Furcht auf, eine heiße Sorge, ein Entsetzen andrer Art – ich würde dies, was ich litt, niemandem, nicht für zehn Minuten, und nicht dem ärgsten Verbrecher wünschen! Wo war mein Junge? Was mochte er tun?

Gegen Mitternacht brachte mir ein Bote einen Brief meines Geliebten. Ich weiß ihn noch auswendig:

›Ist dein Sohn zurück? Ich habe ihn nicht gefunden. Ich stehe vor der Tür. Ich möchte lieber nicht heraufkommen.‹

Ich schrieb mit dem Bleistift auf das gleiche Blatt:

›Jean ist nicht zurückgekommen; du mußt ihn wiederfinden.‹

Und ich verbrachte die lange Nacht in meinem Stuhl und wartete.

Ich fürchtete wahnsinnig zu werden. Ich hätte schreien, fortrennen, mich am Boden wälzen mögen. Aber ich saß und rührte mich nicht, ich wartete. Was würde er anstellen? Ich versuchte es zu ergründen, es herauszubekommen. Aber es gelang mir nicht, trotz allen Grübelns, trotz aller Herzensqual!

Dann kam mir der Gedanke: Was würde geschehen, wenn sie sich träfen? Was würde der Junge tun? Die schreckliche Ungewißheit warf mich von neuem nieder, und ich sah Bilder vor Augen, ich sah alles, was kommen konnte ...

Sie können es nachfühlen, nicht wahr, mein Herr?

Mein Zimmermädchen, das nichts ahnte und nichts begriff, kam immer wieder herein; sie mochte glau-

ben, ich sei wahnsinnig geworden. Ich schickte sie
mit einem Wort oder einem Wink wieder fort. Sie
holte einen Arzt. Der traf mich in einer schweren
Krise an.

Man brachte mich zu Bett. Ich hatte ein Nerven-
fieber.

Als ich nach langer Krankheit wieder zu Bewußtsein kam, stand an meinem Bett mein ... Geliebter ... nur er. Ich rief: ›Mein Sohn? ... Wo ist mein
Sohn?‹ Er blieb stumm. Ich stammelte:

›Tot ... tot ... Hat er sich das Leben genommen?‹
Er antwortete:

›Nein, nein, ich schwöre es dir. Aber wir haben ihn
trotz aller Mühe und allen Suchens nicht wiederfinden können.‹

Darauf sagte ich ihm, jäh und zornig – Kranke haben ja diese unerklärlichen und vernunftswidrigen
Wutausbrüche –:

›Du sollst nicht wiederkommen, du darfst mich erst
wiedersehen, wenn du ihn gefunden hast; so geh
doch.‹

Er verließ mich.

Ich habe sie niemals wiedergesehen, weder den
einen noch den anderen, mein Herr, und ich lebe so
seit zwanzig Jahren.

Können Sie das nachfühlen? Begreifen Sie die gräßliche Marter, das langsame und immerwährende Ver-
brennen eines Mutterherzens, eines Frauenherzens
und sein endloses ... endloses Warten? ...

Nein ... – nun wird es ja endigen ... denn ich
sterbe. Ich muß sterben, ohne sie wiedergesehen zu
haben ... weder den einen ... noch den anderen!

Er, mein Geliebter, hat mir all die Jahre Tag für
Tag geschrieben; und ich, ich habe ihn niemals
empfangen wollen, nicht für eine einzige Sekunde;
denn ich stellte mir immer vor, daß er bei mir ein-
träte, und gleichzeitig – käme auch mein Sohn zurück! – Mein Sohn! Mein Sohn! – Ist er tot? Lebt

er noch? Wo verbirgt er sich vor mir? In der Ferne
vielleicht, hinter dem Weltmeere, in einem fremden
Lande, dessen Namen ich nicht einmal weiß! Denkt
er dort an mich?... Oh, wenn er wüßte! Wie grausam Kinder sind! Hat er gewußt, zu welchen qual-
vollen Leiden er mich verdammte; in welche Verzweiflung, in welche Marter er mich gestoßen hat,
mich, die noch jung war und so gern lebte – in ein
Leid, das bis an meinen letzten Lebenstag dauern
würde – mich, seine Mutter, die ihn allezeit und mit
aller Kraft ihrer Liebe umfangen hielt. Oh, wie grausam, wie sehr!

Sie sollen ihm das alles sagen, mein Herr. Und
wiederholen Sie ihm auch meine letzten Worte:

›Mein Junge, mein lieber teurer Junge, sei weniger
hart gegen uns arme Menschen. Das Leben auf der
Erde ist ohnehin schwer und bitter! Mein teurer
Junge, bedenke doch, wie deine Mutter, deine arme
Mutter, von dem Tage an, als du sie verließest, hat
leben müssen. Mein Kind, sei brav und verzeih ihr.
Hab sie wieder lieb, nun sie tot ist, weil sie ja doch
die schrecklichste aller Bußen auf sich genommen
und getragen hat.‹

Sie seufzte. Die Hände zitterten ihr. Es war, als ob
sie mit dem Sohne selbst spräche, der vor ihrem Bette
stünde. Noch fügte sie hinzu:

›Sagen Sie ihm auch, mein Herr, daß ich ihn niemals
wiedergesehen habe... den anderen.‹

Sie verstummte abermals. Dann hauchte sie mit ver-
löschender Stimme:

›Verlassen Sie mich, bitte. Ich möchte allein sterben,
weil... die beiden nicht bei mir sind.‹ «

Meister Le Brument fügte hinzu:

»Und ich bin gegangen, meine Herren, und ich habe
so laut geweint, daß der Kutscher sich umdrehte und
mich anstarrte.

Und nun denken zu müssen, daß sich rund um uns
täglich Dramen abspielen, wie dieses da!

Ich habe ihn nicht auffinden können... diesen
Sohn... Denken Sie von mir, was Sie wollen – ich
sage: diesen verbrecherischen Sohn.«

DER KRIEGSBESCHÄDIGTE

Es handelt sich um eine zufällige Begegnung auf der Reise, etwa um 1882.

Ich hatte es mir in der Ecke eines leeren Eisenbahnabteils bequem gemacht und die Gardine zugezogen. Wenn ich Glück hatte, würde ich allein bleiben. Plötzlich wurde die Gardine zur Seite geschoben, und eine Stimme sagte:

»Vorsicht, gnädiger Herr, hier ist gerade eine Kreuzungsstelle; der Tritt ist sehr hoch.«

Eine zweite Stimme antwortete:

»Macht nichts, Laurent, ich halte mich an den Griffen.«

Es erschien ein Kopf, den ein runder Hut bedeckte, und darauf zwei Hände. Die Hände umklammerten die beiden Lederriemen, die links und rechts von der Gardine angebracht sind, und begannen zu ziehen. Mühsam arbeitete sich ein schwerer Mann herauf. Als seine Füße das Trittbrett erreichten, klang es, wie wenn Holzstöcke gegen den Boden klopften.

Darauf zwängte der Mann seinen Oberkörper ins Abteil. Aus dem schlaffen Stoff seiner Hose ragte das geschwärzte Ende eines Holzbeines hervor; als das andre Bein folgte, sah ich, daß es ebenfalls in einen hölzernen Pflock auslief.

Hinter dem Reisenden erschien ein Gesicht. Jemand fragte:

»Alles in Ordnung, gnädiger Herr?«

»Jawohl, mein Lieber.«

»Jetzt Ihre Pakete und die Krücken.«

Ein Bedienter, der ein ehemaliger Soldat sein mochte, kam herein. Er trug eine Menge Sachen im Arm, die in schwarzes und gelbliches Papier gewickelt und sorgsam verschnürt waren. Er brachte die Pakete im Gepäcknetz über dem Kopfe seines Herrn unter und sagte dann:

»Nun ist alles da, gnädiger Herr. Es sind fünf Teile:

die Bonbons, die Puppe, die Trommel, die Flinte und die Gänseleberpastete.«

»Schön, mein Lieber.«

»Wünsche gute Reise, gnädiger Herr.«

»Danke, Laurent; bleib gesund!«

Der Bediente verließ das Abteil und schloß die Tür. Ich sah mir den Mitreisenden an.

Er konnte höchstens fünfunddreißig sein, trotz seiner grauen Haare; er trug das Kreuz der Ehrenlegion; er war bärtig, sehr dick, von einer ungesunden Fettleibigkeit, wie sie lebhafte und kräftige Männer befällt, die ein Gebrechen unbeweglich gemacht hat.

Er trocknete sich die Stirn und suchte wieder zu Atem zu kommen. Indem er mich mit einem kurzen Blick streifte, fragte er:

»Stört es Sie, wenn ich rauche?«

»Durchaus nicht, mein Herr.«

Seine Augen, seine Stimme, sein Gesichtsschnitt kamen mir bekannt vor. Bestimmt war ich ihm einmal begegnet. Ich hatte mit ihm gesprochen und ihm die Hand geschüttelt. Es war sicher viele Jahre her. Ich begann zu grübeln und in alten Erinnerungen herumzustöbern.

Ihm schien es genauso zu gehen. Er sah mich immer wieder prüfend und scharf an. In seinem Kopfe mochte es ebenso arbeiten wie in meinem, und gleicherweise vergeblich.

Nach einer Weile wurde uns beiden das gegenseitige Anstarren peinlich; man sah zur Seite. Mein Gedächtnis aber suchte weiter; auch das seine, ich bemerkte es. Also sagte ich:

»Verzeihung, mein Herr, wäre es nicht vielleicht am besten, wenn wir gemeinsam überlegten, woher wir uns kennen? Es gibt meines Erachtens keinen anderen Ausweg.«

Mein Gegenüber antwortete bereitwillig:

»Sie haben vollkommen recht, mein Herr.«

Ich stellte mich ihm vor:

»Mein Name ist Henry Bonclair, Verwaltungs-
beamter.«

Er überlegte kurz; dann sah er mich mit großen
Augen an und sagte lebhaft: »Aber natürlich! Wir
sind uns doch bei den Poincel begegnet, vor dem
Kriege; es mag schon ein Dutzend Jahre her sein!«

»Genau dort, mein Herr ... Und ... Sie sind der
Leutnant Revalière?«

»Derselbe ... Ich bin später der Hauptmann Revalière gewesen, und zwar bis zu jenem Tage, an dem
ich meine Füße verlor ... beide durch eine einzige
Kugel.«

Jetzt, nachdem wir uns wiedererkannt hatten, sahen
wir uns genauer an.

Ich besann mich gut auf den hübschen schlanken
Menschen von damals. Er pflegte den Cotillon anzu-
führen, und er tat es mit ebensoviel Anmut wie Temperament. »Der Wirbelwind« war sein Spitzname
gewesen. All das fiel mir wieder ein. Hinter diesem
heiteren Erinnerungsbild aber mußte noch etwas wie
eine Geschichte liegen. Nun, ich hatte sie vergessen.
Es gibt Dinge, von denen man einmal kurz Notiz
genommen hat und die dann dem Gedächtnis nichts
als eine verwischte Spur zurücklassen.

Eins schien mir sicher: es hatte sich damals um eine
Liebesgeschichte gehandelt. Ich grübelte also weiter.
Ich hatte, wie ein Jagdhund, eine Witterung und
ging der verwischten Spur nach.

Allmählich sah ich sie klar werden. Vor meinem
inneren Auge erschien das Gesicht eines jungen Mäd-
chens. Plötzlich blitzte in meinem Kopfe auch ihr
Name auf: Fräulein de Mandal. Und dann wußte
ich alles. Es war tatsächlich eine Liebesgeschichte gewesen, zwar eine ganz alltägliche. Dies junge Mädchen und der junge Revalière liebten einander, damals, und es wurde auch von ihrer bevorstehenden
Vermählung gesprochen. Ich sah noch das glückliche
Gesicht des Leutnants vor mir.

Ich erhob den Blick zum Gepäcknetz, wo die Paket-
chen, die der Bediente meinem Gegenüber nach-
getragen hatte, sich bei den Stößen des fahrenden
Zuges bewegten, und die Worte des Dieners klangen in meinen Ohren nach, als er gemeldet hatte:

»Nun ist alles da, gnädiger Herr. Es sind fünf Teile:
die Bonbons, die Puppe, die Trommel, die Flinte und
die Gänseleberpastete.«

In dieser Sekunde entstand und entfaltete sich in
meinem Kopfe ein ganzer Roman, ein Roman, wie
man ihn in den Büchern liest, in denen bald ein junger Mann, bald ein junges Mädchen die Helden sind.
Eine Katastrophe ereignet sich, ein furchtbares Unglück für den einen Teil, aber der andre – ob es nun
der oder *die* Verlobte ist – heiratet den Geschädig-
ten dennoch und trotz allem. Nach meinem Roman-
gedanken wäre also dieser kriegsbeschädigte Offizier
aus dem Feldzuge zu jenem jungen Mädchen heim-
gekehrt, und sie, die mit ihm verlobt gewesen war,
hätte ihn geheiratet.

Welch ein herrliches und selbstverständlich wirken-
des Bewähren der Liebe! Wie leicht und großherzig
sind die Lösungen der Bücher und der Theaterstücke!
Alles, was wir in diesen Hochschulen der Hoch-
herzigkeit lesen und vernehmen, regt uns zur Nach-
eiferung an. Am Morgen nach dem Theaterbesuch
aber sind wir schon schlechter Laune, wenn ein
Freund, der in Not ist, zu uns kommt und etwas Geld
geliehen haben möchte.

Alsdann trat eine andre, weniger romantische, wirk-
lichkeitsnähere Auslegung neben die erste. Vielleicht
hatten sie noch vor dem Kriege geheiratet, vor dem
furchtbaren Unglück, das die Kugel anrichtete. Und
die Frau war also gezwungen gewesen, sich in ihr
Schicksal zu ergeben, ihr Unglück zu tragen, für den
Mann zu sorgen, ihn zu trösten, ihn zu behüten ...
diesen vernichteten Mann, den man ihr mit wegge-
mähten Füßen zurückgebracht hatte ... diesen zu

entsetzlicher Bewegungslosigkeit, zu ohnmächtigen Wutausbrüchen und zu Krankheit und Fettleibigkeit verurteilten Rest eines Mannes.

Wie mochte er gestimmt sein, dieser Mann? Litt er? Ertrug er sein Leiden mit Haltung?

Nach und nach erwachte in mir der unwiderstehliche Wunsch, etwas über sein Leben zu erfahren, dies und jenes. Es würde mir dann möglich sein, alles andre, was er mir nicht sagen konnte oder nicht sagen wollte, zu erraten.

Wir hatten uns schon eine ganze Weile über alltägliche Dinge unterhalten. Als ich wieder zu den Paketen hinaufsah, kam mir dieser Gedanke: Er hat drei Kinder. Die Bonbons sind für seine Frau bestimmt, die Puppe für das Töchterchen, die Trommel und die Flinte für die beiden Buben; die Gänseleberpastete ist für ihn selbst.

Dann fragte ich: »Sie haben Kinder, mein Herr?«

Er verneinte.

Ich hatte das Gefühl, eine Taktlosigkeit begangen zu haben, und fügte rasch hinzu:

»Ich bitte um Verzeihung. Ich bin darauf gekommen, weil Ihr Diener das Spielzeug erwähnte. Man hört nicht immer genau hin und zieht leicht falsche Schlüsse.«

Er mußte lächeln: »Nein, ich bin nicht verheiratet. Ich bin in den Anfangsgründen steckengeblieben.«

Ich stellte mich, als ob es mir jetzt erst einfiele:

»Natürlich, Sie waren ja verlobt, ich weiß es noch, und zwar mit Fräulein de Mandal, wenn ich nicht irre.«

»Stimmt, mein Herr. Sie haben ein ausgezeichnetes Gedächtnis.«

Ich ging noch weiter und fuhr fort:

»Ja, und ich meine mich zu erinnern, daß ich noch mehr gehört habe. Fräulein de Mandal heiratete Herrn... Herrn...«

»... Herrn de Fleurel.«

»Der ist es, gewiß! Ich besinne mich jetzt genau auf das Gespräch. Es wurde auch Ihre Verwundung erwähnt.«

Ich sah ihm in die Augen; er wurde rot.

Sein aufgeschwemmtes, durch den fortwährenden Blutandrang gerötetes Gesicht färbte sich noch tiefer.

Er antwortete mir mit dem Eifer und der Lebhaftigkeit eines stolzen Menschen, der, um nicht allzu beklagenswert dazustehen, den Verlust eines teuren und geliebten Besitzes zu begründen und zu beschönigen sucht.

»Man begeht ein Unrecht, mein Herr, den Namen von Frau de Fleurel neben dem meinen überhaupt zu erwähnen. Als ich mit abgeschossenen Gliedern aus dem Kriege zurückkam, würde ich es um keinen Preis zugegeben haben, daß sie mich heiratete. Wäre das denn überhaupt möglich gewesen? Eine Ehe, mein Herr, ist keine Schaustellung von Edelmut. Eine Ehe eingehen heißt: miteinander leben müssen, Seite an Seite, täglich, stündlich, jede Minute und jede Sekunde; und wenn der andre Teil, in diesem Falle also ich, verstümmelt ist, so verdammt man sich ja durch eine Heirat auf die leichtfertigste Weise zu einem Marterdasein, das erst mit dem Tode enden wird! Oh, ich achte und bewundre Opfertaten und die Hingebung für den andern, wenn sie sich in vernünftigen Grenzen halten; ich kann es jedoch nicht für richtig ansehen, wenn eine Frau sich entschließt, für ihr ganzes Leben, das sie sich doch schön und glücklich gewünscht hat, auf alle Freuden, auf die geringste Erfüllung ihrer Jugendträume zu verzichten, nur um die Bewunderung der Welt zu erregen. Wenn ich meine Holzbeine über den Dielenboden meiner Kammer stampfen höre und das Klopfen der Krücken dazu – dies Mühlengeklapper, das mir auf Schritt und Tritt in die Ohren klingt, so gerate ich manchmal in eine Stimmung, sage ich Ihnen, daß ich am liebsten meinen Diener erwürgen möchte.

Glauben Sie, daß man einer Frau das auferlegen
darf, was man selber nicht erträgt? Außerdem, denken Sie nur nicht, daß sie besonders hübsch sind,
meine Beinstümpfe...«

Er verstummte. Was sollte ich ihm entgegnen? Ich
fand, er hatte recht. Konnte ich sie tadeln, sie ver-
achten, sie der Hartherzigkeit bezichtigen, diese Frau?
Nein. Andrerseits: diese Lösung nach der Norm, nach
den Überlegungen des Verstandes und der nackten
Wirklichkeit — war sie nicht furchtbar, ja grauenvoll?
Die Beinstümpfe dieses Helden forderten ein Opfer
höherer Art; dies Opfer aber war ihm verweigert
worden. Ich war enttäuscht, traurig.

Ich fragte dann: »Hat Frau de Fleurel Kinder?«

»Ja, ein Mädchen und zwei Knaben. Den dreien
bringe ich nämlich das Spielzeug mit. Ihr Mann und
sie sind immer sehr gütig zu mir gewesen.«

Der Zug gleiste eben den Hang von Saint-Germain
hinauf. Er rollte durch den Tunnel, fuhr in den Bahnhof ein und hielt.

Ich wollte dem verstümmelten Offizier beim Aussteigen behilflich sein, aber schon streckten sich ihm
durch die offene Tür zwei Hände entgegen.

»Guten Tag, mein lieber Revalière.«

»Ah, guten Tag, Fleurel.«

Hinter dem Mann stand eine schöne Frau, sie
lächelte strahlend und winkte ihm mit der behand-
schuhten Hand zu. Ein kleines Mädchen neben ihr
hüpfte vor Freude, und zwei Bürschchen sahen mit
begierigen Augen auf die Trommel und die Flinte,
die ihr Vater aus dem Abteil herausholte.

Als der Kriegsbeschädigte auf dem Bahnsteig Fuß
gefaßt hatte, umarmten ihn die Kinder. Dann ging
man davon, und die Kleine legte freundschaftlich
ihre Kinderhand an den lackierten Querstab seiner
Krücke, als hielte sie den Daumen ihres großen
Freundes gefaßt.

I

Jeden Abend um elf Uhr ging man hin, so wie man ins Café geht.

Es waren immer dieselben sechs oder acht Leute, die sich dort trafen, keine Kneipbrüder, sondern ehrbare Männer der Stadt, junge und ältere, meist Kaufleute. Man trank seinen Chartreuse, schäkerte ein wenig mit den Mädchen oder führte auch wohl ein ernsthaftes Gespräch mit Madame, die sich allgemeiner Achtung erfreute. Gegen Mitternacht brach man auf. Die jungen Leute waren bisweilen länger da.

Die Wohnung war klein und gemütlich. Der gelbgestrichene Bau lag an einer vorspringenden Straßenecke, gleich hinter der Kirche Saint-Etienne; von seinen Fenstern aus sah man auf den Binnenhafen, wo Schiffe gelöscht wurden, und auf die Schleusenkammer; in der Ferne zog sich der flache Strand bis zu einer alten grauen Kapelle hinüber.

Madame stammte aus einer angesehenen Bauernfamilie des Departements Eure. Sie hatte diesen Beruf mit der gleichen Selbstverständlichkeit übernommen, wie sie zum Beispiel Putzmacherin oder Weißnäherin geworden wäre. Der Makel, der der Prostitution vor allem in den Städten anhaftet, existiert in der ländlichen Normandie nicht. Der Bauer sagt dort: »Es ernährt seinen Mann« – und also ist es ihm völlig gleichgültig, ob seine Tochter einem Harem von öffentlichen Mädchen vorsteht oder ob sie etwa ein Mädchenpensionat leitet.

Übrigens hatte sie das Haus von einem alten Onkel geerbt. Madame und ihr Mann, die damals eine vor Yvetot gelegene Gastwirtschaft betrieben, gaben dies Geschäft sofort auf, weil sie das in Fécamp als einträglicher ansahen. Eines schönen Tages waren sie da und übernahmen das Etablissement, das durch den Tod des früheren Leiters gefährdet schien.

Sie waren freundliche Leute und machten sich rasch bei ihrem Personal und bei den Nachbarn beliebt.

Der Mann starb zwei Jahre darauf an einem Schlaganfall.

Der neue, allzu bequeme Beruf hatte ihm geschadet, er war übermäßig dick geworden und sozusagen im eigenen Fett erstickt.

Seit Madame Witwe war, wurde sie von allen Stammgästen des Etablissements begehrt – und zwar vergeblich begehrt; sie galt als völlig unnahbar, und auch ihre Pensionäre hätten ihr nichts nachsagen können.

Sie war groß, voll, von angenehmem Äußerem. Ihre Haut, die durch das ständige Daheimsitzen bleich geworden war, hatte einen fettigen Schimmer. Eine dünne Garnitur aus falschen und gebrannten Haaren kräuselte sich auf ihrer Stirn und machte ihr Gesicht ein wenig zu jugendlich. Sie war beständig heiter und scherzte gern; dabei besaß sie eine gewisse Zurückhaltung, die ihr neuer Beruf ihr nicht hatte nehmen können. Grobe Worte waren ihr zuwider; nannte ein ungezogener Bursche ihr Etablissement bei seinem wahren Namen, so konnte sie sehr böse werden. Sie war also eine empfindliche Seele, und obwohl sie ihre Mädchen wie Freundinnen behandelte, pflegte sie von Zeit zu Zeit zu betonen, daß sie »nicht aus dem gleichen Salatkorb stammte«.

Bisweilen, unter der Woche einmal, ließ sie einen Teil ihrer »Besatzung« mit einem Mietwagen ins Grüne fahren; ein Bach, der im Tal von Valmont fließt, war meistens das Ziel dieser Ausflüge. Die Mädchen benahmen sich dort wie entsprungene Zöglinge eines Pensionats, wie ausgelassene Ausflüglerinnen, wie Klausnerinnen, die von der ungewohnten Freiheit berauscht auf Wiesen herumtollen. Dann lag man im Gras, verzehrte den mitgenommenen Proviant und trank Obstwein dazu. Wenn es bei Anbruch der Nacht heimwärts ging, waren die Glieder

so köstlich müde und das Herz so wach; und im
Wagen bedankte man sich bei Madame mit tausend
Umarmungen und Liebesbeteuerungen.

Das Haus hatte zwei Eingänge. Die Kneipe unten
an der Straßenecke wurde abends von Leuten aus
dem Volk und von Matrosen besucht. Zwei von den
Mädchen hatten sich besonders diesem Kundenkreis
zu widmen. Sie bedienten und stellten die Schoppen
und die Flaschen Wein auf die wackligen Marmor-
tische; war das getan, so legten sie die Arme um den
Hals des Gastes und die Beine auf seinen Schoß und
regten ihn zur Freude an. Der Bursche Frédéric, ein
Milchbart mit den Muskeln eines Büffels, war ihnen
als Beistand zugeteilt.

Die drei anderen Damen (es waren im ganzen fünf)
bildeten eine Art Aristokratie; sie blieben für die
Kunden des ersten Stocks reserviert, außer wenn sie
unten mit aushelfen mußten und oben nichts zu
tun war.

Der Jupitersalon, in dem die Bürgerschaft der Stadt
zusammenkam, war blau tapeziert und mit einem
großen Öldruck, der »Leda mit dem Schwan« darstellte, geschmückt. Eine Wendeltreppe führte nach
unten und endigte vor einer schmalen Tür, durch
die man die Straße gewann; über der Tür brannte
die ganze Nacht durch eine kleine vergitterte Lampe.
Man kennt solche Lampen; sie brennen auch an einsamen Mauern zu Füßen der Madonnenbilder.

Der Bau war alt und feucht, er roch modrig.
Modergeruch und ein Duft von Eau de Cologne
wehten über die Gänge. Wenn die Tür nach unten
offenstand und das Lärmen und Grölen der Gäste
aus dem Erdgeschoß heraufscholl, verzogen die Herren im ersten Stock mißbilligend und angewidert
das Gesicht.

Madame, die mit ihren Kunden auf freundschaft-
lichem Fuße stand, pflegte den Salon nicht zu verlassen. Sie interessierte sich für alle Neuigkeiten in

der Stadt, und so gab es manches ernsthafte Gespräch. Madames Gespräche stachen durchaus von denen der drei Mädchen ab; sie lagen wie Oasen zwischen den wüsten Zoten der dicken Biedermänner, die sich Abend für Abend die bescheidene Ausschweifung erlaubten, in Gesellschaft öffentlicher Mädchen einen Likör zu trinken.

Die drei im ersten Stock hießen Fernande, Raphaele und Rosa, »das Roß«.

Da das Personal beschränkt war, legte man Wert darauf, daß jedes der Mädchen einen ganz bestimmten Typus Frau darstellte, damit jedem Kunden etwa das geboten werden konnte, was er für sein Ideal ansah.

Fernande war das Fach der »schönen Blondine« zugefallen. Sie war groß, üppig, sehr weiblich, ein sommersprossiges Kind vom Lande. Ihr helles, gestutztes und recht spärliches Haar sah wie gehechelter Hanf aus.

Raphaele aus Marseille, ein Erzeugnis der Seehäfen, spielte die unentbehrliche Rolle der »schönen Jüdin«. Sie war mager und hatte vorspringende, rot geschminkte Backenknochen. Ihr schwarzes Haar, das sie mit Rindermark glänzend machte, lief an den Schläfen in zwei Schmachtlocken aus. Die Augen waren nicht übel; leider wurde das rechte durch einen Fleck auf der Hornhaut ein wenig entstellt. Die Nase bog sich auf ein vorstehendes Gebiß hinunter, in dem sich zwei falsche Oberzähne als helle Flecke von den anderen Zähnen abhoben, die mit vorrückendem Alter den Farbton von nachgedunkeltem Holz angenommen hatten.

Rosa, »das Roß«, eine kleine Fettkugel, ein Wanst auf kurzen Beinen, sang von früh bis spät mit einer völlig unmusikalischen Stimme bald lustige, bald sentimentale Lieder und erzählte endlose und nichtssagende Geschichten; sie hörte nur auf zu schwatzen, wenn sie aß – hatte sie gegessen, so plapperte sie

weiter. Sie machte den ganzen Tag über den heftig-
sten Umtrieb und war trotz ihres Schmerbauchs und
ihrer kugeligen Pfoten gewandt wie ein Eichhörn-
chen; ihr Lachen, ein Gesprudel von schrillen Tönen,
erklang ohne Pause von überallher, aus den Zim-
mern, von der Dachkammer herunter, vom Café herauf, von hier, von dort, wo sie gerade war.

Die beiden Frauen im Erdgeschoß hießen Louise,
mit dem Spitznamen »die Henne«, und Flora, die
»die Schaukel« genannt wurde, weil sie ein wenig
hinkte. Die erstere war mit einem dreifarbigen Gür-
tel als »Freiheitsgöttin« drapiert, die zweite trug ein
spanisches Phantasiekostüm mit Kupfermünzen, die
auch in ihrem feuerroten Haar hingen und bei jedem
ihrer hinkenden Schritte klingelten. Die zwei wirkten
wie Küchenmädchen, die sich für den Fasching her-
gerichtet haben. Es waren richtige Kinder aus dem
Volk, weder schön noch häßlich. Im Hafengebiet
hießen sie nur »die beiden Pumpen«.

Zwischen den fünf Frauen herrschte dank der aus-
gleichenden Klugheit von Madame und dank ihrer
unversiegbaren guten Laune ein rührendes, selten
getrübtes Einvernehmen.

Das Etablissement, das einzige am Platz, erfreute
sich regen Zuspruchs. Madame hatte es verstanden,
ihm einen Anstrich von Wohlanständigkeit zu geben;
sie war liebenswürdig und zuvorkommend gegen
jedermann; ihr gutes Herz war überall bekannt, und
niemand versagte ihr seine Hochachtung. Die Stammgäste trugen für sie die Kosten, und man war erfreut,
wenn sie einem ein deutlicheres Wohlwollen be-
zeigte. Traf man sie unterwegs irgendwo, so kam
die Frage: »Sind Sie heute abend da?« wie man wohl
sagt: »Sehen wir uns noch im Café, nach dem Abendessen?«

Kurz und gut, das Haus Tellier war etwas durchaus
Unentbehrliches geworden. Es kam selten vor, daß
jemand bei den täglichen Zusammenkünften fehlte.

Als an einem Maiabend M. Poulin, Holzhändler und ehemaliger Bürgermeister, als erster Besucher eintraf, fand er die Tür verschlossen. Die kleine Laterne hinter ihrem Gitter brannte nicht; die Wohnung lag still, wie ausgestorben. Er klopfte, zuerst sachte, dann stärker; es kam keine Antwort. Darauf ging er mit langsamen Schritten die Straße hinunter. Als er den Marktplatz erreichte, stieß er auf M. Duvert, den Schiffsreeder, der sich ebenfalls auf dem Wege, »dorthin« befand. Sie kehrten zusammen zum Hause zurück, aber es war das gleiche wie vorhin. Plötzlich erhob sich ganz in der Nähe ein wüster Lärm. Als sie um die Straßenecke traten, standen sie einer Rotte von englischen und französischen Matrosen gegenüber, die mit den Fäusten gegen die geschlossenen Fensterläden des Cafés trommelten.

Um keine Unannehmlichkeiten zu erleben, entfernten sich die beiden Herren in gebotener Eile; als hinter ihnen ein leises »Pst!« erklang, blieben sie wieder stehen: es war M. Tourneveau, der Fischhändler. Sie teilten ihm die Sachlage mit. Er hörte ihnen um so bestürzter zu, als das gerade heute, an *seinem* Abend, passieren mußte! Er war ein verheirateter Mann und Familienvater – sehr überwacht also, er konnte nur am Samstag kommen. »Vorsichtshalber«, wie er zu sagen pflegte; er spielte mit diesem Wort des weiteren auf die Maßnahmen der Sanitätspolizei an, denn sein Freund, der Dr. Borde, hatte ihm den Zeitpunkt der allwöchigen Untersuchung verraten. Grade heute war also *sein* Abend. So einer ist natürlich mehr geschädigt als jemand, der die ganze Woche über kommen kann!

Die drei Männer machten einen weiten Umweg und kamen dann an den Kai. Unterwegs trafen sie den jungen M. Philipp, den Sohn des Bankdirektors, und gleich darauf M. Pimpesse, den Steuereinnehmer. Gemeinsam kehrte man durch die Rue aux Juifs »dorthin« zurück; es sollte noch ein letzter Versuch

gemacht werden. Da aber die wütenden Matrosen
das Haus umlagert hielten, mit Steinen warfen und
grölten, so drehten die fünf Kunden der ersten Etage
wie der Blitz wieder um. Es blieb ihnen nichts anderes übrig, als in den Straßen herumzuirren.

Unterwegs schlossen sich ihnen noch zwei Herren,
der Versicherungsagent M. Dupuis und der Handelsgerichtsrat M. Vasse, an. Ihr langer Spaziergang
führte sie zunächst an den Hafen. Sie nahmen nebeneinander auf der Granitbrüstung Platz und schauten
auf das bewegte Wasser hinunter. Der Schaum der
Wogenkämme leuchtete hier und dort als heller
Schein aus dem Dunkel auf, und das eintönige Rauschen der Brandung, die gegen den Felsenstrand
schlug, drang durch die Nacht ununterbrochen zu
ihnen herauf. Als die betrübten Spaziergänger eine
Weile gesessen und geschwiegen hatten, meinte M.
Tourneveau: »Sehr langweilig hier.« – »Aber sicher«,
pflichtete ihm M. Pimpesse bei; man stand also wieder auf und ging langsam zurück.

Sie folgten der Straße Sous-le-Bois, die an der Küste
entlangführt, überschritten die Holzbrücke und kamen zur Retenue. Als der Bahnübergang hinter
ihnen lag und man sich eben wieder dem Marktplatz
näherte, brach völlig unvermittelt zwischen dem
Steuereinnehmer Pimpesse und dem Fischhändler
Tourneveau ein Streit aus. Sie stritten sich darüber,
ob ein bestimmter Pilz, den einer von ihnen in der
Umgebung gefunden hatte, eßbar wäre oder nicht.

Die beiden befanden sich in recht gereizter Stimmung, und es würde vielleicht zu Tätlichkeiten gekommen sein, wenn sich die andern nicht ins Mittel
gelegt hätten. Pimpesse ging ärgerlich davon; kaum
war er fort, so begann eine neue Reiberei, und zwar
diesmal zwischen dem ehemaligen Bürgermeister Poulin und dem Versicherungsagenten Dupuis; es handelte sich um die Frage, wie hoch das Gehalt des Einnehmers wäre und was ihm als Nebeneinkommen

darüber hinaus zufließen mochte. Von beiden Seiten
hagelte es beleidigende Ausdrücke – plötzlich aber
erhob sich ein furchtbares Gebrüll, und die Matrosen-
rotte, die die erfolglose Belagerung des verschlossenen Hauses satt bekommen hatte, kam über den
Platz. Sie marschierten eingehakt, in langem Zuge
und tobten wie Wilde.

Die Gruppe der Herren zog sich in das Dunkel eines
Toreingangs zurück, und die heulende Horde rückte
zur Abtei hinunter. Ihr Radau war noch eine Zeitlang zu hören, er entfernte sich wie ein abziehendes
Gewitter. Dann wurde es wieder still.

Poulin und Dupuis, die beiden Streitenden, gingen
davon, der eine nach links, der andre nach rechts,
ohne Gruß und wütend.

Die übrigen vier setzten ihren Weg fort und wandten sich wie zufällig wieder zum Etablissement Tellier
hinüber. Es war immer noch verschlossen, stumm –
rätselhaft. Ein Betrunkener stand davor, er patschte
mit der Hand an die Vorderwand des Cafés. Als er
eine Weile ruhig und beharrlich gepatscht hatte, begann er mit gedämpfter Stimme nach Frédéric zu
rufen. Da kein Frédéric sich zeigte, setzte er sich auf
die Türschwelle, um die weitere Entwicklung der
Dinge abzuwarten.

Die Herren wollten eben umkehren, als die wilde
Horde der Seeleute am Ende der Straße auftauchte.
Die französischen Matrosen grölten die »Marseillaise«, die englischen ihr »Rule Britannia«. Es erfolgte
jetzt der Generalsturm gegen die Festung; danach
wälzte sich der wilde Strom zum Kai hinunter, wo eine
Schlägerei zwischen den beiden Nationen ausbrach,
die einem Engländer einen gebrochenen Arm und
einem Franzosen eine aufgeschlitzte Nase eintrug.

Der Betrunkene, der immer noch an seinem Platze
saß, mochte jetzt merken, daß er seinen Willen nicht
bekommen würde, er begann bitterlich zu weinen.

Die Herren gingen auseinander.

Nach und nach wurde es in der aufgestörten Alt-
stadt ruhig. Von hier und dort drangen noch Stimmen herüber. Alles verlor sich dann in der Ferne.

Nur ein einzelner Mann fand keine Ruhe und irrte
noch immer umher. Es war der Fischhändler Tourneveau. Er war verzweifelt darüber, daß er nun bis zum
nächsten Samstag würde warten müssen. Er hoffte
immer noch auf irgendeine Wendung und wollte sich
nicht mit der Tatsache abfinden. Wie konnte die
Polizei es dulden, daß eine Anstalt der Volkswohl-
fahrt, die sie selbst zu betreuen hatte, so einfach die
Türe schloß!

Er kehrte also zurück und lugte um die Mauerecke,
um der Sache auf den Grund zu kommen. Plötzlich
entdeckte er einen Zettel, der an die Fensterscheibe
geklebt war. Tourneveau riß ein Streichholz an. Auf
dem Zettel stand etwas geschrieben, ein Gekritzel aus
hohen, ungleichmäßigen Buchstaben. Beim kurzen
Aufflammen des Streichholzes las der Fischhändler
die folgenden Worte: »Wegen Kommunion geschlossen.«

Nachdem er gelesen hatte, ging er davon. Es war
also nichts zu machen.

Der Betrunkene hatte sich auf der ungastlichen
Schwelle ausgestreckt und schlief.

Am folgenden Tage machten alle Stammgäste, etwa
ein Aktenbündel unterm Arm und wie zufällig, einen
Weg durch die bewußte Straße, um der Sache auf
den Grund zu gehen, und jedermann las mit einem
verstohlenen Seitenblick die geheimnisvolle Mittei-
lung: »Wegen Kommunion geschlossen.«

II

Um den Schleier zu lüften:

Madame hatte einen Bruder, der in ihrer Heimat, in
Virville (Eure), eine Tischlerei betrieb. Zu der Zeit,
als Madame noch die Gastwirtin von Yvetot gewesen

war, hatte sie als Tante das Töchterchen ihres Bruders, die kleine Constance Rivet, aus der Taufe gehoben. Der Tischler, der seine Schwester in guten
Verhältnissen wußte, pflegte die Verbindung mit ihr;
zwar kam man, da die Arbeit beiden wenig Zeit ließ
und man überdies ziemlich weit auseinander wohnte,
selten zusammen. Als nun das Töchterchen zwölf
Jahre alt wurde und im gleichen Jahr zur ersten
Kommunion gehen sollte, nahm er diese Gelegenheit
beim Schopf und lud die Schwester zu der Feier ein.
Die Großeltern waren tot; Madame konnte es ihrem
Patenkind also nicht gut abschlagen; sie nahm die
Einladung an. Der Bruder Joseph hoffte im stillen,
daß bei diesem Besuch ein Testament zugunsten der
Kleinen zustanden kommen würde. Madame war ja
kinderlos.

Der Beruf seiner Schwester störte ihn nicht im geringsten, auch wußte man bei ihm im Dorf nichts
davon. Wenn man dort von ihr sprach, so hieß es
nur: »Madame Tellier lebt in Fécamp«, was soviel
besagte, daß sie dort von ihren Renten lebte. Die
Entfernung von Fécamp bis Virville beträgt mindestens zwanzig Meilen; und wenn der Mann auf dem
Land fünf Meilen weit reist, so bedeutet das für ihn
soviel, wie wenn unsereiner nach Amerika fährt. Die
Bewohner von Virville waren nie über Rouen hinausgekommen; und die von Fécamp hatten zu dem kleinen Dorf von fünfhundert Seelen, das abseits von der
Bahnlinie in der weiten Ebene lag und überdies zu
einem anderen Departement gehörte, keinerlei Beziehungen. Man wußte somit nichts voneinander.

Als aber das Datum der Kommunion näherrückte,
ward Madame von einer starken Unruhe befallen. Sie
hatte keine Wirtschafterin und traute sich nicht, ihr
Haus allein zu lassen, und wenn auch nur für einen
einzigen Tag. Unweigerlich würde zwischen den
Damen von oben und denen vom Café Streit ausbrechen; Frédéric würde sich betrinken, und wenn er

betrunken war, so verprügelte er jeden, den er zwischen die Finger bekam, ohne den geringsten Grund. Sie entschloß sich dann, lieber das ganze weibliche Personal mit auf die Reise zu nehmen und Frédéric bis übermorgen zu beurlauben.

Als sie deswegen noch bei ihrem Bruder anfragte, war er sofort einverstanden. Er teilte ihr sogar mit, daß er die ganze Gesellschaft für eine Nacht gut unterbringen könnte. So begab sich also eines Morgens um acht Uhr Madame mit ihren Begleiterinnen in einem Wagen dritter Klasse auf die Reise.

Sie waren im Abteil allein und schwatzten wie die Elstern. In Beuzeville stieg ein Ehepaar zu. Der Mann war ein alter Bauer in blauer Bluse. Seine weiten Blusenärmel wurden über den Händen in Fältchen zusammengefaßt und waren mit einer schmalen weißen Borte bestickt. Er trug einen altertümlichen hohen Hut aus rötlichem Borstenhaar. In der einen Hand hielt er einen riesigen grünen Regenschirm und in der anderen einen breiten Korb, unter dessen Deckel die ängstlichen Köpfe dreier Enten hervorlugten. Auch die Frau trug bäuerliche Tracht. Sie saß ihrem Manne stocksteif gegenüber. Mit ihrer Schnabelnase ähnelte sie einem Huhn. Es mochte die beiden bedrücken, daß sie sich in so vornehmer Gesellschaft befanden; jedenfalls rührten sie sich nicht.

Eins ließ sich nicht leugnen: das Abteil war ein einziges Farbenmeer. Madame war vom Kopf zum Fuß in blauer Seide; überm Kleid trug sie einen brennend roten Schal aus unechtem französischem Kaschmir. Fernande war von einem schottisch gemusterten Etwas umhaucht; sie hatte sich ihre Taille tüchtig schnüren und dadurch ihren etwas hinfälligen Busen zu einer regsamen Doppelkugel wiederaufrichten lassen, die sich deutlich unterm Stoff abzeichnete.

In Raphaeles Haar saß ein Federschmuck, der ein Nest voll Vögelchen darstellen sollte; ihr lilafarbenes,

mit Goldflitter überstreutes Gewand machte aus ihr
eine geradezu orientalisch wirkende Jüdin. Rosa, das
Roß, in einem rosigen Rock mit breiten Volants, erinnerte an ein zu dick geratenes, vielleicht gemästetes
Kind; und die beiden Pumpen schienen ihre seltsamen Kleider aus alten Fenstervorhängen geschnei-
dert zu haben, aus einem jener großblumigen Vor-
hangstoffe, die noch aus der Zeit der Restauration
stammen.

Als die Damen nicht mehr im Abteil allein waren,
begannen sie, sich sehr vornehm miteinander zu unterhalten. Sie nahmen dabei eine würdevolle Haltung
an; jedermann konnte sich davon überzeugen, daß
sie sich unterwegs zu benehmen wußten. In Bolbec
stieg dann ein blondbärtiger Herr ein, mit Ringen
am Finger und einer goldenen Uhrkette. Er schob
ein paar in Wachsleinen gehüllte Pakete ins Gepäcknetz. Er sah wie ein halber Junge aus, ziemlich lustig.
Er grüßte mit einem Lächeln und sagte:

»Die Damen wechseln die Kaserne, was?«

Erst nach geraumer Zeit gewann Madame ihre Fassung zurück. Es galt jetzt, die Standesehre zu wahren. So antwortete sie in trockenem Ton:

»Sie könnten gut ein wenig höflicher sein!«

Er entschuldigte sich:

»Verzeihung, ich hab' gemeint – das Kloster.«

Madame erwiderte nichts; vielleicht genügte ihr
diese Richtigstellung; jedenfalls nickte sie hoheits-
voll und behielt ihre kühle Miene bei.

Darauf entschloß sich der Herr, der zwischen Rosa,
dem Roß, und dem alten Bauersmann saß, lieber mit
den drei Enten zu liebäugeln, die ihre Schnäbel aus
dem Korbe steckten; als er dann merkte, daß die
Umsitzenden herschauten, fing er an, die Tiere
unter den Schnäbeln zu kitzeln und auf sie einzu-
reden. Mancher Mensch erheitert eben gern eine
Gesellschaft. Er sagte also etwa folgendes zu den
Enten:

»Wir haben unseren kleinen Schwabbel-Schwimm-
teich verlassen — wack, wack, wack! – um ein bissel
Bekanntschaft mit dem Brutzel-Bratspieß zu machen. – Wack, wack, wack!«

Die Tiere verdrehten ängstlich die Hälse; sie suchten diesen Zärtlichkeiten zu entgehen und machten
sodann einen heftigen Versuch, dem Korbgehäuse zu
entwischen; plötzlich ließen sie alle drei gleichzeitig
einen lauten Klageruf erschallen: Wack! Wack! Wack!
Wack! – Die Damen platzten los. Sie drängten sich
vor, die eine wollte noch mehr sehen als die andre:
dies Federvieh erregte ein ungeheures Interesse: und
der Herr verdoppelte seinen Eifer und erfand immer
noch hübschere Neckereien.

Rosa saß den Enten am nächsten. Sie lehnte sich
über die Beine ihres Nachbarn vor und küßte alle
drei auf die Schnäbel. Darauf wollten alle sie küssen.
Damit es leichter ginge, nahm der Herr alle Mädchen, eine nach der andern, auf seinen Schoß, er ließ
sie hopsen und zwickte sie; ja, er duzte sie sogar.

Die beiden Bauersleute, die noch weit verwirrter
waren als ihr Federvieh, staunten in die Runde und
wagten nicht, sich von der Stelle zu rühren. Ihre ver-
trockneten Gesichter waren wie erstarrt.

Alsdann offerierte der Herr, der sich als ein Reisen-
der entpuppte, den Damen – Hosenträger; natürlich
im Scherz. Er holte eins der Pakete aus dem Netz
herunter und öffnete es. Und nun ward seine List
offenbar. Was kam zum Vorschein? Strumpfbänder.

Da gab es welche in blauer Seide, in rosa Seide,
violette, malvenfarbene, weinrote; manche hatten
blanke Schnallen, und diese Schnallen waren nichts
anderes als vergoldete Amoretten, die sich umarmt
hielten. Die Mädchen stießen Freudenschreie aus.
Dann wurden die Warenproben gemustert, befühlt
und betastet. Die Mädchen unterhielten sich mit Blick
und Flüsterwort und tauschten ihre Meinungen aus;

Madame aber nahm immer wieder ein Paar orange-
farbene Strumpfbänder in die Hand, sie waren breiter und solider als alle anderen, mit einem Wort: es
war etwas für sie.

Der Herr schaute ihnen zu. Plötzlich kam ihm ein
Gedanke, und er rief:

»Also los, ihr kleinen Kätzchen, wir wollen sie mal
anprobieren.«

Gab das einen Sturm der Entrüstung!

Sie klemmten die Kleider zwischen die Knie, als
wäre zu befürchten, daß er Gewalt anwenden würde.
Aber nein, er blieb vernünftig und wartete seine Zeit
ab. Er sagte einfach:

»Wenn ihr nicht wollt, pack' ich sie wieder ein.«
Dann fügte er listig hinzu: »Wer anprobiert, wählt
sich ein Paar aus und bekommt es gratis.«

O nein, sie wollten nicht, sie wurden auf einmal
sehr zurückhaltend und wandten sich ab. Nur die
beiden Pumpen warfen ihm so betrübte Blicke zu,
daß er ihnen sein Versprechen wiederholte. Vor
allem schien Flora, die Schaukel, sich in einem heftigen inneren Widerstreit zu befinden. Er redete auf
sie ein und sagte:

»Los doch, Kindchen, ein bissel Mut; schau doch
mal, dies Paar in Lila paßt ja entzückend zu deinem
Kleidchen.«

Ja, jetzt war sie besiegt. Sie hob ihr Kleid und zeigte
ihr Bein. Es war das dicke Bein einer Kuhmagd. Ein
grober Strumpf saß darüber. Der Herr beugte sich
nieder und befestigte das Strumpfband zunächst unterm Knie, dann oberhalb; er kitzelte das Mädchen
ein wenig dabei und hatte Erfolg: sie quietschte und
fuhr zusammen, manchmal dies, manchmal jenes.
Und als er ihr dann das lilafarbene überreicht und in
die Runde gefragt hatte: »Wer kommt nun?« riefen
alle wie aus einem Munde: »Ich! Ich!«

Er begann mit Rosa, dem Roß. Sie enthüllte ein
unförmiges, völlig rundes Bein. Nach Raphaeles

Wort war es sogar ein »Wurstbein«; und dieser Ausdruck traf die Sache nicht übel. Als Fernande dem
Reisenden die kolossalen Säulen ihrer Beine vorwies,
ward ihr ein uneingeschränktes Lob zuteil. Die
knochigen Schienbeine der schönen Jüdin sprachen
weniger an. Louise, die Henne, schlug dem Herrn im
Scherz das Kleid über den Kopf; Madame sah sich
genötigt, einzuschreiten und dies unschickliche Pos-
senspiel zu beenden. Auch Madame selbst hielt ihr
Bein hin, ein schönes normannisches Bein, eben-
mäßig und muskulös, und der Reisende, überrascht
und bezaubert, entbot diesen Prachtwaden den Gruß
eines echten französischen Kavaliers: er zog vor
ihnen den Hut.

Die beiden bestürzten Bauersleute sahen starr an
diesem Treiben vorbei; ihre Gesichter bekamen dadurch etwas derartig Hennenhaftes, daß der blond-
bärtige Mann aufstand und dicht vor ihren Gesichtern ein »Kikeriki!« ertönen ließ. Und wiederum
entfesselte er einen Orkan von Heiterkeit.

Die Alten mit Entenkorb und Regenschirm stiegen
in Motteville aus; als sie davongingen, sagte die Frau
zu ihrem Mann:

»Das war so'n Zug, der nach dem Sünden-Paris
fährt.«

Der reisende Hausierer und Spaßvogel fuhr bis
Rouen mit. Bevor er das Abteil verließ, benahm er
sich so ungeschliffen, daß Madame sich gezwungen
sah, ihn schnurstracks auf seinen Platz zurückzube-
fördern. Sie erklärte dann:

»Man soll nicht mit dem ersten besten anbandeln.«

In Oissel mußten sie in einen anderen Zug um-
steigen. Auf der nächsten Station war dann der Bruder Joseph Rivet mit einem großen Karren zur Stelle,
auf dem Stühle standen und der mit einem Schimmel bespannt war.

Der Tischler umarmte die Damen in aller Höflich-
keit und half ihnen auf das Gefährt hinauf. Drei

setzten sich auf die hinteren drei Stühle, Raphaele,
Madame und ihr Bruder auf die vorderen, und Rosa,
für die es keinen Stuhl gab, nahm, so gut es ging, auf
dem Schoß der großen Fernande Platz. Darauf fuhr
man los. Aber o weh! Der stoßende Trab des kleinen
Kleppers rüttelte den Wagen so stark, daß die Stühle
zu tanzen begannen; die Fahrgäste flogen empor und
wurden nach links und nach rechts gestoßen; sie zap-
pelten wie Hampelmänner, wie sehr erschrockene
Hampelmänner, und sie schrien auf, wenn sie einen
besonders heftigen Stoß bekamen. Ihre Hände hielten die Wagenlehne umklammert; die Hüte rutsch-
ten ihnen in den Nacken, ins Gesicht oder übers Ohr.
Der Schimmel aber trabte unbeirrt weiter, den Hals
vorgereckt und den dünnen Rattenschwanz seines
Schweifes, mit dem er von Zeit zu Zeit nach den
Fliegen schlug, aufwärts gerichtet. Joseph Rivet
stemmte das eine Bein gegen die Deichsel, das andre
bog er zurück. Mit angewinkelten Ellbogen hielt er
die Zügel. Alle Augenblicke kam ein schnalzender
Laut aus seiner Kehle, worauf der Klepper die Ohren
spitzte und seinen Gang beschleunigte.

Links und rechts von der Landstraße breiteten sich
grüne Wiesenflächen aus. Immer wieder erschienen
lange gelbe, leise wogende Rapsfelder, von denen der
Sommerwind einen süßen und kräftigen Duft her-
übertrug. Aus dem hohen Roggen leuchteten him-
melblaue Kornblumen. Die Frauen hätten sich gern
welche gepflückt, aber Rivet hielt nicht an. Zuweilen
fuhren sie an einem Felde hin, das wie von Blut überflossen war, soviel roten Mohn gab es da. Mitten
durch die weite überblühte Ebene rollte das Gefährt;
es sah aus, als wäre es selbst mit einem grellfarbenen
Blumenstrauß geschmückt. Es folgte dem Trott seines Schimmels, verschwand hinter dem Buschwerk
eines Bauernhauses, erschien am Ende einer Baum-
reihe wieder und rollte durch die grünen und gelben
Kornfelder weiter, die unter ihren Feldblumen bald

erblauten und bald erröteten. Mitten durch die Sonne fuhr er dahin, der farbenfunkelnde Weiberkarren, und man sah ihn noch lange fahren.

Es schlug eins, als man vor der Tür des Tischlerhauses hielt.

Alle waren müde und hungrig, denn man hatte seit Fécamp nichts gegessen. Frau Rivet kam herausgeeilt und half einer nach der andern vom Wagen herunter; sie umarmte eine jede, sobald sie nur ausgestiegen war; bei ihrer Schwägerin kam sie mit dem Abküssen gar nicht zu Ende; da sie sich doch etwas vorgenommen hatte, wollte sie sich bei ihr einen weißen Fuß machen. Man setzte sich dann in der Werkstatt zu Tisch; die Hobelbank war hinausgebracht worden, denn morgen sollte hier das Festmahl eingenommen werden.

Nach einem prächtigen Eierkuchen, dem in Begleitung von einem guten Tropfen Apfelwein eine gebratene Leberwurst folgte, kehrte der Frohsinn alsbald zurück. Rivet hatte sich, um mit seinen Gästen anstoßen zu können, ebenfalls ein Glas genommen. Seine Frau bediente, kochte, trug die Schüsseln auf und wieder fort und neigte sich mit Geflüster vor jedes Ohr:

»Schmeckt es Ihnen auch?«

Die Holzbretter, die an der Wand der Tischlerei lehnten und die in der Ecke zusammengefegten Hobelspäne dufteten so gut und stark nach Harz, daß man hier gern atmete.

Man fragte nach der Kleinen. Sie sei in der Kirche und würde erst gegen Abend heimkommen.

Die Gesellschaft brach dann auf, um einen Spaziergang durch die Felder zu machen.

Das Dorf war klein. Eine Landstraße durchschnitt es. An der einzigen Dorfstraße lagen ein Dutzend Häuser, in denen die Gewerbetreibenden des Ortes wohnten: der Metzger, der Krämer, der Tischler, der Wirt, der Schuster und der Bäcker. Am Ende dieser kurzen Straße erhob sich, mitten in ihrem kleinen Friedhof, die Kirche; vier breitkronige Linden überschatteten das Portal. Die Kirche war aus behauenen Felssteinen erbaut und ganz ohne Schmuck; auf ihrem Dach ragte ein schiefergedeckter Glockenturm in die blaue Luft.

Hinterm Friedhof war dann schon das Land. Hier und da sah man einen Bauernhof in einem Nest von Bäumen liegen.

Rivet war im Arbeitskittel. Er hatte seiner Schwester den Arm gereicht und schritt mit ihr stolz und würdevoll dahin. Seine Frau, der es das golden flimmernde Kleid der Raphaele angetan hatte, ging zwischen ihr und Fernande. Die kugelige Rosa folgte mit Louise, der Henne, und Flora, der Schaukel, die heute weniger hinkte als sonst.

Schon traten die Dorfleute unter die Türen. Die Kinder hielten beim Spielen inne. Irgendwo wurde eine Gardine gehoben und erschien ein Kopf mit einer Kattunhaube. Eine blinde, an Krücken gehende Alte bekreuzte sich vor ihnen wie vor einer Prozession; noch lange folgten die Blicke diesen wunderschönen Stadtdamen, die von so weit hergekommen waren, um der Kommunion von Joseph Rivets Töchterchen beizuwohnen. Sehr viel Glanz fiel heute auf den Tischler.

Als sie an der Kirche vorüberkamen, hörten sie Singen; es war ein Choral, der sich mit hellen Kinderstimmen zum Himmel hob; Madame wünschte nicht einzutreten, um, wie sie sagte, den süßen Engelgesang nicht zu stören.

Nach einem Rundgang durch die Felder, wo ihnen die großen Bauernhöfe gezeigt und ein Vortrag über Ackerbau und Viehzucht gehalten wurde, brachte Joseph Rivet seine Frauenherde wieder in die Wohnung zurück.

Da der Raum beschränkt war, so hatte man ihnen zu je zweien ein Zimmer angewiesen.

Rivet selbst würde sich für diesmal in der Werkstatt auf den Hobelspänen ein Lager machen; seine Frau teilte ihr Bett mit der Schwägerin, und im Zimmer nebenan sollten Fernande und Raphaele zusammen schlafen. Louise und Flora waren in der Küche auf einer Matratze untergebracht, und Rosa bewohnte allein für sich ein lichtloses Zimmerchen über der Treppe, das an einen schmalen Bodenraum stieß, in dem für diese Nacht die Kommunikantin ruhen sollte.

Als die Kleine endlich erschien, regnete es Küsse; die Frauen umdrängten sie, und die vielfältigen Liebkosungen, die ihr Beruf sie gelehrt hatte, nahmen kein Ende – welch ein Liebesüberfluß! Er brach jetzt noch machtvoller aus ihnen hervor als am Morgen in der Eisenbahn, wo sie die Entenschnäbelchen mit Küssen bedeckt hatten. Man nahm die Kleine auf den Schoß, streichelte ihr das blonde Haar und preßte sie stürmisch ans Herz. Das brave Kind war ganz von dem Erlebnis seiner ersten Beichte erfüllt; es hielt geduldig still.

Da der Tag für alle recht anstrengend gewesen war, ging man bald nach dem Abendessen zu Bett. Eine grenzenlose Stille lag über dem kleinen Dorf, ein tiefer Frieden bis an den gestirnten Himmel hinauf. Die Mädchen waren an die lärmenden Abende ihres Etablissements gewöhnt; die feierliche Ruhe des schlafenden Landes erschreckte sie. Ein Schauer lief ihnen über die Haut, obwohl es nicht kühl war – ein Schauer andrer Art, Furcht vor der Stille ringsum, die Angst aller ruhelosen und verstörten Herzen.

Als sie in den Betten lagen, immer zu zweien, umarmten sie sich, als könnten sie so dem Andringen des nächtlichen Friedens entrinnen. Rosa aber, die in ihrem finsteren Zimmerchen allein lag und es gar nicht gewöhnt war, mit leeren Armen zu schlafen, erging es viel ärger. Sie wälzte sich auf ihrem Lager und fand keinen Schlaf. Nach einer Weile drang ein

unterdrücktes Schluchzen aus dem Holzverschlag zu
ihr herüber. Es war, als weinte ein Kind. Sie lauschte
und rief dann. Das Schluchzen antwortete ihr. Das
Mädelchen war's. Sie war gewöhnt, mit ihrer Mutter
zusammen zu schlafen und hatte nun auf dem einsamen Hängeboden Angst bekommen.

Rosa stand sogleich auf. Leise, damit niemand geweckt würde, holte sie sich die Kleine herüber. Sie
nahm sie zu sich ins schöne warme Bett, legte sie sich
gegen die Brust und streichelte sie in Schlaf. Bis zum
Hellwerden ruhte die Stirn der Kommunikantin an
der nackten Brust der Prostituierten.

Schon früh um fünf, als die kleine Dorfglocke mit
Eifer und Schwung den Angelus läutete, wurden die
Damen geweckt. Daheim in Fécamp, wo sie ja in
der Nacht auf den Beinen sein mußten, pflegten sie
bis weit in den Tag hinein zu schlafen. Die Dorfleute
waren schon aufgestanden. Die Weiber liefen geschäf-
tig von Tür zu Tür, und von überallher erklang ihr
Schwatzen. Manche trugen behutsam die steifgestärk-
ten Musselinkleidchen vorüber, andre kamen mit
Wachsstöcken oder mit riesenlangen Kerzen, um
deren Mitte eine goldbefranste Seidenschleife ge-
schlungen war.

Die Sonne stand im wolkenlosen Blau des Himmels
und strahlte hernieder. Ein Rosenschein färbte den
Horizont, als säumte ihn ein letzter Hauch Morgen-
rot. Das Hühnervolk spazierte vor seinen Ställen auf
und ab; und bald hier bald dort streckte ein schwarzer Hahn sein schillerndes Halsgefieder und den pur-
purgeschmückten Kopf, um alsdann zu einem Flügelschlag seinen feurigen Ruf erschallen zu lassen. Von
überall gaben ihm die Hähne ihre Antwort zurück.

Schon rollten Wagen aus den Nachbargemeinden
ins Dorf. Hochgewachsene Normanninnen stiegen
aus. Sie trugen ihre dunklen Kleider und das dort
übliche, auf der Brust gekreuzte Halstuch, das durch
einen uralten Silberschmuck zusammengehalten wird.

Die Männer waren in der blauen Bluse erschienen; unter der Bluse lugten die Schöße eines neuen Rockes oder eines älteren Anzugs aus grünlichem Tuch hervor.

Die Pferde kamen in die Ställe. Die Dorfstraße war alsbald mit einer doppelten Reihe von ländlichen Wagen angefüllt, mit zweirädrigen Karren, Kabrioletts, Tilburys, Bankwagen – mit Fuhrwerken jeder Art und jedes Alters; einige standen vornübergestürzt, bei anderen ragte die Deichsel in die Luft.

Im Tischlerhause ging es zu wie in einem Bienenkorbe. Die Damen aus Fécamp begannen das Kind anzukleiden. Sie waren noch in Korsett und Unterrock, und das offene Haar hing ihnen in den Nacken nieder. Sie hatten so armseliges Haar! Dünn war es und kurz und glanzlos; ganz übel hatte die ewige Brennschere es zugerichtet.

Die Kleine stand regungslos auf einem Tisch, und Madame Tellier leitete die Bewegungen ihrer fliegenden Division. Man wusch sie, man kämmte sie, frisierte sie, zog sie an. Darauf wurde ihr Kleid mit einer Menge Nadeln in Falten gelegt und die Taille verengert. Als das getan war, durfte sich die Patientin setzen; noch bekam sie den Befehl, sich auf keinen Fall von der Stelle zu rühren. Als sie es versprochen hatte, eilte das aufgeregte Kriegsvolk davon, um sich selbst herzurichten.

Wieder läutete es von der Kirche herüber. Das Gebimmel der kleinen Glocke hob sich wie eine beschwingte Stimme zum Himmel auf und verklang in der blauen Unendlichkeit.

Die Kommunikanten traten aus den Türen und gingen zum Gemeindehaus hinüber. In diesem Gebäude, das, von der Kirche aus gesehen, am andern Ende des Ortes lag, befanden sich die beiden Schulen und das Bürgermeisteramt.

Die Eltern folgten ihren Kleinen. Sie waren im Sonntagsstaat. Linkisch und mit dem schweren Gang

von Leuten, die auf dem Acker arbeiten, schritten sie
dahin. Die kleinen Mädchen verschwanden ganz in
einer Wolke von schneeweißem Tüll, als wären sie
mit Schlagsahne übergossen. Die Buben sahen wie
halberwachsene Kellner aus, ihre Scheitel glänzten
von Pomade, und sie marschierten ganz breitbeinig,
um die neue schwarze Hose zu schonen.

Jede Familie rechnete es sich zur Ehre an, wenn zur
Kommunion ihres Kindes viele Leute von auswärts
kamen: der Triumph des Tischlers konnte also in
jeder Hinsicht als vollkommen bezeichnet werden.
Das Regiment Tellier, mit seiner Frau Oberst an der
Spitze, folgte der kleinen Constance; der Vater hatte
seiner Schwester den Arm gereicht, die Mutter ging
mit Raphaele, Fernande neben Rosa, die beiden
Pumpen bildeten den Beschluß — so setzte sich die
Truppe mit Pracht und Glanz, wie ein Generalstab
in großer Uniform, in Bewegung.

Der Eindruck im Dorf war überwältigend.

In der Schule ordneten sich die Mädchen unter der
Flügelhaube einer frommen Schwester, die Buben
unter der Hut ihres Lehrers, eines gut aussehenden
Mannes, der sein Amt mit Würde vertrat; dann setzte
sich der Zug mit einem Liedvers in Bewegung.

Die Buben bildeten, als sie durch die lange Zeile
der ausgespannten Wagen hinschritten, eine Kette,
und die Mädchen folgten ihrem Beispiel und marschierten in der gleichen Ordnung weiter; und da die
Landbewohner vor den Damen aus der Stadt voll
Hochachtung zurücktraten, so gingen diese unmittel-
bar hinter den Kindern. Sie verlängerten die Doppel-
reihe des Zuges um drei Personen in der linken und
drei in der rechten Kette, und ihre Toiletten leuchteten wie ein Brillantfeuerwerk.

Als sie die Kirche betraten, ging eine heftige Bewegung durch die versammelte Gemeinde. Man
drängte sich vor, man schaute sich nach ihnen um,
man schob einander zur Seite, um sie besser sehen zu

können. Und die Gläubigen erhoben ihre Stimmen
in Staunen und Bewunderung, denn die Toiletten
der Damen überstrahlten wahrhaftig die Meßgewän-
der der Vorsänger. Der Bürgermeister bot ihnen seine
Bank an, es war die erste rechts vom Chor, und Madame Tellier nahm neben ihrer Schwägerin, Fernande
und Raphaele darin Platz. Rosa, daß Roß, und die
beiden Pumpen kamen in die zweite Bank, und der
Tischler zwängte sich zu ihnen hinein.

Die Kinder füllten den Chor der kleinen Kirche.
An der einen Seite knieten die Mädchen, an der anderen die Knaben. Die langen Kerzen, die sie in den
Händen hielten, waren wie ein schwankender Wald
von weißen Lanzen.

Drei Männer, die vorm Chorpult standen, begannen mit kräftigen Stimmen zu singen. Sie dehnten
die vollen und klingenden Silben des lateinischen Tex-
tes und vor allem die a...a des AMEN. Aus dem
weiten Schalloch des Serpent brauste der einzige, immer wiederkehrende Grundton und unterstrich ihren
Gesang. Eine hohe Kinderstimme fiel ein und gab
Antwort.

Von Zeit zu Zeit erhob sich ein Priester, der in
einem Chorstuhle saß und ein viereckiges Barett trug.
Er murmelte einige Worte und setzte sich wieder.

Die Sänger fielen von neuem ein. Beim Singen hielten sie die Augen auf das große Kirchengesangbuch
gerichtet, das vor ihnen aufgeschlagen stand. Ein
holzgeschnitzter Adler, der mit ausgebreiteten Flügeln von einem drehbaren Sockel aufzuschweben
schien, hielt das Buch.

Darauf trat eine plötzliche Stille ein. Die Gemeinde
fiel wie mit einer einzigen Bewegung auf die Knie.
Der Priester, der die Messe halten würde, erschien.
Es war ein ehrwürdiger, weißhaariger Greis. In der
Linken hielt er den Abendmahlskelch, und er neigte
sich über ihn. Die beiden Meßdiener in Rot gingen
vor ihm her. Hinter ihm stellten sich die ländlichen

Sänger zu beiden Seiten des Chores auf. Noch scharrten ihre derben Schuhe. Dann wurde es still.

Deutlich klang das Geläut der kleinen Glocke herein. Das Meßamt begann. Der Priester schritt langsam vor dem goldenen Tabernakel auf und ab, er
beugte das Knie und psalmodierte mit seiner alten
und zittrigen Stimme die einleitenden Gebete. Als er
endete, erhob sich der laute Schall der Sänger und
des Serpent. Auch vorn in der Kirche sangen einige
Stimmen mit, bescheiden und weniger laut, wie es
der Gemeinde geziemt.

Beim Kyrie Eleison schwoll der Gesang zu äußer-
ster Kraft an. Durch das gewaltige Stimmengebrause
lösten sich Kalkstaub und Wolken von wurmzerfres-
senem Holz aus dem verwitterten Gewölbe und san-
ken nieder. Die Sommersonne glühte auf dem Schie-
ferdach. In der kleinen Kirche herrschte eine Back-
ofenhitze. Und in dieser heißen Luft schlugen die
Herzen der Kinder und der Mütter in banger Erregung und erwarteten alle Gläubigen das Herannahen
des unaussprechlichen Mysteriums.

Der Priester, der in der Zwischenzeit gesessen hatte,
erhob sich und schritt zum Altar. Sein weißes Haupt
leuchtete. Mit zittrigen Gebärden kündigte er das
Nahen der heiligen Handlung an.

Er wandte sein Antlitz den Gläubigen zu, hob die
Hände und sprach das: »Orate Fratres« – »Betet,
meine Brüder.«

Alles betete. In dem Gemurmel ringsum erloschen
die letzten geflüsterten Worte des greisen Priesters.
Das Geläut fiel ein. Die Menge kniete und lag vor
Gott im Gebet. Die Kinder waren wie von Sinnen
und hielten sich kaum aufrecht.

In diesem Augenblick geschah es, daß Rosa, die
ihre Stirn auf die Handflächen gestützt hielt, plötzlich ihrer Mutter gedachte. Sie sah die Kirche ihres
Heimatdorfes vor sich und dachte an ihre eigene
Kommunion. Sie fühlte sich in jene Zeit zurück-

versetzt, da sie ebenso alt gewesen war wie diese
Mädelchen. Sie sah sich selbst als kleine Kommunikantin im weißen Kleide. Da kam es über sie. Sie
mußte ein wenig weinen. Die Tränen rollten ihr über
die Backen nieder. Dann aber, als ihr immer mehr
aus jener Zeit einfiel, ward ihr das Herz schwer. Ihr
Atem ging rascher, die Brust hob und senkte sich,
und sie begann zu schluchzen. Sie nahm das Taschentuch, wischte sich die Augen und preßte es dann auf
Nase und Mund, damit niemand ihr Schluchzen hörte
– vergebens, ein krampfhaftes Schlucken drang aus
ihrer Kehle herauf. Sogleich gaben ihr zwei tiefe
schmerzliche Seufzer Antwort. Louise und Flora, die
links und rechts von ihr knieten, waren von den
gleichen Kindheitserinnerungen überfallen worden.
Auch sie schwammen in Tränen.

Tränen sind ansteckend. Madame fühlte alsbald, daß
ihre Augen feucht wurden. Als sie zur Seite sah,
merkte sie, daß die Schwägerin und die beiden anderen Mädchen auch weinten.

Der Priester bereitete das heilige Abendmahl vor.
Die Kinder lagen matt vor Angst und Ergebung auf
den Fliesen. Im Raum begann hier und dort eine
Frau, eine Mutter, eine Schwester zu weinen. Sie alle
wurden von der Erregung ergriffen, die von den
schönen weinenden Damen da vorn ausging, und so
schluchzten sie gleichfalls; sie weinten ihre karierten
Kattuntücher naß und preßten die Linke auf das ungestüm pochende Herz.

Wie ein Lauffeuer im trockenen Gras, so breitete
sich das Weinen, das bei Rosa und den andern Mädchen begonnen hatte, im Nu über die ganze Gemeinde aus. Männer, Frauen, Greise, Jünglinge in der
blauen Sonntagsbluse – alles schluchzte. Es war, als
wäre über all diese Häupter ein übermenschliches
Erlebnis hereingebrochen, als schwebte über ihnen
der ausgegossene Heilige Geist, der wundersame
Odem des unsichtbaren und allmächtigen Gottes.

Im Chor der Kirche erklang ein Klopfzeichen. Die
fromme Schwester hatte auf ihr Buch geklopft. Die
Kommunion begann. Die Kinder traten mit from-
mem Schaudern an den Tisch des Herrn.

Die erste Reihe kniete nieder. Der Priester hielt
den silbervergoldeten Kelch empor. Er schritt vor
ihnen hin und reichte ihnen zwischen zwei Fingern
die geweihte Hostie, den Leib Christi, die Erlösung
der Welt. Krampfhaft, mit bleichen, nervös verzerr-
ten Gesichtern und geschlossenen Augen öffneten sie
den Mund; und das lange Tuch, das unter ihr Kinn
gehalten wurde, bebte wie ein fließendes Wasser.

In diesem Augenblick ging eine wirre Verzückung
durch die Kirche, das Raunen einer besessenen Freu-
de, ein einziges Schluchzen, in das sich erstickte
Schreie mengten. Es schwoll auf wie ein Sturmwind,
der die Wälder überfällt und niederbeugt; und der
Priester stand wie angewurzelt, aufrecht, er hielt
eine Hostie in der Hand, er spürte die Erregung der
Gläubigen und wußte dies: »Gott ist gegenwärtig.
Gott ist unter uns getreten. Er bezeugt seine heilige
Gegenwart. Er hat das Gebet seines Knechtes erhört
und ist zu seinem Volk gekommen.« Mit zitternder
Stimme stammelte er verwirrte Dankgebete, seine
Worte waren keine Worte, sie waren nichts als ein
unaussprechlicher Dank, ein inbrünstiger Aufflug zum
Himmel hinan.

Er führte die Kommunion in einer derartigen Erregung zu Ende, daß ihn fast die Kraft verließ. Als
er dann das Blut unseres Herrn und Heilandes getrunken hatte, erfüllte ihn eine tiefe Dankbarkeit.

Die Gemeinde hinter ihm beruhigte sich allmählich.
Die Sänger in ihren weißen Gewändern setzten ein.
Ihre Stimmen waren weniger sicher als vorhin, sie
bebten; auch das Serpent klang heiser, als ob sogar
das Instrument geweint hätte.

Plötzlich hob der Priester die Hand und gebot Ruhe.
Er kam durch die Reihe der Kommunikanten, die

immer noch ganz benommen dastanden, und trat an
das Gitter des Chores.

Die Gemeinde hatte sich mittlerweile gesetzt, es
wurden Stühle gerückt, und ein lautes Naseputzen
hob an. Als der Kurat am Gitter erschien, ward es
still. Er begann mit gedämpfter und stockender
Stimme zu sprechen. »Liebe Brüder! Liebe Schwestern! Ich sage euch aus tiefstem Herzen meinen
Dank; ihr habt mir heute die schönste Freude meines
Lebens bereitet. Was ich erfleht habe, ist Wirklichkeit geworden: Gott trat heute in unsre Mitte. Er ist
wahrlich gekommen, er war unter uns und gegenwärtig; er erfüllte eure Herzen und ließ überfließen
eure Augen. Ich bin der älteste Priester der Diözese,
und, jawohl, heute darf ich sagen, ich bin auch ihr
glücklichster. Ein Wunder ist unter uns zum Leben
erwacht, ein ganzes, ein wahrhaftiges, ein erhabenes
Wunder. Da unser Herr Jesus Christus zum erstenn-
mal die Herzen dieser Kinder durchdrang, hat die
Taube des Heiligen Geistes, hat Gottes Odem selber
euch genommen und in den Staub geworfen, euch
geschüttelt und euch gebeugt, wie ein Rohr dem
Winde sich beugen muß.«

Darauf wandte er sein Gesicht zu den Bänken hinüber, wo die Gäste des Tischlers saßen, und fuhr fort,
nun mit deutlicher Stimme: »Ich danke vor allem
euch, meine lieben Schwestern, die ihr von so weit
her gekommen seid. Eure Gegenwart, euer sichtbarer
Glaube, eure herzliche Gottesfurcht sind für uns alle
ein schönes Beispiel gewesen. An euch hat sich unsre
Gemeinde erbaut; eure Rührung hat alle Herzen
entzündet; und ich weiß nicht, ob ohne euch dieser
große Tag zu einer so göttlichen Gnade geworden
wäre. Zuzeiten bedarf es nur eines auserwählten
Schafes, um den Herrn zu bewegen, daß er zu seiner
Herde komme...«

Die Stimme versagte ihm. Er schloß mit einem

schlichten: »Dies ist mein Dank an euch. Amen.«
Dann kehrte er zum Altar zurück, um den Gottes-
dienst zu beenden.

Man brach jetzt auf. Besonders die Kinder, die von
der langen geistigen Anspannung müde geworden
waren, kamen in Bewegung. Überdies meldete sich
bei ihnen der Hunger. Die Frauen warteten die letzte
Verlesung des Evangeliums nicht mehr ab, denn sie
mußten ja das Mittagsmahl richten.

Am Ausgang herrschte ein brausendes Gewühl.
Rufe in normannischem Akzent klangen auf. Ein
wahres Katzenkonzert von kreischenden Stimmen
hatte sich erhoben. Die Leute bildeten Spalier. Als
die Kinder erschienen, stürzte sich jede Familie auf
das ihrige.

Constanze sah sich vom ganzen Hauspersonal ihrer
Tante umringt; alle wollten sie in die Arme schließen; Rosa aber kam mit ihren Küssen nicht zu Ende.
Endlich ergriff sie die eine Hand des Kindes, und
Madame Tellier nahm die andre; Raphaele und Fernande faßten den Saum des langen Musselinkleides,
damit es nicht den Boden streifte; Louise und Flora
beschlossen den Zug mit Frau Rivet. Von dieser
Ehreneskorte geführt, schritt die Kleine, gesammelt
und gotterfüllt, dem Hause zu.

Das Festmahl war in der Werkstatt auf langen Bret-
tern angerichtet, die man nebeneinander auf Böcke
gelegt hatte.

Durch die offenstehende Tür, die auf die Straße
hinausging, drang der fröhliche Lärm des Dorfes zu
ihnen herein. In allen Häusern begaben sie sich jetzt
zu Tisch. Hinter allen Stubenfenstern sah man festlich gekleidete Leute sitzen. Von überallher erklangen
laute Stimmen und Gesang. Die Bauern saßen in Hemd-
ärmeln am Tisch und ließen sich den hellen Apfelwein
munden. Da sich immer je zwei Familien zusammenge-
tan hatten, so befanden sich bei jeder Gesellschaft zwei
Kinder, hier zwei Mädchen und dort zwei Knaben.

Zuweilen rollte in der lastenden Mittagshitze ein
Bankwagen durchs Dorf, der alte Klepper lief im
Zuckeltrab dahin, und der Mann in der Bluse, der
die Zügel hielt, warf begehrliche Blicke auf die zur
Schau gestellte Schlemmerei.

Im Tischlerhause stellte sich die Freude nicht sogleich ein. Allzusehr zitterte das Erlebnis des Morgens noch in den Herzen nach. Nur Rivet war schon
gut im Zug und trank munter drauflos. Madame Tellier sah alle Augenblicke auf die Uhr. Wenn sie nicht
zwei Tage verlieren wollte, würde es nötig sein, den
Zug 3 Uhr 55 zu erreichen, der gegen Abend in
Fécamp eintraf.

Der Tischler bot seine ganze Redekunst auf, um die
Aufmerksamkeit von der Uhr abzulenken und seine
Gäste noch bis zum andern Morgen zu halten. Madame aber ließ sich nicht von ihrem Entschluß ab-
bringen; wenn es sich um das Geschäft handelte, verstand sie keinen Spaß.

Als man Kaffee getrunken hatte, gab sie ihren Mädchen den Befehl, sich in tunlichster Eile fertigzu-
machen. Zu ihrem Bruder sagte sie: »Hör mal, du
spannst jetzt sofort an.« Sodann stand sie auf, um
auch ihrerseits die letzten Zurüstungen zu treffen.

Als sie wieder erschien, äußerte die Schwägerin den
Wunsch, noch mit ihr über die Zukunft der Kleinen
zu sprechen; darauf fand eine längere, allerdings
ergebnislose Unterredung statt. Die Bäuerin wandte
allerlei Kniffe an und geriet in jene bekannte falsche
Rührung. Madame Tellier aber, die das Kind auf
dem Schoß hielt, sagte nur etwa dies: man würde
schon an sie denken ... es wäre ja noch Zeit ... und
übrigens würde man sich ja bald einmal wiedersehen.
Sie verpflichtete sich also zu nichts.

Derweil ging die Zeit. Der Wagen fuhr nicht vor,
und die Mädchen zeigten sich ebenfalls nicht. Vom
Oberstock klang lautes Lachen, Gestoße, Geschrei
und Händeklatschen herunter. Die Tischlersfrau lief

auf den Hof, um nachzuschauen, ob der Wagen bereit
wäre. Madame aber ging nach oben.

Dort ereignete sich dies: der betrunkene und halb
ausgezogene Rivet versuchte, freilich vergebens, Rosa
Gewalt anzutun. Das Mädchen starb beinah vor Lachen. Die beiden Pumpen hielten den Tischler fest bei
den Armen gepackt. Sie suchten ihn zu beruhigen,
sie waren wahrhaftig entsetzt über diesen Auftritt,
denn sie hatten den feierlichen Morgen noch nicht
vergessen. Raphaele und Fernande dagegen suchten
ihn immer noch mehr anzufeuern, sie wanden sich
im Gelächter und hielten sich die Seiten; bei jedem
neuen und vergeblichen Ansturm des Betrunkenen
kreischten sie los. Der rasende Kerl, das Gesicht ge-
rötet, und entblößt wie er war, suchte sich mit Gewalt von den beiden Mädchen, die ihn umklammert
hielten, loszureißen, er hielt Rosa am Kleid gepackt
und röchelte: »Komm bloß her, du alte Schlumpe,
du.« Madame trat empört auf ihn zu, nahm den Bruder bei den Schultern und stieß ihn so heftig hinaus,
daß er gegen die Wand schlug.

Eine Minute später hörte man drunten im Hof die
Pumpe gehen. Er stand und ließ sich Wasser über
den Kopf laufen; als er dann mit seinem Wagen vor-
fuhr, war schon alles wieder in schönster Ordnung.

Wie am Tage vorher stieg man ein, und wieder
trabte der kleine Schimmel auf der Straße dahin.

Erst hier unter der sengenden Sonne stellte sich die
volle Fröhlichkeit ein, die während der Mahlzeit nicht
recht hatte aufkommen wollen. Die Mädchen machten ihre Witze über das Gerüttel des Wagens und
ließen gegenseitig ihre Stühle schaukeln und kippen
– immer wieder fiel ihnen Rivets drolliger Großan-
griff ein, und immer wieder wollte das Gelächter
kein Ende nehmen.

Die heiße Luft, die über dem Land lag, flimmerte
in der blendenden Helle. Die Wagenräder zogen eine
doppelte Spur durch den Staub und wirbelten ihn auf.

Lange noch schwebte er hinter dem Wagen über der
Landstraße.

Fernande, die gern Musik hörte, bat Rosa, doch eins
zu singen. Rosa stimmte das Lied vom dicken Pfarrer
von Meudon an. Madame aber gebot sofort Schweigen. Dies Lied eigne sich durchaus nicht für den
heutigen Feiertag, erklärte sie. Dann schlug sie vor:
»Lieber was von Béranger.« – Rosa besann sich einen
Augenblick. Darauf begann sie mit ihrer abgesun-
genen Stimme das Lied von der Großmutter:

> Großmutter hat am Fest gebechert
> Zwei Fingerbreit vom roten Wein,
> Sie wackelt mit dem Kopf und kichert:
> Wie war ich einst verliebt und fein!

> Doch bringt mir kein Weinchen
> Mein' schöne Figur,
> Mein rundliches Beinchen
> Von ehmals retour!

Und der Chor der Mädchen, von Madame selbst angeführt, wiederholte:

> Doch bringt mir kein Weinchen
> Mein' schöne Figur,
> Mein rundliches Beinchen
> Von ehmals retour!

»Famos gemacht! Bravo!« rief Rivet hingerissen;
und Rosa fuhr fort:

> Großmutter, bist nicht brav gewesen? –
> Was denkt ihr denn! Mit fünfzehn brav!
> Bei Tage gab's kein Federlesen,
> Und bei der Nacht gab's keinen Schlaf!

Alles jauchzte den Kehrreim mit; und Rivet klopfte

mit dem Fuß gegen die Deichsel und schlug mit den Zügeln auf dem Rücken des Schimmels den Takt dazu. Der Gaul aber, als hätte auch ihn der Schwung des Liedes beflügelt, fiel in Galopp, und zwar in einen so stürmischen Galopp, daß die Damen mit ihren Stühlen umfielen und auf dem Boden des Wagens übereinanderrollten.

Sie erhoben sich wieder, und es gab ein unbändiges Gelächter. Dann kam der nächste Vers an die Reihe. Sie sangen ihn aus voller Kehle; über das weite sonnenüberflimmerte Land, über all die reifenden Kornfelder klang er dahin; und das kleine Pferd ging jedesmal, wenn der Refrain wiederkehrte, durch und legte jedesmal zur allgemeinen Ergötzung der Fahrgäste seine guten hundert Meter im Galopp zurück.

Irgendwo richtete sich am Straßenrand ein Steinklopfer auf und staunte zwischen seinen dünnen Steinmetzbeinen hindurch dem vorüberrasenden und brüllenden Gefährt nach, das in einer Staubwolke verschwand.

Als man vor dem Bahnhof ausstieg, wurde der Tischler wehleidig, er meinte: »Wie schade, daß ihr wieder abfahrt. Wir hätten noch manchen Spaß haben können.«

Madame aber blieb verständig und sagte: »Alles zu seiner Zeit, man kann sich nicht immerzu nur amüsieren.« Plötzlich kam Rivet eine Erleuchtung: »Paß auf«, sagte er, »ich besuch' euch im nächsten Monat in Fécamp.«

Er blinzelte zu Rosa hinüber, das eine Auge kniff er dabei zu, das andre aber blitzte vielsagend. »Ach was«, entschied Madame, »so was tut man nicht; du kannst kommen, wann du willst, vorausgesetzt, daß du keine dummen Streiche machst.«

Darauf gab er keine Antwort. Als der Zug pfiff, begann er die Mädchen, eine nach der andern, abzuküssen. Bei Rosa wollte er um jeden Preis den Mund erwischen. Sie aber drehte sich nach links und drehte

sich nach rechts, um ihm zu entkommen. Sie kicherte
sehr, und er hielt sie fest in seinen Armen; dennoch
kam er nicht zum Ziel, denn die lange Peitsche, die
er ja ebenfalls festhalten mußte, war ihm recht
hinderlich. Diese lange Peitsche – wie verzweifelt
schwankte sie bei jedem neuen Angriff hinter Rosas
Rücken auf und ab.

»Richtung Rouen einsteigen!« rief der Schaffner.

Sie stiegen ein.

Ein scharfer Pfiff erklang. Die Maschine begann
mächtig zu fauchen, sie stieß ihre erste Dampfwolke
heraus, und alsbald begannen sich die Räder, erst
langsam und wie mit Mühe, dann immer schneller zu
drehen.

Rivet rannte vom Bahnsteig zur Barriere hinüber,
um Rosa noch einmal zu sehen; und als der mit der
Menschenware gefüllte Wagen an ihm vorüberfuhr,
knallte er mit der Peitsche, schwang er die Beine und
sang er aus Leibeskräften:

> Doch bringt mir kein Weinchen
> Mein' schöne Figur,
> Mein rundliches Beinchen
> Von ehmals retour!

Und dann sah er nur noch ein weißes Taschentuch
flattern.

III

Bis Fécamp schliefen sie den sanften Schlaf des Ge-
rechten; als sie dann erfrischt und für den allabend-
lichen Beruf gestärkt zu Hause eintrafen, fand Madame das rechte Wort, sie sagte nämlich: »Alles was
recht ist, es wurde mir doch schon langweilig unterwegs.«

Nach dem rasch beendeten Abendessen erwartete
man in voller Kriegsbemalung die Stammkundschaft;

und die kleine Laterne über der Tür, die einem Madonnenlämpchen zum Verwechseln ähnlich sah, kündigte den Vorübergehenden an, daß die Herde wieder in den Schafstall zurückgekehrt sei.

Die Nachricht verbreitete sich so rasch, wie einer mit den Augen zwinkert. Wie sie weitergetragen wurde und durch wen – man hätte es nicht feststellen können. M. Philipp, der Sohn des Bankdirektors, besaß die Aufmerksamkeit und Verwegenheit, M. Tourneveau, der im Schoß seiner Familie gefangengehalten wurde, durch einen Eilboten zu benachrichtigen.

Der Fischhändler hatte, wie immer an den Sonntagabenden, ein paar Vettern zum Abendessen bei sich. Man war eben beim Kaffeetrinken, als ein Mann erschien und ihm einen Brief überreichte. M. Tourneveau riß den Umschlag auf und wurde blaß. Er las die folgenden, mit Bleistift hingekritzelten Worte: »Ladung Schellfische hat sich wieder eingefunden; Schiff in den Hafen eingelaufen; feine Sache für Sie. Eilen Sie sich.«

Er griff in die Tasche, gab dem Boten zwanzig Centime, wurde alsdann bis über die Ohren rot und sagte: »Ich muß sofort weg.« Mit diesen Worten überreichte er seiner Frau den lakonischen und geheimnisvollen Brief. Auf ein Klingelzeichen erschien das Dienstmädchen. »Überzieher und Hut, aber eilig, eilig.« – Sobald er auf die Straße kam, setzte er sich in Trab; um seine Ungeduld zu meistern, pfiff er vor sich hin; der Weg erschien ihm heute doppelt so lang als sonst.

Das Etablissement Tellier war wie zu einem Fest geschmückt. Aus dem Erdgeschoß scholl der vielstimmige und betäubende Lärm der Seeleute herauf. Louise und Flora hatten alle Hände voll zu tun, sie tranken mit diesem und tranken mit jenem; sie wurden zu dem, was ihr Spitzname besagte, sie waren »die beiden Pumpen«, und heute mehr denn je. Von allen Seiten wurden sie bestürmt; die Nacht versprach überaus aufreibend zu werden.

Der Kundenkreis des Oberstocks war ab neun Uhr vollzählig versammelt. Der Handelsgerichtsrat M. Vasse, schon seit langem Madames platonischer Liebhaber, führte mit ihr ein Gespräch unter vier Augen; und sie lächelten wie in beiderseitigem Einverständnis. M. Poulin, der ehemalige Bürgermeister, ließ Rosa auf seinen Knien reiten; sie kraulte mit ihren dicken Händchen den weißen Vollbart des guten Opapa. Zwischen dem schwarzen Hosenbein und dem gelben Seidenkleide blitzte ihr nackter Schenkel auf, und die roten Strümpfe waren mit blauen Strumpfbändern, dem Präsent des Reiseonkels, geschmückt.

Die große Fernande lag auf dem Sofa. Ihre Füße ruhten auf dem Bauch des Steuereinnehmers M. Pimpesse und ihr Oberkörper an der Weste des jungen M. Philipp. Sie hatte die Rechte um den Hals des Jünglings gelegt, in der Linken hielt sie eine Zigarette.

Raphaele schien mit M. Dupuis, dem Versicherungsagenten, in Unterhandlungen zu stehen, sie beendigte die Besprechung mit den Worten: »Also, mein Lieber, ich bin heute abend für dich bereit.« Sie entfernte sich von ihm, walzte ganz allein rund durch den Salon und sang ihm zu: »Heute abend – heute abend bin ich dein.«

Die Tür wurde aufgerissen, und M. Tourneveau stand auf der Schwelle. Alles rief begeistert: »Hurra, Tourneveau!« Raphaele, die genau auf ihn zuwalzte, fiel ihm um den Hals. Er packte sie, ohne etwas zu sagen, mit festem Griff, hob sie wie eine Feder vom Boden auf, stampfte mit ihr durch den Salon zur hinteren Tür, stieg mit seiner lebenden Last die Kammertreppe hinauf und war verschwunden. Man klatschte ihm Beifall.

Rosa, die immer noch damit beschäftigt war, den früheren Bürgermeister aufzuregen, zog, um seinen Kopf in der Gewalt zu behalten, ihn am weißen Bart und küßte ihn wieder und wieder. Sie suchte jetzt aus Tourneveaus Beispiel Gewinn zu ziehen und bettelte: »Komm, machen wir's denen nach.« Und, jawohl, der brave Opapa stand auf, er zog entschlossen die Weste nach unten und folgte dem Mädchen; im Gehen stöberte er in den Taschen herum, um festzustellen, wo sein Geld steckte.

Fernande und Madame blieben mit den vier Herren allein. M. Philipp rief: »Madame Tellier, lassen Sie auf meine Kosten drei Flaschen heraufholen.«

Fernande drehte ihren Mund vor sein Ohr und flüsterte: »Spiel zum Tanz auf, ja? Los!« Er tat ihr den Gefallen und setzte sich an das uralte Spinett, das wie mit abgewandtem Gesicht in der Ecke stand; alsbald drang aus dem ächzenden Bauch des Klimperkastens ein klappriger und weinerlicher Walzer hervor. Das große Mädchen nahm den Arm des Einnehmers, Madame trat mit M. Vasse an; und die beiden Paare begannen sich zu drehen, sie tanzten und küßten sich dabei. M. Vasse, der früher viel in ersten Kreisen getanzt hatte, machte seine Sache ausgezeichnet. Madame sah ihn mit bewundernden Blicken an, mit Augen, in denen ein »Ja!« zu lesen war, ein verschwiegenes »Ja!«, das soviel köstlicher ist als ein gesprochenes!

Frédéric brachte den Champagner. Der erste Pfropfen knallte, und M. Philipp spielte die Aufforderung zur Quadrille.

Die vier tanzten sie, wie man sie in der großen Welt tanzt, ernsthaft und gemessen, in tadelloser Haltung und mit allem, was zu einer Quadrille gehört.

Danach begann man zu trinken. Eben kehrte M. Tourneveau zurück. Sein Gesicht strahlte. Er mußte sehr zufrieden, ja geradezu erquickt sein, denn er rief: »Ich weiß nicht, was in Raphaele gefahren ist, sie ist heute abend doll in Form.« Als man ihm ein Glas füllte, trank er es in einem Zuge leer und meinte dann: »Donnerwetter nochmal, das ist jetzt gerade das Richtige für mich.«

Da in diesem Augenblick M. Philipp mit einer schnellen Polka einsetzte, flog M. Tourneveau mit der schönen Jüdin dahin; es war, als ob ihre Füße den Boden kaum berührten, ja, als trüge er sie. M. Pimpesse und M. Vasse tanzten mit neuem Feuer los. Von Zeit zu Zeit hielt eins der Paare vor dem Kamin inne, um ein Stielglas voll von dem perlenden Naß hinunterzugießen; der Tanz wurde schon ein wenig lang, als plötzlich Rosa in der Tür erschien. In der Hand hielt sie einen Leuchter. Sie war in Hemd und Pantoffeln. Ihr Haar hatte sich gelöst. Das Gesicht war feurig und erregt und die Backen rot.

»Ich will auch tanzen!« rief sie.

»Und dein Opapa?« fragte Raphaele.

Rosa lachte los:

»Der? Er schläft schon, der schläft ja immer gleich ein.«

Sie holte sich M. Dupuis, der auf dem Sofa saß und sozusagen »schimmelte«. Und die Polka begann von neuem.

Als die Flaschen leer waren, erklärte M. Tourneveau: »Ich zahle noch eine.« – »Ich auch eine«, verkündete M. Vasse. »Und ich desgleichen«, rief M. Dupuis und schloß sich nicht aus. Alles klatschte Beifall.

Jetzt erst entwickelte sich ein richtiger Ball. Ab und zu kamen Louise und Flora heraufgeeilt, um rasch einmal herumzuwalzen; ihre Kunden im Erdgeschoß wurden alsdann ungeduldig; darauf mußten sie wieder ins Café hinunterrennen und wären doch noch so gern geblieben!

Um Mitternacht wurde immer noch getanzt. Zuweilen war eine von den Damen verschwunden; sobald man sie vermißte, weil vielleicht jemand sie eben zum Tanz auffordern wollte, stellte es sich heraus, daß auch einer von den Herren nicht zugegen war.

»Wo kommt ihr denn her?« witzelte M. Philipp, als nach einer Weile M. Pimpesse und Fernande zusammen eintraten.

»Wir wollten M. Poulin schlummern sehen«, gab der Einnehmer zur Antwort.

Dieser Ausspruch hatte einen durchschlagenden Erfolg; der Reihe nach stieg man, jeweils von einem der Mädchen geführt, die in dieser Nacht eine bewundernswerte Gefälligkeit zeigten, die Treppe hinauf, um »M. Poulin schlummern zu sehen«. Madame nahm von diesem Gesellschaftsspiel keinerlei Notiz; übrigens traf sie mehrmals mit M. Vasse im Salonwinkel zusammen, wo die letzten Vorbereitungen einer bereits beschlossenen und nunmehr zu verwirklichenden Sache erörtert wurden.

Um ein Uhr erklärten die beiden Ehemänner, M. Tourneveau und M. Pimpesse, daß sie nach Hause müßten und die Rechnung bezahlen möchten. Es wurde ihnen heute nur der Champagner angerechnet, und selbst dieser um vier Franc unter dem üblichen Preis, nämlich zu sechs Franc pro Flasche. Als man sich überrascht nach dem Grund dieser Großzügigkeit erkundigte, antwortete Madame, und sie strahlte sehr dabei:

»Alle Tage ist kein Festtag.«

Der Baron du Treilles sagte eines Tages zu mir:

»Haben Sie Lust, mit mir auf meinem Gut Marin-
ville die Jagd zu eröffnen? Sie würden mir eine
Freude machen, mein Lieber. Die Jagd ist dort so
anstrengend und die Unterbringung so primitiv, daß
ich nur meine engsten Freunde dahin einladen kann.«

Ich nahm an.

An einem Samstag ging es mit der Eisenbahn in die
Normandie hinaus. Als wir in Alvimare ausstiegen,
stand vor dem Stationsgebäude ein leichter ländlicher
Bankwagen; er war mit einem jungen unruhigen
Pferd, das ein langer weißhaariger Bauer am Zügel
hielt, bespannt. Baron René deutete hinüber und
sagte:

»Da ist unser Fuhrwerk, mein Junge.«

Der Bauer streckte seinem Gutsherrn die Hand entgegen. Der Baron schüttelte sie herzlich und fragte:

»Nun, Freund Lebrument, wie geht's?«

»Wie immer, Herr Baron.«

Wir nahmen in dem wackligen Hühnerkäfig Platz.
Die beiden riesigen Räder würden uns gewiß tüchtig
durchrütteln. Das junge Pferd tat einen Ruck und
setzte sich sogleich in Galopp. Wir hüpften wie Bälle
auf und ab, die harte Holzbank tat entsetzlich weh.

Der Bauer redete seinem Gaul gut zu:

»Na, na, immer sachte, Moutard, immer sachte.«

Moutard hörte jedoch nicht auf ihn, er benahm sich,
wie er wollte, und machte Sprünge wie ein junger
Geißbock.

Unsre beiden Hunde befanden sich hinter uns im
leeren Teil des Käfigs, sie saßen aufgerichtet, schno-
berten die Luft der Felder ein und witterten Wild.

Der Baron starrte mit träumerischen Augen ins
Weite. Ringsum entfaltete sich die wellige normannische Landschaft in all ihrer Melancholie. Sie erinnerte an riesige englische Parks. Die Höfe waren

durch zwei oder vier Baumreihen abgegrenzt und lagen zwischen knorrigen Obstbäumen, die ihre Gebäude verdeckten. Zwischen und hinter ihnen war das Land bis in die äußerste Ferne so regelmäßig von Waldstücken, Baumgruppen und Gebüschen durchzogen, daß man auf den Gedanken kommen konnte, ein Kunstgärtner hätte diese Aufteilung ersonnen.

René du Treilles murmelte:

»Wie ich dies Land liebe! Meine schöne Heimat!«

Er war ein echter Normanne, groß und breitschultrig, schon ein wenig dick; ein Nachkomme jener alten Seefahrer, die einst an den Gestaden aller Weltmeere ihre Reiche gegründet haben. Er mochte vierzig Jahre alt sein, etwa zehn Jahre jünger als sein Pächter, der neben uns auf der Bank saß. Dieser Mann war hager, wie ein Mensch aus nichts als Haut und Knochen, einer jener Leute, die hundert Jahre alt werden können.

Nachdem wir zwei Stunden lang auf steiniger Straße über die gleichförmige grüne Ebene dahingerasselt waren, bog der Wagen in einen von Apfelbäumen umstandenen Hof ein und hielt dann vor einem alten, baufälligen Gebäude, wo uns eine ältere Bediente und ein junger Bursche erwarteten. Der Bursche nahm das Pferd in Empfang.

Wir betraten das Haus. Die verräucherte Küche war hoch und geräumig. Kupfergerät und Steinkrüge blinkten im Schein des Herdfeuers. Auf einem Stuhl lag eine Katze und unterm Tisch ein Hund; beide schliefen. Hier drinnen roch es nach Milch, nach Äpfeln, nach Herdrauch, und in diese Gerüche mengten sich die Ausdünstungen, wie sie in alten Bauernhäusern zu spüren sind, und die aus den Kellern, aus den Wänden und aus den Möbeln stammten, die von verschütteten Speisen herrühren, von alter Wäsche und alten Leuten; in ihnen vereinigt sich der Geruch von Mensch und Getier, von Zimmer und Gerät; die ganze alte Zeit steht mit ihnen wieder auf.

Ich trat in den Hof hinaus. Er war in seiner ganzen Weite mit alten krummen und knorrigen Obstbäumen bestanden. Die Äpfel fielen schon ab; hier und da lagen welche im Gras verstreut. Dieser normannische Hof roch so stark nach seinen Äpfeln wie die Ufer des Mittelmeeres nach ihren blühenden Orangenbäumen.

Vier Reihen von Buchen schlossen den Hofraum ab. Sie waren sehr hoch; jetzt, in der Dämmerung, schienen sie bis an die Wolken zu reichen. Ihre Wipfel rauschten im Abendwind, als ob sie seufzten.

Ich kehrte ins Haus zurück. Der Baron saß am Herdfeuer und hielt die Füße nahe vor die Flammen. Der Pächter erstattete ihm Bericht. Er erzählte von Hochzeiten, von Geburten und Todesfällen, erwähnte das Fallen der Kornpreise und sprach dann über den Viehbestand. Die Veularde (eine Kuh, die in Veule gekauft war) hätte Mitte Juni gekalbt. Der Apfelwein wäre im vergangenen Jahr nicht besonders gut gewesen. Die Aprikosenäpfel verschwänden mehr und mehr aus der Gegend.

Dann wurde gegessen. Es gab ein schmackhaftes ländliches Abendessen, einfach und reichlich; man aß lange; gesprochen wurde wenig. Während der Mahlzeit wunderte ich mich über die freundschaftliche Vertraulichkeit, die zwischen dem Baron und dem Bauern herrschte.

Draußen rauschten die hohen Buchen im Nachtwind und seufzten fort. Die beide Hunde, die im Stall eingesperrt waren, heulten und winselten, als ob sie ein Unheil verkünden wollten. Im Kamin brannte das Feuer nieder und erlosch. Die Bediente war schon schlafen gegangen. Dann erhob sich auch Freund Lebrument:

»Wenn Sie gestatten, Herr Baron, so gehe ich zu Bett. Ich bin nicht gewöhnt, lange aufzusitzen.«

Der Baron gab ihm die Hand und nickte: »Gute Nacht, lieber Meister.«

Er hatte dies in einem so freundschaftlichen Tone
gesagt, daß ich ihn später, als der Mann gegangen
war, fragte:

»Ihr Pächter ist Ihnen sehr ergeben, nicht wahr?«

»Viel mehr als das, mein Lieber. Es ist eine tragische
Begebenheit aus vergangenen Jahren, ein schlichtes
und überaus trauriges Erlebnis, das uns miteinander
verbindet. Ich möchte es Ihnen erzählen...

Sie wissen, daß mein Vater Kavallerieoberst gewesen ist. In seiner aktiven Dienstzeit wurde ihm
dieser Mann, der heute ein Greis ist, als Ordonnanz
zugeteilt. Er war ein Bauernsohn. Als mein Vater
dann seinen Abschied nahm, behielt er den Soldaten
als Diener bei sich. Er war gegen vierzig Jahre alt.
Ich war dreißig. Wir lebten damals auf unserm
Schlosse Valrenne bei Candebec-en-Caux.

Zu jener Zeit hatte meine Mutter ein besonders
hübsches Kammermädchen. Stellen Sie sich vor:
blondhaarig, aufgeweckt, lebhaft, zierlich von Wuchs,
ein richtiges kleines Kammerkätzchen, wie man sie
damals allgemein hatte und die es heute längst nicht
mehr gibt. Heutzutage kommen diese Persönchen
allzuleicht auf die schiefe Ebene. Paris ist ihnen
durch die Eisenbahn nahegerückt; es lockt sie und
zieht sie an sich; es verändert sie und macht aus
ihnen jene kleinen burschikosen Mädchen, die man
dort zur Genüge kennt. In früheren Zeiten wären
sie einfache und brave Dienstmädchen geblieben.
Jeder Mann, der da in Paris an ihnen vorübergeht,
mustert sie wie ein Sergeant seine Rekruten, und so
ein Mädchen ist ihm gerade gut genug für seinen
Spaß. Uns aber bleiben als weibliches Dienstpersonal
nur solche, die das Pariser Pflaster verschmäht, die
Dicken, die Häßlichen, alles was gewöhnlich und
mißgestaltet ist – kurz, der schäbige Rest.

Jenes junge Mädchen aber war reizend. Ich habe sie
manchmal in einem dunklen Winkel in die Arme

genommen und geküßt. Nur dies – auf mein Wort!
Sie war durch und durch ehrbar; auch war für mich
Mamas Wohnung kein Tummelplatz für so was. Heute
denken die jungen Leute ja anders.

Nun stellte es sich eines Tages heraus, daß Papas
Kammerdiener, der ehemalige Soldat, der alte Pächter also, den Sie heute kennengelernt haben, sich
sterblich in dies Mädchen verliebt hatte. Es war uns
schon länger aufgefallen, daß er nichts mehr im Kopf
hatte und einfach alles vergaß.

Mein Vater fragte ihn immer wieder:

»Sag mal, Jean, was ist eigentlich mit dir los? Bist
du krank?«

Er erklärte:

»O nein, Herr Baron. Mir fehlt nichts.«

Er magerte ab; beim Servieren zerbrach er Gläser
und zerschlug er Teller. Da er offenbar von einer
Art Nervenkrankheit befallen war, ließ man einen
Arzt kommen; dieser glaubte, die Anzeichen eines
Rückenmarksleidens feststellen zu können. Mein
Vater, der um seinen Diener sehr besorgt war, be-
schloß darauf, ihn in ein Krankenhaus zu tun. Als
Jean das erfuhr, machte er ihm ein Geständnis.

Er wählte eine Morgenstunde. Während sich sein
Herr rasierte, begann er schüchtern:

»Herr Baron...«

»Ja, mein Junge?«

»Das, was ich brauch', ich will das nur sagen, das
ist nichts vom Apotheker...«

»So? Was aber?«

»Das ist der Ehestand!«

Mein Vater drehte sich überrascht um:

»Was ist das? Was sagst du?«

»Es ist der Ehestand.«

»Ehestand? Du bist also... verliebt bist du, Kerl?«

»Jawoll, Herr Baron.«

Und mein Vater mußte so entsetzlich loslachen, daß
meine Mutter es hörte und durch die Wand fragte:

»Was hast du denn, Gontran?«

Er rief:

»Komm schnell herüber, Catharine!«

Als sie dann kam, trocknete er sich die Tränen, die er hatte lachen müssen, und erzählte ihr, daß dieser Einfaltspinsel von Jean überhaupt nicht krank wäre, sondern nichts als Liebeskummer hätte.

Mama lachte nicht, sie hatte Mitleid mit ihm.

»Wer ist es denn, die du so sehr liebst, mein Junge?«

»Es ist die Louise, Frau Baronin.«

Darauf erwiderte Mama ernst:

»Wir wollen versuchen, die Sache zum beiderseitigen Besten in Ordnung zu bringen.«

Louise wurde also gerufen und von meiner Mutter befragt; sie antwortete, sie wüßte sehr wohl von Jeans Leidenschaft, er hätte sich auch mehrmals ihr gegenüber erklärt, sie aber könnte ihn nicht nehmen. Den Grund der Ablehnung verriet sie nicht.

In den Monaten, die nun folgten, benutzten Mama und Papa jede Gelegenheit, ihr gut zuzureden. Was konnte sie schon gegen Jean einwenden! Wenn sie gefragt wurde, ob sie einen anderen liebte, so sagte sie nein. Sie brachte auch nie einen ernsthaften Grund für ihre Weigerung vor. Schließlich gelang es Papa, ihr Widerstreben durch ein größeres Geldgeschenk zu besiegen; man setzte die beiden als Pächtersleute auf diese Landstelle hier. Sie verließen das Schloß, und ich habe sie dann drei Jahre lang nicht gesehen.

Am Ende des dritten Jahres erfuhr ich, daß Louise an der Schwindsucht gestorben wäre. Da mein Vater und meine Mutter damals erkrankten und bald darauf starben, gingen noch zwei Jahre ins Land, bis ich Jean wiedersah.

An einem herbstlichen Oktobertag bekam ich Lust, auf diesem musterhaft verwalteten Gut, das mir mein Pächter mehrfach als sehr wildreich bezeichnet hatte, zu jagen.

Ich traf also eines Abends, nach einer Fahrt durch
endlosen Regen, in diesem Hause ein. Ich war äußerst
erstaunt, als ich sah, daß der ehemalige Soldat meines Vaters mit seinen fünfundvierzig oder fünfzig
Jahren inzwischen ein weißhaariger Mann geworden war.

Ich speiste mit ihm zusammen, an diesem Tisch, wo
wir jetzt sitzen. Er saß mir gegenüber. Draußen goß
es immer noch in Strömen. Wir hörten den Regen
auf das Dach, gegen die Mauern und an die Scheiben
prasseln und wie eine Sintflut im Hofe rauschen.
Mein Hund heulte im Stall, genau wie unsre beiden
vorhin.

Als die Bediente schlafen gegangen war, sagte mein
Gegenüber plötzlich:

»Herr Baron . . .«

»Was ist, Jean?«

»Ich muß Ihnen was sagen.«

»Also los, guter Freund.«

»Es ist nur . . . ich bringe es nicht heraus.«

»Sprich frei von der Leber weg.«

»Sie werden sich noch an Louise erinnern, an meine
Frau?«

»Natürlich erinnere ich mich an sie.«

»Sie hat mir nämlich was für Sie aufgetragen.«

»Etwas aufgetragen?«

»Jawohl . . . So was wie ein Bekenntnis . . .«

»So? . . . Was aber?«

»Das heißt . . . ich möchte Ihnen das von mir aus
am liebsten gar nicht sagen . . . aber ich muß es
wohl . . . ich muß das also wohl . . . sie ist nämlich
gar nicht an der Schwindsucht gestorben . . . sondern . . . sondern vor Kummer . . . es ist eine lang-
wierige Sache, bis es auf diese Weise . . . mit einem
Menschen zu Ende geht.

Sobald wir damals hier angekommen waren, fing
sie an, abzumagern. Sie war wie vertauscht. Sechs
Monate später war sie kaum wiederzuerkennen, Herr

Baron, kaum mehr. Es ging genauso mit ihr, wie es
vormals mit mir gegangen war, als sie mich nicht
wollte, nur umgekehrt, genau umgekehrt.

Ich holte den Arzt. Er sagte, sie hätte es an der
Leber und wäre deshalb so matt. Dann kaufte ich
Medizin, heute und morgen und alle Tage, für mehr
als dreihundert Franc. Aber sie wollte keine Medizin
nehmen, sie wollte es überhaupt nicht; sie sagte zu
mir:

›Sorge dich nicht um mich, lieber Jean. Es wird
nichts Schlimmes sein.‹

Ich aber, ich sah ja gut, daß ihr was weh tat, da
drinnen im Herzen. Und einmal kam ich dazu, als
sie weinte; ich wußte aber nicht, was ich machen
sollte, nein, es wollte mir nicht einfallen. Ich kaufte
ihr dann Hüte, Kleider, Haarpomade, Ohrringe. Es
konnte ihr nichts helfen. Und ich merkte, daß sie mir
sterben würde.

Dann kam ein Novemberabend. Draußen schneite
es. Sie hatte schon den ganzen Tag nicht mehr aufstehen können, und als es dann Abend wurde, sagte
sie mir, ich sollte den Priester holen. Ich lief los.

Als ich ihn dann brachte, sagte sie zu mir:

›Jean, ich muß dir etwas bekennen. Ich bin es dir
schuldig. Hör zu, Jean. Ich habe dich niemals betrogen, nie und nimmer. Nicht bevor wir heirateten
und nicht hernach, nie und nie. Der Herr Pfarrer
weiß, daß ich die lautere Wahrheit spreche, denn er
kennt mein Herz. Höre also gut zu, Jean – wenn ich
nun sterbe, dann ist es darum soweit mit mir gekommen, weil ich zu traurig gewesen bin darüber,
daß ich nicht mehr im Schloß war, weil ... weil ich
zu viel ... zu viel Freundschaft für den Herrn Baron
René gehabt habe ... Zu viel Freundschaft, merke
genau auf dies Wort, nichts als Freundschaft. Daran
sterbe ich jetzt. Seit ich ihn nicht mehr habe sehen
können, habe ich gewußt, daß es nicht gut ausgehen
würde. Wenn ich ihn hätte sehen dürfen, würde ich

am Leben geblieben sein; nur ihn sehen, das hätte genügt. Du sollst es ihm einmal sagen, später, wenn ich nicht mehr auf der Welt bin. Du wirst es tun. Schwöre es ... schwöre es, Jean, vor dem Herrn Pfarrer. Es wird mir ein Trost sein, wenn ich weiß, er erfährt es eines Tages, daß ich daran gestorben bin ... daran ... schwöre es ...‹

Ich habe es ihr versprochen, Herr Baron. Ich habe mein Wort heute eingelöst und war meinem Versprechen getreu.«

Er verstummte. Wir saßen Auge in Auge.

Verdammt, mein Lieber, Sie machen sich keinen Begriff davon, wie das in mich einhieb! Da saß er nun vor mir, der arme Mensch, dem ich, ohne etwas davon zu ahnen, die Frau getötet hatte – hier hat er gesessen, am Tisch, und draußen war die Regennacht, und ich hörte und hörte ihm zu, bis er zu Ende kam.

Und ich konnte dann nur stammeln:

»Du armer Jean! Du armer Jean!«

Und er flüsterte:

»So ist es gewesen, Herr Baron. Ich ... wir konnten nichts dafür, der eine nicht ... und der andre auch nicht ... Es ist so gekommen ...«

Wir hielten uns bei den Händen, und da brach es in mir los ... ich schluchzte.

Er fragte mich:

»Wollen wir an ihr Grab gehen?«

Ich nickte und konnte nicht sprechen.

Er stand auf, zündete eine Laterne an, und so ging's in den Regen hinaus, dessen schräge Tropfen wie fliegende Pfeile durch das Laternenlicht huschten.

Er öffnete ein Tor, und ich sah schwarze Holzkreuze aufragen.

Er sagte leise: »Hier ist es.« Wir standen vor einer Marmorplatte. Er hielt die Laterne darüber, damit ich die Inschrift lesen konnte:

Hier ruht Louise Hortense Marinet

Ehefrau des Landwirts Jean-François Lebrument

Sie war ihm eine getreue Gattin
Gott sei ihrer Seele gnädig

Wir knieten an der nassen Erde, er und ich, die Laterne stand zwischen uns, und ich sah, wie der Regen gegen den blanken Marmor schlug, in Tropfen aufstäubte und an den Kanten des kalten und fühllosen Steines niederfloß. Und ich dachte an ihr Herz, das nun tot war ... An dies arme, so arme Herz!

Ich komme seitdem in jedem Jahr hierher. Mich bedrückt ein Schuldgefühl. Ich kann mich nicht davon frei machen. Mir ist, als ob ich diesen Mann endlos um Verzeihung bitten müßte.«

DIE STUHLFLECHTERIN

Für Léon Hennique

Das Diner, das der Marquis de Bertrans zur Eröffnung der Jagd gab, näherte sich seinem Ende. Elf
Jäger, acht junge Damen und der Landarzt saßen an
der langen, festlich beleuchteten und mit Obst und
Blumen geschmückten Tafel.

Man kam auf die Liebe zu sprechen und geriet alsbald in eine lebhafte Auseinandersetzung. Es ging
dabei um die Frage, ob der Mensch nur einmal in
seinem Leben wahrhaft lieben könne oder mehrmals.
Es wurden die Namen bekannter Leute genannt, von
denen man wußte, daß sie nur eine große Liebe erlebt hatten; man stellte diesen Beispielen andere
gegenüber, wo Menschen immer wieder von starken
Leidenschaften ergriffen worden waren. Die Männer
waren überwiegend der Meinung, daß die Liebe,
ebenso wie die meisten Krankheiten, dasselbe Geschöpf mehrfalls befallen könnte, und daß der solcherweise befallene Mensch in diesem Zustand zugrundegehen müßte, wenn sich irgend etwas zwischen ihn und den leidenschaftlich geliebten anderen
stellen würde. Obwohl sie den letzten Zusatz nicht
bestritten, äußerten sich die Damen, die ihre Meinung gewiß mehr einer idealen Auffassung als lebendiger Beobachtung verdankten, dahin, daß die Liebe,
die wahre und echte Liebe, einem Sterblichen nur ein
einziges Mal zuteil würde, daß eine solche Leidenschaft wie ein Blitzstrahl einschlüge, und daß ein
Herz, das von ihr gestreift worden wäre, eine so gewaltige Veränderung erführe, einen so versengenden
Gluthauch empfange, daß nie mehr ein zweites ähnlich starkes Gefühl in ihm aufkeimen könnte, selbst
nicht im Traum.

Der Marquis, der oft geliebt hatte, bekämpfte diese
Ansicht hartnäckig:

»Ich darf Ihnen versichern, daß man mehrmals von

ganzem Herzen und mit allen Sinnen lieben kann.
Zur Erhärtung der These, daß es eine zweite Leidenschaft nicht geben könnte, wurde eben die Tatsache
angeführt, daß soundsooft Menschen um ihrer Liebe
willen aus dem Leben geschieden wären. Ich möchte
darauf entgegnen, daß diese Menschen, als sie sich
das Leben nahmen, sich den Streich nicht genügend
überlegt hatten; sie schnitten sich ja doch die Möglichkeit einer Rückkehr ab und damit die ihrer Hei-
lung! Sie hätten von neuem beginnen können. Sie
hätten sich einer neuen Liebe öffnen sollen und nicht
einer, sondern jeder, die sie gepackt hätte, das ganze
Leben lang. Alle wahrhaft Liebenden sind darin
den Zechern gleich: wer getrunken hat, wird immer
wieder trinken – wer geliebt hat, wird immer wieder
lieben. Wie sehr und wie oft, das hängt natürlich vom
Temperament ab.«

Der Doktor, ein alter Arzt, der früher in Paris prak-
tiziert und sich dann aufs Land zurückgezogen hatte,
wurde als Schiedsrichter aufgerufen und um seine
Ansicht befragt.

Er tat das allein richtige und legte sich nicht fest.
Er sagte:

»Wie der Marquis sich ausgedrückt hat: es ist eine
Sache des Temperaments; übrigens weiß ich von
einer Liebe, die über fünfundfünfzig Jahre immer
gleich lebendig geblieben ist und der erst der Tod
ein Ziel hat setzen können.«

Die Marquise schlug die Hände zusammen.

»Oh, wie schön! Wie traumhaft schön, so geliebt zu
werden! Welch eine Wonne mag der gefühlt haben,
der fünfundfünfzig Jahre lang von einer immer
gleichbleibenden leidenschaftlichen Liebe getragen
worden ist! Wie glücklich, wie gesegnet muß ein
Leben gewesen sein, dem dies Geschenk zuteil
wurde!«

Der Arzt mußte lächeln:

»In einem Punkte haben Sie sich nicht getäuscht,

Madame: das so sehr geliebte Wesen war ein Mann.
Sie kennen ihn sogar. Es ist M. Chouquet, der Apotheker drüben im Flecken. Und die Frau haben Sie
gleichfalls gesehen. Es war die alte Stuhlflickerin, die
in jedem Jahr aufs Schloß gekommen ist. Ich möchte
Ihnen darüber etwas eingehender berichten.«

Die Begeisterung der Damen war im Nu abgekühlt;
ihre langen Gesichter schienen zu sagen: »Pfui, nein!«
Sie mochten meinen, daß die Liebe eine ganze spe-
zielle Angelegenheit der feinen Kreise wäre.

Der Arzt begann:

»Vor drei Monaten wurde ich zu jener alten Frau
gerufen. Sie lag im Sterben. Erst am Tage vorher war
sie in ihrem Wohnwagen, mit dem Ihnen wohlbekannten Gaul und den großen schwarzen Doggen,
ihren Freunden und Beschützern, im Flecken angekommen. Der Priester war schon bei ihr. Sie beauf-
tragte uns mit der Vollstreckung ihres Testamentes.
Um ihren letzten Willen verständlich zu machen, erzählte sie uns ihr Leben. Ich habe nie eine so einzig-
artige und ergreifende Stunde erlebt.

Auch die Eltern waren Stuhlflechter gewesen. So
hatte sie niemals unter einem festen Dache gewohnt.

Als ganz kleines Wesen lief sie in dreckigen Lumpen herum; sie war ungepflegt, schlecht genährt und
kränklich. Man hielt mit dem Wagen am Dorfein-
gang, neben einem Chausseegraben; man spannte
aus; das Pferd graste; der Hund schlief, die Schnauze
auf den Pfoten; die Kleine kroch auf dem Boden
herum, und ihr Vater und ihre Mutter saßen im
Schatten der Chausseeulmen und besserten die alten
Stühle der Gemeinde aus. In dieser umherwandern-
den Wohnung wurde kaum gesprochen: es fielen ein
paar Worte, bis man sich darüber geeinigt hatte, wer
diesmal durch die Straßen gehen und den wohlbekannten Ruf erschallen lassen sollte: ›Stu-uhl-
flechter sind da!‹ Das war alles. Waren dann die
Stühle zur Stelle, so setzte man sich hin, um das

Stroh zusammenzudrehen. Die Eltern saßen einander gegenüber oder Seite an Seite. Entfernte sich das Kind zu weit von dem Ort oder machte es Miene, sich mit den Dorfkindern zusammenzutun, so rief die ärgerliche Stimme ihres Vaters sie zurück: ›Willst du wohl herkommen, du Lump!‹ Das waren etwa die Liebesworte, die sie in ihrer Kindheit zu hören bekam.

Als sie dann heranwuchs, mußte sie gehen und die schadhaften Stühle einsammeln. Dadurch kam sie in allen Ortschaften ein wenig mehr mit den Kindern in Berührung; diesmal aber waren es die Eltern ihrer neuen Freunde, die ihre Sprößlinge zornig zurückriefen: ›Kommst du wohl her, du Gassenjunge! Solche Zigeuner gehen dich gar nichts an!...‹

Es kam vor, daß kleine Burschen mit Steinen nach ihr warfen.

Wenn eine Dame ihr begegnete, so bekam sie nicht selten ein paar Sou geschenkt. Diese Kupferstücke hob sie sorgfältig auf.

Als sie eines Tages – sie war damals elf Jahre alt – durch unsere Gegend kam, traf sie hinterm Friedhof den kleinen Chouquet. Der Junge weinte, weil ihm ein Spielkamerad irgend etwas fortgenommen hatte. Die Tränen des kleinen Bürgerjungen brachten sie ganz aus der Fassung. Sie hatte sich in ihrem kleinen Zigeunerkopfe ausgedacht, daß die Kinder der Bürger allezeit zufrieden und heiter wären. Sie trat also auf ihn zu und fragte ihn, was ihm fehlte. Als er ihr den Grund seines Kummers mitteilte, drückte sie ihm ihre ganzen Ersparnisse in die Hand, sieben Sou. Er nahm sie wie selbstverständlich an, schluckte und trocknete sich die Tränen. Sie aber war so von Glück und Freude voll, daß sie ihn küßte. Er, der dabei war, das Geld anzuschauen und zu zählen, ließ es sich gefallen. Und da er sie nicht schlug und auch nicht zurückstieß, tat sie ein übriges: sie umhalste ihn und zog ihn an sich. Dann sprang sie davon.

Was mag in ihrem armen Kopfe vorgegangen sein? Hat sie sich diesen Jungen erwählt, weil sie ihm ihr Landstreichervermögen geschenkt oder weil sie ihm ihren ersten Mädchenkuß gegeben hatte? – Das wird nie jemand erfahren; es ist bei den Kleinen das gleiche Geheimnis wie bei den Großen.

Monate vergingen. Sie dachte oft an den Knaben und an das, was hinterm Friedhof geschehen war. Da sie ihn unbedingt wiedertreffen wollte, so fing sie an, ihre Eltern zu bestehlen; manchmal, beim Abliefern der Stühle oder auf den Gängen zum Kaufmann, gelang es ihr, einen Sou zu unterschlagen.

Als sie dann wieder nach hier kam, steckten zwei ganze Francs in ihrer Tasche. Aber sie sah den Jungen nur ein einziges Mal. Sie sah ihn drinnen hinter den Scheiben des väterlichen Ladens sitzen, im Sonntagsanzug, und neben seinem Kopfe glänzte links ein leuchtend rotes Gefäß und rechts ein Glas mit einem Bandwurm.

Sie liebte ihn jetzt mehr denn je; sie zitterte, wenn sie an ihn dachte; die feierliche Glut der farbigen Flüssigkeit und das Geglitzer der Kristalle gehörten von nun an untrennbar zu ihm.

Sie bewahrte sein Bild fest in ihrem Herzen. Im nächsten Jahr traf sie ihn wieder. Es geschah hinter der Schule, er war mit seinen Kameraden beim Murmelspiel. Sie lief auf ihn zu, riß ihn in ihre Arme und küßte ihn mit solcher Glut, daß er vor Schreck zu weinen anfing. Um ihn rasch zu beruhigen, gab sie ihm das Geld: drei Francs zwanzig, einen wahren Schatz, den er mit großen Augen betrachtete.

Er steckte ihn ein und ließ sich von ihr liebhaben, soviel sie wollte.

Vier Jahre lang flossen ihre Ersparnisse in seine Tasche, und er nahm sie als Zahlung für die bewilligten Küsse. Einmal waren es dreißig Sou, das nächste Mal zwei Francs, dann nur zwölf Sou (und sie hatte vor Kummer und Scham geweint, aber das

Jahr war so schlecht gewesen); beim letzten Mal aber konnte sie ihm fünf Francs, ein schweres, rundes Geldstück in die Hand legen, und er nahm es mit strahlendem Gesicht in Empfang.

Sie dachte an nichts als an ihn; auch er erwartete ihre Ankunft mit einer gewissen Ungeduld, er lief auf sie zu, sobald er sie sah; und gerade darüber hüpfte ihr das Herz vor Freude.

Im nächsten Jahr war er nicht da. Man hatte ihn aufs Gymnasium gebracht. Durch geschickte Fragen bekam sie es heraus.

Darauf suchte sie mit einem großen Aufwand an Mühe und Schlauheit ihre Eltern zu bestimmen, daß sie die Reiseroute änderten; es gelang, und man würde von jetzt an gerade in der Ferienzeit hier durchkommen. Immerhin waren seither zwei volle Jahre verstrichen, in denen sie ihn nicht gesehen hatte. Sie erkannte ihn kaum wieder, so sehr hatte er sich inzwischen verändert. Er war gewachsen und hübsch geworden, und er kam in einem wundervollen Anzug mit goldenen Knöpfen daher. Aber er tat so, als sähe er sie nicht, und schritt stolz an ihr vorüber.

Sie weinte zwei Tage lang; von da begann ihre endlose Leidenszeit.

Sie sah ihn jetzt jedes Jahr; sie streifte an ihm vorüber, ohne einen Gruß zu wagen, denn er würdigte sie keines Blickes. Sie aber liebte ihn mehr als sich selbst. Sie hat mir gesagt: ›Er ist der einzige Mann, den ich auf der Welt angesehen habe, Herr Doktor; ich habe kaum gewußt, daß es noch andre gibt.‹

Ihre Eltern starben. Sie trieb ihr Handwerk weiter, schaffte den alten Hund ab und legte sich zwei bissige Doggen zu, die niemand an sie heranließen.

Als sie eines Tages wieder, wie immer mit pochendem Herzen, in unseren Flecken einfuhr, sah sie, wie ihr Geliebter mit einer jungen Dame am Arm die Apotheke Chouquet verließ. Die Dame war seine Frau. Er hatte geheiratet.

Am Abend dieses Tages stürzte sie sich neben der Mairie in den Teich. Ein Betrunkener, der des Weges kam, zog sie heraus und trug sie zur Apotheke. Der junge Chouquet erschien im Schlafrock; er nahm sich ihrer an, ohne sie übrigens wiederzuerkennen, entkleidete sie, rieb sie ein und brachte sie wieder zu sich; alsdann sagte er schroff; ›Sie sind wohl wahnsinnig! Wie kann man nur so dumm sein und so was machen!‹

Dies genügte, um sie von ihrem Lebensüberdruß zu heilen. Er, der Geliebte, hatte zu ihr gesprochen! Sie würde für lange darüber glücklich sein.

Obwohl sie hartnäckig darauf bestand, ihm seine Bemühungen zu vergüten, weigerte er sich, Geld anzunehmen.

Und so rann ihr das Leben dahin. Sie flickte Stühle und dachte an Chouquet. Einmal in jedem Jahr sah sie ihn hinter den Scheiben der Offizin stehen. Sie trat ein und kaufte bei ihm ihren Bedarf an kleinen Arzneimitteln. So konnte sie ihn ganz nahe sehen, durfte mit ihm sprechen und ihm, wie einst, Geld geben.

Was ich Ihnen vorhin gesagt habe: sie starb in diesem Frühjahr. Nachdem sie mir die erschütternde Geschichte ihres Lebens erzählt hatte, bat sie mich, ihm, den sie so schmerzlich liebte, ihren ganzen Besitz auszuhändigen. Sie erklärte mir noch, sie hätte allezeit nur für ihn gearbeitet und oft gedarbt, um möglichst viel auf die Seite legen zu können und sicher zu sein, daß er ihrer gedenken... ihrer noch ein einziges Mal gedenken würde, wenn sie tot wäre.

Sie übergab mir dann zweitausenddreihundertundsiebenundzwanzig Francs.

Als sie ihren letzten Seufzer ausgehaucht hatte, nahm ich das Geld mit nach Hause, abzüglich der siebenundzwanzig Francs, die der Pfarrer als Begräbniskosten bekam.

Am nächsten Morgen suchte ich die Chouquets auf.

Ich traf sie beim Frühstück. Rund und wohlgenährt, die gewichtigen und zufriedenen Besitzer einer gutgehenden Apotheke – so saßen sie einander gegenüber.

Man bat mich, Platz zu nehmen, und ich bekam einen Kirsch vorgesetzt. Dann leitete ich vorsichtig meine Rede ein. Ich war erregt, denn ich mußte befürchten, daß sie weinen würden.

Als Chouquet dann begriff, daß diese Stuhlflechterin, diese Landfahrende und Herumtreiberin ihn geliebt hatte, sprang er entrüstet von seinem Stuhle auf. Vielleicht empfand er diese Liebe als eine schmachvolle Kränkung; er mochte fürchten, daß er durch sie die Achtung der wohlanständigen Leute einbüßen würde oder daß seine Ehre oder eine andre kostbare und leicht verletzliche Stelle seines Innenlebens Schaden erleiden könnte.

Seine Frau Gemahlin war ebenso aufgebracht wie er. Sie zeterte: ›So ein Bettelweib! So ein Bettelweib! So ein Bettelweib! . . .‹ Einen anderen Ausdruck fand sie wohl nicht so rasch.

Aufgeregt und mit großen Schritten stampfte Chouquet im Zimmer hin und her. Die Schlafmütze hing ihm aufs Ohr nieder. Er schalt: ›Versteht man denn so was, Doktor? Das ist ja eine beschämende Sache für einen Mann in meiner Stellung! Was soll ich jetzt tun? Ha, wenn ich gewußt hätte, daß sie noch lebte und herumkutschierte, ich hätte ihr die Polizei auf den Hals geschickt, und alsdann hätte sie im Loch gesessen. Und, seien Sie überzeugt, sie würde nicht so bald wieder herausgekommen sein; dafür hätte ich gesorgt!‹

So also sah das erste Ergebnis meiner in aller Einfalt begonnenen Rede aus! Ich war geradezu entsetzt, und ich schwieg. Dann fiel mir ein, daß ich meinen Auftrag zu Ende führen müßte. Ich sagte: ›Sodann hat sie mich ermächtigt, Ihnen ihre Ersparnisse auszuhändigen, die sich auf zweitausenddreihundert

Francs belaufen. Nach allem, was ich hier soeben gehört habe, ist es mir klar, daß Ihnen auch dies Ver-
mächtnis äußerst peinlich sein muß; ich halte es deshalb für das beste, daß ich den Betrag den Armen
unseres Fleckens zukommen lasse.‹

Sie starrten mich an, der Mann und die Frau, als
wären sie vom Donner gerührt.

Ich zog das Geld aus der Tasche, das armselige Geld,
dies Sammelsurium aus allen Münzsorten, die es gibt,
aus Gold- und Silber- und Soustücken und was sie
sonst wollen. Dann fragte ich: ›Wie bestimmen Sie?‹

Madame Chouquet fand zuerst die Sprache wieder:
›Nun, wenn es der letzte Wunsch dieser Frau gewesen ist... ich meine, daß man es nicht gut ab-
lehnen kann.‹

Der verdatterte Ehemann stimmte ihr zu: ›Wir können ja immerhin den Kindern was dafür kaufen.‹

Ich entgegnete kühl: ›Wie Sie wünschen!‹

Er fuhr fort: ›Damit Sie es los sind, geben Sie es
nur her; ich kann schon irgendein gutes Werk damit tun.‹

Ich übergab das Geld, grüßte und ging.

Am folgenden Tage suchte Chouquet mich auf. Er
ging jetzt aufs Ganze und fragte: ›Diese... diese
Frau da... hat doch noch einen Wagen gehabt. Was
haben Sie mit dem Wagen vor?‹

›Gar nichts. Wenn Sie wollen, können Sie ihn
haben.‹

›Schön. Ich kann ihn gerade brauchen. Er kommt
als Abstellhütte in meinen Gemüsegarten.‹

Er ging. Ich rief ihn zurück: ›Es ist auch noch ihr
altes Pferd da und die beiden Hunde. Nehmen Sie
doch alles!‹ Er blieb stehen und mochte mich jetzt
durchschauen: ›Nein, nein, das wäre ja noch schöner!
Was soll ich denn mit einem Gaul anfangen! Machen
Sie damit, was Sie wollen.‹ Mit lachendem Gesicht
gab er mir die Hand, und ich... drückte sie. Sie müssen mich verstehen: es ist nicht nützlich, wenn Arzt

und Apotheker im Flecken miteinander verfeindet
sind.

Ich habe die Hunde behalten. Der Pfarrer, der mehr
Platz hat als ich, übernahm das Pferd. Der Wagen
steht bei Chouquet im Garten; mit dem Geld hat er
sich fünf Eisenbahnobligationen gekauft.

Und damit habe ich Ihnen von der einzigen echten
Liebe erzählt, die mir in meinem langen Leben begegnet ist.«

Der Arzt endete.

Die Marquise seufzte, ihr standen Tränen in den
Augen: »Eins ist sicher«, sagte sie, »wirklich lieben
können nur Frauen!«

AUF SEE

Für Henry Céard

Neulich brachten die Zeitungen folgende Notiz:
Boulogne-sur-Mer, den 22. Januar.

Man schreibt uns:

»Soeben wird unsre Küstenbevölkerung, die in den beiden letzten Jahren besonders schwere Verluste erlitten hat, durch ein neues Schiffsunglück in Trauer und Erregung versetzt. Ein Fischerboot, mit dem Besitzer Javel am Steuer, wurde bei seinem Versuch, in den Hafen einzulaufen, nach Westen abgetrieben und zerschellte vor den Wellenbrechern des Hafendammes.

Trotzdem man das Rettungsboot der Station einsetzte und auch mittels der Raketenflinte an die Besatzung heranzukommen suchte, fanden vier Männer und der Schiffsjunge den Tod in den Wellen.

Das stürmische Wetter hält an. Man befürchtet weiteres Unheil.«

Welcher Javel ist es gewesen? Der Bruder des Einarmigen?

Wenn der arme Kerl, den sich die salzige See geholt hat und der jetzt da draußen unter den Trümmern seines geborstenen Bootes treibt, derselbe ist, den ich im Sinn habe, so ist er vor etwa achtzehn Jahren bei einem anderen Drama mit dabeigewesen, das eins der furchtbarsten war, die ich kenne. Und mir sind viele von diesen tragischen Unglücksfällen der Meeresküste bekannt!

Der ältere Javel fuhr damals einen Kutter, der mit einem Sacknetz ausgerüstet war.

So ein Kutter gilt als das eigentliche Fischerboot. Mit seinem starken und ausgebauchten Rumpf kann ihm kein Unwetter etwas anhaben. Er liegt so sicher wie ein Korken auf dem Wasser. Allezeit ist er draußen auf See, immer peitscht ihn die rauhe und salzige Brise des Kanals, unermüdlich ist er bei der

Arbeit; der Wind bläht sein Segel; an der einen Bordseite zieht er ein langes Netz hinter sich her, das dicht
über den Meeresboden dahinstreicht und dort all das
schläfrige Getier, flache Fische, die sich dem sandi-
gen Boden anschmiegen, plumpe Scherenkrebse und
spitzbärtige Hummer, von seinen Klippen trennt und
einheimst.

Bei frischer Brise und kurzem Wellengang laufen
die Leute mit dem Kutter zum Fischfang aus. Das
Netz ist in seiner ganzen Breite an einer langen eisen-
beschlagenen Holzstange befestigt, durch die es zum
Sinken gebracht wird. Die Stange wird durch zwei
Kabel, die an beiden Enden des Fahrzeugs über Rollen laufen, gehalten. Der Kutter segelt dann vor der
Strömung dahin und zieht sein Gerät, das den Meeresboden in ein Schlachtfeld verwandelt, hinter sich her.

Javels Besatzung bestand damals aus seinem jüng-
sten Bruder, vier Leuten und einem Schiffsjungen.
Er war bei gutem, sichtigem Wetter von Boulogne
ausgelaufen, um mit dem Sacknetz zu fischen.

Es wurde dann stürmisch. Alsbald trieben heftige
Windstöße den Kutter vor sich her. Er suchte unter
der englischen Küste Schutz. Die hochgehende See
stand mit gewaltigen Schaumkronen vor der Felsen-
küste; sie brandete so stark, daß man nicht daran
denken konnte, einen Hafen anzulaufen. Das kleine
Fahrzeug kreuzte auf die hohe See zurück und näherte
sich der französischen Seite. Hier berannte der Sturm
die Molen; er warf Wellen und Gischt über sie hin,
er toste und sperrte alle Landungsplätze zu.

Der Kutter kehrte abermals um, er glitt über die
Wellenberge, er schwankte und troff unter den Sturz-
wellen, die auf ihn einhieben und über ihn dahin-
fegten. Aber er blieb, der er war, der brave und
sturmerprobte Segler. Er war es gewöhnt, daß man
mit ihm fünf oder sechs Tage lang zwischen den
Küsten der Nachbarländer hinkreuzte, ohne daß man
hier oder dort hätte landen können.

Als sie sich auf hoher See befanden, legte sich der
Sturm. Obwohl die Dünung noch stark war, gab der
Patron den Befehl, das Netz hinauszulassen.

Das schwere Fanggerät wurde außenbords gebracht,
und die Leute, zwei vorn und zwei am Heck, fingen
an, die Kabeltaue, an denen es hing, durch die Rollen laufen zu lassen. Jetzt berührte es den Grund. Da
aber eben eine hohe Welle den Kutter auf die Seite
legte, wodurch das Tau für einen kurzen Augenblick
schlaff wurde, rutschte der junge Javel, der vorn das
Niederlassen des Netzes überwachte, an der Reling
aus, und im Nu war sein Arm zwischen dem Kabel
und dem Holz, über das es lief, eingeklemmt. Javel
machte eine verzweifelte Anstrengung, das Tau mit
der anderen Hand wegzudrücken, aber das schwere
Netz schleppte schon, und das gestraffte Kabel gab
nicht nach.

Der Mann wand sich vor Schmerz und schrie. Alle
rannten herbei. Sein Bruder verließ die Ruderpinne.
Sie stürzten sich auf das Tau und rissen mit aller
Kraft, um das Glied, das von ihm auf das Holz ge-
preßt wurde, zu befreien. Es gelang nicht. »Gleich
kappen!« rief einer der Matrosen und riß ein langes
Messer aus der Tasche; zwei Schnitte würden ge-
nügen, um den Arm des jungen Javel zu retten.

Zerschneiden aber bedeutete soviel wie: das Netz
verlieren. Und das Netz hatte Geld gekostet, viel
Geld, fünfzehnhundert Francs; und es gehörte dem
ältesten Javel, der sehr auf sein Eigentum bedacht
war.

Er schrie: »Nicht durchschneiden. Wartet! Ich will
anluven!« Und er rannte zum Steuer und warf die
Pinne herum.

Aber man merkte kaum, daß das Fahrzeug folgte.
Das Netz zog an ihm und verhinderte es. Außerdem
trieb der Wind es ab.

Der junge Javel war in die Knie gesunken. Mit
zusammengebissenen Zähnen und verstörten Augen

lag er am Boden. Es kam kein Laut aus seinem Munde. Sein Bruder rannte wieder herzu, er fürchtete immer noch, daß einer der Matrosen das Tau kappen würde: »Wartet noch! Wartet noch! Schneidet nicht! Fall-Anker!«

Der Anker fiel. Sie ließen die ganze Kette hinausfieren. Darauf begannen sie mit dem Gangspill zu wenden. Endlich wurden die Netzkabel schlaff. Man konnte den eingeklemmten Arm, dessen Leinenärmel von Blut durchtränkt war, befreien.

Der junge Javel starrte wie ein Irrer vor sich hin. Man zog ihm die Matrosenbluse aus und erblickte etwas Furchtbares: einen Brei von Fleisch, aus dem das Blut, als würde es durch eine Pumpe herausgepumpt, stoßweise hervorsprudelte. Der Verletzte sah sich seinen Arm an und seufzte: »Der ist futsch.«

Da jetzt das Blut in einer breiten Lache über das Deck lief, schrie einer der Matrosen: »Er blutet sich aus! Man muß ihm die Adern abbinden!«

Jemand brachte eine starke geteerte Schnur. Sie wurde oberhalb der Wunde um den Arm gelegt und dann mit aller Kraft zusammengeschnürt. Das stoßweise Ausströmen ließ nach. Allmählich hörte das Bluten ganz auf.

Der junge Javel erhob sich. Sein Arm hing ihm schlaff an der Seite nieder. Er griff mit der andern Hand nach ihm, hob ihn ein wenig in die Höhe, drehte ihn, schüttelte ihn. Die Muskeln waren zerrissen und die Knochen zermalmt; er hing nur noch an den Sehnen. Mit trüben Augen und nachdenklich sah er ihn sich an. Darauf setzte er sich auf ein zusammengerolltes Segel. Die Kameraden waren der Meinung, daß er die Wunde baden und feuchthalten müßte, damit nicht der Brand hineinkäme. Man stellte ihm einen Eimer voll Wasser hin. Von Zeit zu Zeit schöpfte er ein Glas voll und goß einen dünnen Strahl klaren Wassers über die fürchterliche Wunde.

»Unten wird dir besser werden«, sagte der Bruder zu ihm.

Er stieg also hinunter. Eine Stunde später kam er wieder herauf. Es wäre ihm in der Kajüte zu langweilig; auch möchte er lieber an der frischen Luft sein. Er setzte sich wieder auf das Segel und fuhr fort, seinen Arm zu baden.

Das Netz kam herauf. Der Fang war gut. Die großen weißbäuchigen Fische lagen neben dem Verwundeten auf dem Schiffsdeck und zuckten im Todeskrampf; und er sah sich das an und goß Glas auf Glas über die zermalmten Fleischfetzen seines Armes.

Als man sich anschickte, in Boulogne einzulaufen, erhob sich ein neuer Sturm. Das kleine Fahrzeug nahm seine Kreuz- und Querfahrten wieder auf, es schaukelte und schwankte, und der arme Verstümmelte wurde geschüttelt und fand keine Ruhe.

Es wurde Nacht. Der Sturm tobte bis zum Morgen. Bei Sonnenaufgang kam die englische Küste in Sicht. Die schwere See zwang sie aber, nach der französischen Seite zurückzukreuzen.

Gegen Abend rief der junge Javel seine Kameraden heran. Er zeigte ihnen seinen Arm. Auf den ganz abgetrennten Teilen waren schwarze Stellen von Verwesung zu erkennen.

Die Matrosen sahen sich das an und äußerten ihre Ansichten.

»Das kann gut der Brand sein«, meinte der eine.

»Das beste ist, Salzwasser darübertun«, erklärte ein andrer.

Man brachte also Salzwasser und goß es über die betreffenden Stellen. Der Verwundete wurde bleich, knirschte mit den Zähnen und krümmte sich ein wenig; aber es kam keine Klage von seinen Lippen.

Als dann das Brennen nachgelassen hatte, sagte er zu seinem Bruder: »Gib mir dein Messer.«

Er bekam es.

»Haltet mir den Arm hoch, ganz gerade, und zieht daran.«

Es geschah.

Darauf begann er zu schneiden. Er schnitt ruhig und mit Überlegung; er zertrennte die letzten Sehnen; es ging leicht, denn die Klinge war scharf wie ein Rasiermesser; gleich darauf besaß er nur noch den Stumpf. Er atmete tief auf und versicherte:

»Höchste Zeit war das. Ich wäre sonst futsch gewesen.«

Er fühlte sich erleichtert und zog die Seeluft mit tiefen Zügen in seine Lungen ein. Hernach begann er, den Armstumpf mit Wasser zu übergießen.

Diese Nacht wurde genauso stürmisch wie die vorige. An Landen war nicht zu denken.

Als der Morgen graute, nahm der junge Javel seinen abgetrennten Arm in die Hand. Er betrachtete ihn aufmerksam. Der Arm begann schon zu verwesen. Auch die Kameraden sahen ihn sich an, und er ging von Hand zu Hand; sie befühlten ihn, drehten ihn und rochen an ihm herum.

Der ältere Bruder äußerte: »Man sollte ihn am besten gleich über Bord werfen.«

Aber der junge Javel wurde zornig: »Nein, nein! Das will ich nicht. Er gehört mir und niemand anders. Es ist mein Arm gewesen.«

Er nahm ihn an sich und legte ihn zwischen seinen Stiefeln nieder.

»Verfaulen tut er ja doch«, sagte der Ältere.

Plötzlich kam dem Verwundeten ein Gedanke. Wenn man länger unterwegs war, so pflegte man die Fische, um sie frisch zu erhalten, in Salzfässer einzulegen.

Er meinte also: »Man kann ihn gut auf Salz tun.«

»Das wäre nicht dumm«, stimmten die andern zu.

Man leerte eines von den Fässern, in denen schon der Fang der letzten Tage untergebracht war; der Arm wurde unten auf den Boden gelegt und mit Salz

überschüttet; als das getan war, kamen die Fische,
einer nach dem andern, wieder ins Faß.

Einer von den Matrosen machte seinen Witz darüber: »Bloß Obacht geben, daß er nicht mit verstei-
gert wird.«

Und alle lachten, außer den beiden Javel.

Der Wind blies unvermindert fort. Am nächsten
Morgen kreuzte man immer noch vor der Reede von
Boulogne. Der Verstümmelte saß da und goß Wasser
über seine Wunde.

Von Zeit zu Zeit erhob er sich und ging auf dem
Schiff hin und her, zum Heck, nach vorn und wieder
zurück.

Sein Bruder, der am Steuer stand, sah ihn gehen
und schüttelte mißbilligend den Kopf.

Endlich konnte man in den Hafen einlaufen.

Der Arzt sah sich die Wunde an und fand sie in
gutem Zustand. Er verband sie und verordnete Ruhe.
Aber Javel würde erst ins Bett gehen, wenn er seinen
Arm wiederhatte. Er eilte also zum Hafen zurück
und suchte sich sein Faß heraus. Er hatte es mit einem
Kreuz gekennzeichnet.

Man leerte es vor seinen Augen, und er nahm seinen
Arm wieder in Besitz. Das Glied hatte sich in der
Salzlauge gut erhalten, es war ein wenig faltig ge-
worden und tüchtig durchgekühlt. Er tat es in ein
Handtuch, das er zu diesem Zweck mitgebracht hatte,
und ging nach Hause.

Seine Frau und die Kinder schauten sich dies Stück
ihres Vaters sehr aufmerksam an, sie befühlten die
Finger und klaubten Salzkörner unter den Nägeln
hervor; darauf ließ man den Tischler kommen und
bestellte einen kleinen Sarg.

Am andern Tage fand sich die ganze Bootsbesatzung
zum Leichenbegängnis des toten Armes ein. Die beiden Brüder, Schulter an Schulter, führten den Trauer-
zug an. Der Kirchendiener der Pfarrgemeinde trug
die kleine Leiche unterm Arm.

Der junge Javel konnte dann nicht mehr zur See fahren. Man verschaffte ihm eine kleine Anstellung am Hafen. Wenn er später jemandem seinen Unfall erzählte – unter vier Augen –, so pflegte er leise hinzuzufügen: »Hätte mein Bruder das Netz kappen lassen, so würde ich heute meinen Arm noch haben; soviel ist sicher. Aber sein Netz ging ihm vor.«

Der Rechtsanwalt Saval in Vernon galt als ein leidenschaftlicher Musikliebhaber. Er war ein jüngerer, stets tadellos rasierter Herr mit einem modischen goldenen Kneifer. Trotz vorzeitiger Kahlköpfigkeit und Korpulenz besaß er ein lebhaftes Temperament und ein gefälliges und munteres Wesen. In Vernon hielt man ihn geradezu für einen Künstler. Er spielte selbst Klavier und Geige und gab musikalische Abendgesellschaften, auf denen neue Opern interpretiert wurden.

Darüber hinaus besaß er das, was man einen Bindfaden von Stimme nennt, zwar nur einen Faden, einen Zwirnsfaden von Stimme sozusagen; aber er wußte sie so geschmackvoll zu begleiten, daß man ihm, sobald sein letzter Ton verklungen war, mit Ausrufen, wie »Bravo! Einzigartig! Wundervoll!« dankte.

Er war bei einem Pariser Musikalienverlag abonniert, der ihm seine Neuerscheinungen zusandte, und so pflegte er der ersten Gesellschaft der Stadt von Zeit zu Zeit kleine Einladungskarten zuzusenden, die etwa wie folgt abgefaßt waren:

»Sie werden gebeten, am Montag abend beim Rechtsanwalt M. Saval der Erstaufführung der ›Saïs‹ in Vernon beizuwohnen.«

Mehrere stimmbegabte Offiziere übernahmen die Chorpartien. Auch ein paar Damen der Stadt unterstützten ihn dabei. Der Anwalt selbst führte die Partitur mit derartiger Sicherheit durch, daß der Musikmeister des 190. Infanterieregiments eines Tages im Café de l'Europe offen erklärte:

»M. Saval ist ein Genie! Es ist wahrhaftig ein Jammer, daß er nicht Künstler geworden ist.«

Wurde sein Name in den Salons genannt, so gab es immer jemand, der ausrief:

»Er ist kein Dilettant, sondern ein Künstler, ein echter Künstler!«

Und zwei oder drei Leute stimmen dem aus tiefster Überzeugung zu:

»Ohne Frage, ein echter Künstler!« (Wobei der Nachdruck auf das Wort »echt« gelegt wurde.)

Jedesmal, wenn ein neues Werk auf einer großen Pariser Bühne seine Uraufführung erlebte, reiste M. Saval in die Hauptstadt, um dabeizusein.

So wollte er sich im letzten Jahre, seiner Gewohnheit gemäß, den Henri VIII anhören. Er fuhr im Schnellzug nach Paris und traf um vier Uhr dreißig dort ein. Da er nicht die Absicht hatte, zu übernachten, so würde er mit dem letzten Zuge um zwölf Uhr fünfunddreißig wieder zurückfahren. Er war in schwarzem Abendanzug und weißer Krawatte, der aufgeschlagene Kragen seines Überziehers verdeckte beides.

Als er die Rue d'Amsterdam betrat, überfiel ihn eine freudige Erregung. Er sagte sich:

»Wahrhaftig, die Pariser Luft ist unvergleichlich. Sie hat so ein gewisses Etwas, das einem zu Kopfe steigt, etwas Prickelndes und Berauschendes, das einen zu so allerhand Narrenpossen und so weiter anreizt. Kaum bin ich da, so sehe ich mich in eine Stimmung versetzt, als hätte ich eine Flasche Champagner getrunken. Welch ein Leben würde man in dieser Stadt führen können, vor allem in Künstlerkreisen! Glücklich die Auserwählten, die berühmten Männer, von denen man liest, die sich in einer solchen Stadt einen Namen machen! Auf den Händen wird man sie hier tragen!«

Er fing an, sich allerlei auszudenken. Wie gern würde er einen von diesen berühmten Männern kennenlernen! Wie erhebend, in Vernon von ihm erzählen zu können! Wie genußreich, bei ihm eine Pariser Abendgesellschaft zu erleben!

Plötzlich fiel ihm etwas ein. Er hatte gehört, daß sich all die bekannten Maler, Schriftsteller und Musiker in den kleinen Cafés der äußeren Boulevards

zu treffen pflegten. Und also ging er mit bedächtigen
Schritten zum Montmartre hinauf.

Er hatte noch zwei Stunden Zeit und würde sich
einmal umsehen. Er kam an den Bierwirtschaften
vorüber, die von dem Bodensatz der Lebewelt besucht
werden, und sah sich die Köpfe da drinnen an, um herauszubekommen, ob das Künstler wären. Alsdann betrat er, durch den Namen angelockt, die »Tote Ratte«.

Am Nebentisch saßen fünf oder sechs Frauen. Sie
stützten die Ellbogen auf den Marmortisch und unterhielten sich leise über allerhand Liebesgeschichten,
über den Zank zwischen Lucie und Hortense und
über Octaves Gemeinheit. Sie waren alle älteren Da-
tums, entweder zu üppig oder zu mager, verlebt und
stumpf. Das Leben hatte sie gezaust. Sie tranken
Bier wie Männer.

Nach einer Weile erschien ein hochgewachsener
junger Mann und nahm an dem Tisch des Anwalts
Platz. Der Wirt hatte ihn mit »M. Romantin« be-
grüßt. Der Anwalt merkte auf. War dies der gleiche
Romantin, der im letzten Salon die goldene Medaille
errungen hatte?

Der junge Mann winkte den Kellner herbei:

»Bring mir sofort das Diner. Sodann schick mir in
mein neues Atelier, 15 Boulevard de Clichy, dreißig Flaschen Bier und den Schinken, den ich heute
morgen bestellt habe. Ich will heute den Einzug
feiern.«

M. Saval bestellte sich gleichfalls ein Diner. Dann
zog er den Überzieher aus und saß nun im Glanz des
dunklen Anzugs und der weißen Krawatte da.

Der Herr an seinem Tisch schien ihn nicht zu be-
achten. Er hatte sich eine Zeitung geholt und las.
M. Saval sah ihn von der Seite an. Er brannte vor
Begier, ein Gespräch mit ihm zu beginnen.

Zwei junge Leute kamen herein. Sie trugen rote
Samtjacken und Spitzbärte à la Henri III. Sie nahmen Romantin gegenüber Platz.

Der erste sagte:

»Heute abend also?«

Romantin drückte ihm die Hand:

»Freilich, alter Junge, alle wollen kommen. Es haben zugesagt: Bonnat, Guillemet, Gervex, Bérand, Hébert, Duez, Clairin, Jean-Paul Laurens; es wird ein tolles Fest werden. Und Weiber – du sollst staunen! Alle Schauspielerinnen, ohne Ausnahme, soweit sie für heute abend frei sind, das versteht sich.«

Der Wirt des Etablissements kam an den Tisch:

»Bei Ihnen wird wohl häufiger Einzug gefeiert?«

Der Maler erklärte:

»Freilich, alle Vierteljahr einmal.«

M. Saval ertrug es nicht länger, er sagte mit bebender Stimme:

»Entschuldigen Sie, bitte, mein Herr, daß ich Sie störe, es fiel vorhin Ihr Name, und ich möchte gern wissen, ob Sie der M. Romantin sind, dessen Gemälde ich im letzten Salon bewundern durfte.«

Der Künstler antwortete:

»Derselbe in natura, mein Herr.«

Der Anwalt machte ihm ein wohlgesetztes Kompliment und bewies damit, daß er ein gebildeter Mann war.

Der Maler war erfreut und antwortete ihm äußerst zuvorkommend.

Romantin kam dann wieder auf sein Einzugsfest zu sprechen und gab verschiedene Einzelheiten zur Kenntnis. Es würde ohne Zweifel ein zauberhaftes Fest werden.

M. Saval erkundigte sich nach jedem einzelnen von den Künstlern, die dort erscheinen würden. Er äußerte dann:

»Für einen Fremden wäre es ein außerordentlicher Glücksfall, eine nie wiederkehrende Gelegenheit, so viele Berühmtheiten auf einmal bei einen Künstler von Ihrer Geltung anzutreffen.«

Romantin war sofort gewonnen. Er rief:

»Wenn es Ihnen Spaß macht, kommen Sie doch auch!«

M. Saval nahm mit Begeisterung an. Er sagte sich: »Den Henri VIII. kann ich später immer noch hören.«

Man hatte das Diner beendigt. Der Anwalt bestand fest darauf, beide Rechnungen zu begleichen, denn er wollte sich des freundlichen Entgegenkommens seines Tischnachbarn würdig erweisen. Er bezahlte auch den beiden roten Samtjacken die Zeche; alsdann brach er mit seinem Maler auf.

Das Atelier befand sich in einem langgestreckten und ziemlich niedrigen Gebäude, dessen Oberstock wie ein einziges Gewächshaus aussah. Sechs Ateliers, in Reih und Glied, schauten auf den Boulevard hinunter.

Romantin ging voran, stieg die Treppe hinauf, öffnete eine Tür, riß ein Streichholz an und entzündete eine Kerze.

Man betrat einen riesigen Raum. Das Mobiliar bestand aus drei Stühlen, zwei Staffeleien und ein paar Ölskizzen, die vor der Wand auf dem Fußboden lagen. M. Saval blieb verblüfft in der Tür stehen.

Der Maler erklärte:

»Da wären wir also; aber es gibt noch allerhand zu tun.«

Als er sich dann in dem leeren Raum, dessen hohe Decke im Dunkel lag, umgeschaut hatte, meinte er:

»Man könnte zum Beispiel ganz gut einen Teil vom Atelier abkleiden.«

Er streifte immer noch herum und schaute aufmerksam in alle Ecken. Dann sagte er:

»Ich habe da 'ne Freundin, die uns jetzt gut helfen könnte. So Stoffe anbringen und schön aufhängen, das macht den Frauen niemand nach. Aber ich habe sie für heute weggeschickt, damit ich sie heute abend mal vom Halse habe. Nicht, daß ich sie satt habe, aber sie hat einen Fehler: sie ist zu verliebt in mich;

es würde mir vor den Eingeladenen lästig werden.«
Er stand und grübelte. Dann fügte er hinzu: »Ein
braves Kind immerhin, aber ein bißchen engherzig.
Wenn die wüßte, daß ich heute allerlei Leute dahabe,
sie würde mir die Augen auskratzen.«

M. Saval stand immer noch regungslos an seiner
Stelle; er begriff nichts.

Der Künstler kam auf ihn zu:

»Da ich Sie eingeladen habe, könnten Sie mir ein
wenig behilflich sein.«

Der Anwalt beeilte sich, zu erklären:

»Verfügen Sie über mich, wie Sie wollen. Ich stehe
zu Ihren Diensten.«

Romantin zog sich die Jacke aus.

»Also Mitbürger, auf ans Werk! Wir wollen reine-
machen.«

Er trat hinter die eine Staffelei, auf der ein ange-
fangenes Katzenporträt stand, und brachte einen ab-
gewetzten Besen.

»Hier, fegen Sie erst mal aus. Ich werde mich derweil der Beleuchtungsfrage annehmen.«

M. Saval ergriff den Besen, betrachtete ihn aufmerksam und fing dann an, ihn ziemlich ungeschickt
über den Parkettboden hin und her fahren zu lassen.
Eine Wüstenwolke aus Staub wirbelte empor.

Romantin gebot unwillig Halt:

»Sie können ja noch nicht einmal fegen, zum Donnerwetter! Kommen Sie her, schauen Sie zu.«

Er fegte los und schob alsbald einen Haufen von
grauem Dreck vor sich her; er machte es so gut, als
ob er sein ganzes Leben lang nichts anderes getan
hätte. Darauf gab er den Besen zurück, und der Anwalt bemühte sich, es ihm gleichzutun.

Fünf Minuten später füllte ein derartiger Nebel von
Staub das Atelier, daß Romantin fragen mußte:

»Wo stecken Sie denn eigentlich? Ich sehe Sie gar
nicht mehr.«

M. Saval hustete und ging in die Richtung, wo er

den Maler vermutete. Der sagte: »Wie würden Sie einen Kronleuchter machen?«

Der Anwalt fragte verwundert:

»Was für einen Kronleuchter?«

»Nun, einen Kronleuchter zum Leuchten, einen mit Wachskerzen.«

Der Anwalt hatte darüber noch nie nachgedacht. Er sagte:

»Das weiß ich nicht.«

Plötzlich fing der Maler an herumzutanzen und mit den Fingern zu schnipsen:

»Hallo, ich hab's raus! Ich weiß schon, Euer Durchlaucht!«

Endlich stand er still. Er fragte:

»Haben Sie wohl fünf Francs bei sich?«

M. Saval bejahte sogleich.

Der Künstler versetzte:

»Also, Sie holen für fünf Francs Kerzen, und ich laufe schnell zum Küfer.«

Er zog den schwarzgewandeten Herrn Anwalt mit sich. Nach fünf Minuten waren sie schon wieder zur Stelle, der eine mit den Kerzen, der andre mit einem Faßreifen. Romantin tauchte in das Dunkel eines Wandschranks und brachte zwanzig leere Flaschen ans Licht; sie wurden wie zu einem Kranz außen um den Reifen befestigt. Darauf lief er zum Pförtner, um sich eine Leiter auszubitten; das Herz der Pförtnersfrau wäre schon im voraus gewonnen, erfuhr der Anwalt, denn er, der Maler, hätte ihr versprochen, ihre Katze zu malen. Übrigens sah M. Saval das angefangene Katzenporträt auf der Staffelei stehen.

Der Maler kehrte alsbald mit einer riesigen Stehleiter zurück. Er fragte M. Saval:

»Sind Sie gelenkig?«

Der andre wußte nicht ganz wieso, aber er nickte:

»Selbstverständlich.«

»Also, dann klettern Sie mal hinauf und binden Sie den Kronleuchter an dem Ring da oben an der Decke

fest. Wenn das gemacht ist, stecken Sie in jede Flasche eine Kerze und zünden sie an. In Beleuchtungs-
fragen bin ich ein ziemliches Genie, das werden Sie
schon gemerkt haben. Aber Ihren Gehrock sollten
Sie dabei ausziehen. Sie sehen darin wie ein hoch-
herrschaftlicher Diener aus, Donnerwetter!«

Die Tür wurde aufgestoßen, und eine Frau erschien
auf der Schwelle. Sie stand da, und ihre Augen
blitzten.

Romantin starrte erschrocken hinüber.

Noch stand sie und kreuzte die Arme vor der Brust;
plötzlich rief sie mit gellender Stimme und wie außer
sich vor Zorn:

»So, du Dreckgesicht, du willst mich also ab-
schieben?«

Romantin gab keine Antwort. Sie schrie weiter:

»So, du Lumpenkerl, darum schickst du mich weg.
Du hast vor, den feinen Mann zu markieren. Na, du
sollst es erleben, wie schön ich auf dein Fest passen
werde. Ich werde deine Gäste empfangen, jawohl...«

Sie geriet in rasende Wut:

»Ich schmeiß' denen die Flaschen und die Kerzen
ins Gesicht, daß es bloß so rasselt...«

Romantin sagte begütigend:

»Aber, Mathilde...«

Sie hörte nicht auf ihn und wütete weiter:

»Wart es nur ab, mein fideler Festgenosse, wart es
nur ab.«

Romantin trat zu ihr und versuchte, sie bei der
Hand zu fassen:

»Aber, Mathilde...«

Mathilde war jetzt richtig in Fahrt; sie leerte einen
ganzen Kübel voll Schimpfworte und einen ganzen
Sack voll Vorwürfe über ihn aus. Das alles floß ihr
vom Munde wie ein Bach, der von Schmutzwasser
überschwillt. Ihre Sätze schienen sich zu überschlagen,
so heftig sprudelten sie heraus. Sie geriet ins Stottern,
ins Faseln, ins Rappeln; zuletzt waren es nur noch die

Schimpfworte und die Lieblingsflüche, die man verstehen konnte.

Er hielt ihre Hände. Sie schien es nicht zu merken; es war, als sähe sie ihn überhaupt nicht; sie war vollauf damit beschäftigt, zu reden und ihr Herz zu erleichtern. Plötzlich weinte sie los. Tränen liefen ihr aus den Augen, aber immer noch nahm ihre Anklagerede kein Ende; zwar wurden die einzelnen Worte jetzt von piepsenden Tönen zertrennt und verdeckt und vom Schluchzen ganz unterbrochen. Sie setzte noch ein paarmal an, dann aber ging es offenbar nicht mehr, sie gab es auf und schwamm in einem Meer von Tränen.

Nun zog er sie gerührt in seine Arme und küßte sie zart auf das Haar.

»Mathilde, meine süße Mathilde, so höre mich doch an. Du sollst jetzt lieb sein. Weißt du, ich gebe heute abend ein Fest, denn ich muß mich doch bei den Herren für die Medaille im Salon bedanken. Es dürfen auf keinen Fall Frauen dabei sein. Das mußt du doch begreifen. Bei uns Künstlern, da ist es eben anders als bei anderen Leuten.«

Sie schluchzte unter Tränen:

»Warum hast du mir das nicht gleich gesagt?«

Er erklärte:

»Ich wollte nicht, daß du mir böse würdest. Du solltest dich nicht unnütz aufregen. Paß auf, ich gehe jetzt mit zu dir. Du wirst brav und artig sein. Du wirst ganz ruhig in deinem Bettchen auf mich warten, und ich komme dann zu dir, wenn es hier aus ist.«

Sie flüsterte:

»Ja, du sollst so was aber nicht wieder tun.«

»Nein, ich schwöre es dir.«

Er wandte sich an M. Saval, dem es inzwischen gelungen war, den Kronleuchter aufzuhängen:

»Lieber Freund, ich bin in fünf Minuten zurück. Sollte jemand in meiner Abwesenheit kommen, so machen Sie bitte an meiner Stelle den Wirt.«

Und er ging mit Mathilde, die sich die Augen trocknete und sich einmal über das andre die Nase putzte,
davon.

Als M. Saval allein war, machte er vollends Ordnung. Dann zündete er die Kerzen an und wartete.

Eine Viertelstunde verstrich, eine halbe Stunde, eine
ganze. Romantin erschien nicht wieder. Plötzlich erhob sich auf der Treppe ein wüster Lärm. Ein Lied
wie aus zwanzig Kehlen scholl herauf, und ein
Marschtritt näherte sich, als ob ein ganzes preußi-
sches Regiment im Anzug wäre. Das Haus erbebte
unter den stampfenden Schritten. Die Tür flog auf,
ein Schwarm von Leuten drängte herein, Männlein
und Weiblein, Arm in Arm, lauter Pärchen; sie stießen im Takt mit den Absätzen auf und zogen wie
eine Schlange, die sich heranringelt, ins Atelier ein.
Dazu erklang ihr Gebrüll:

>»Nur hinein! Nur hinein!
Kindermädchen und Soldaten!...«

M. Saval stand bestürzt, im Galaanzug, unterm
Kronleuchter. Man bemerkte ihn und brach in ein
Geheul aus: »Ein Diener! Er hat sogar einen Diener!«, und der Zug marschierte um ihn herum, hielt
an und schloß sich zu einem johlenden Kreis. Darauf
nahmen sie ihn bei der Hand und wirbelten mit ihm
herum, daß die Funken stoben.

Er versuchte, den Irrtum aufzuklären:

»Meine Herren... meine Herren... meine Damen...«

Aber sie hörten nicht auf ihn, tanzten und sprangen
und kreischten.

Schließlich hörte der Spuk auf.

M. Saval begann wieder:

»Meine Herren...«

Ein langer Kerl, der bis über die Nasenspitze blond
behaart war, fiel ihm ins Wort:

»Wer sind Sie denn, mein Bester?«

Der verstörte Anwalt erklärte:
»Ich bin M. Saval.«
Jemand rief:
»Sag lieber, der Weinpanscher!«
Eins von den Mädchen meinte:
»Laßt doch den Mann in Ruhe; er wird auf uns böse werden. Er ist dafür bezahlt, daß er bedient, und nicht dafür, daß er sich aufziehen läßt.«
M. Saval sah, daß alle Gäste ihre Eßvorräte mitgebracht hatten. Dieser trug eine Flasche und jener eine Fleischpastete. Einer hatte ein Brot unterm Arm, ein anderer einen Schinken.
Der lange Blondbehaarte drückte ihm eine riesige Wurst in die Hand und befahl:
»Los, richte drüben in der Ecke dein Büfett ein. Bau die Flaschen links auf und die Fressalien rechts.«
Saval verlor den Kopf und schrie:
»Aber meine Herren! Ich bin ein Rechtsanwalt!«
Staunen ringsum. Dann brach ein unbändiges Gelächter los. Ein Herr fragte ihn argwöhnisch:
»Wie kommen Sie denn hierher?«
Er setzte es auseinander und erzählte, daß er hätte in die Oper gehen wollen; er erwähnte seine Abreise von Vernon, seine Ankunft in Paris und so weiter, den ganzen Verlauf des Nachmittags.
Man hatte sich rund um ihn niedergelassen, um ihm zuzuhören; man machte Zwischenbemerkungen, und man gab ihm den Namen: Der Märchenerzähler.
Romantin kam noch immer nicht. Dafür trafen noch neue Gäste ein. M. Saval wurde ihnen vorgestellt; er sollte seine Geschichte noch einmal beginnen. Er weigerte sich, aber man zwang ihn dazu. Er wurde an einem der drei Stühle festgebunden; links und rechts von ihm saßen Mädchen und flößten ihm fortwährend etwas zu trinken ein. Er trank, er lachte schon, er erzählte, er sang sogar. Später versuchte er, mit seinem Stuhle zu tanzen. Aber er fiel um.

Von da an wußte er nichts mehr. Ihm war noch, als zöge man ihn aus und brächte ihn zu Bett, und als hätte er tüchtig Herzklopfen.

Als er erwachte, war es heller Tag. Er lag hinter dem Schrank auf einer Bettstatt, die er am Abend vorher nicht bemerkt hatte.

Vor ihm stand eine Alte. Sie hielt einen Besen in der Hand und sah ihn mit wütenden Blicken an. Schließlich sagte sie:

»Los, Sie Dreckfink, los! Sieh mal einer an, wie der sich besoffen hat!«

Er richtete sich auf. Ihm war übel zumute. Er fragte:

»Wo bin ich?«

»Wo Sie sind, Sie Dreckfink? Blau sind Sie! Nun aber mal raus aus dem Lotterbett und ein bißchen schnell gemacht!«

Er wollte aufstehen, merkte aber, daß er unter seiner Decke völlig nackt war. Seine Kleider waren nirgends zu sehen. Er wäre sich gern über seine Lage klargeworden und sagte:

»Madame, ich . . .«

Plötzlich fiel ihm der gestrige Abend ein . . . Was tun? Er fragte:

»Ist M. Romantin noch nicht zurückgekommen?«

Die Pförtnersfrau wurde wütend und schalt:

»Wollen Sie wohl raus aus dem Lotterbett, daß er Sie wenigstens nicht mehr hier erwischt!«

M. Saval erklärte verzweifelt:

»Ich finde meine Kleider nicht; man hat sie mir weggenommen.«

Er mußte warten, seinen Fall erklären, Freunde benachrichtigen, Geld borgen, um sich neu einkleiden zu können. Erst am Abend konnte er abreisen.

Wenn man sich jetzt in seinem hübschen und behaglichen Salon zu Vernon über Musik unterhält, verfehlt er nicht, zu betonen, daß die Malerei eine durchaus untergeordnete Kunst ist.

»Meiner Treu«, sagte Oberst Laporte, »ich bin alt, ich habe die Gicht, und meine Beine sind so steif wie zwei Holzpfähle – wenn aber eine Frau, eine hübsche Frau, heute von mir verlangte, ich sollte durch ein Nadelöhr kriechen, ich glaube, ich würde springen wie ein Zirkusclown. Das wird nicht anders werden, solange ich lebe; es liegt mir im Blut. Ich bin nämlich ein unverbesserlicher Geck, so einer von der alten Schule. Beim Anblick einer Frau, einer reizenden Frau natürlich, schießt es mir über den Rücken bis in die Stiefel hinunter. Offen gestanden.

Übrigens, meine Herren, wir Franzosen sind uns in diesem Punkte ja alle ziemlich ähnlich. Wir bleiben Kavaliere trotz allem, ritterlich in der Liebe und in der Gefahr – da man Gott nun einmal abgesetzt hat, dessen treueste Leibgarde wir gewesen sind.

Aber die Frau, nicht wahr, sie werden wir uns nicht aus dem Herzen reißen lassen. Sie wohnt da drinnen, und sie soll darin bleiben. Wir lieben sie, und wir werden sie immer lieben. Wir werden für sie unsre Tollheiten begehen, solange es auf der Karte Europas ein Frankreich geben wird . . . und selbst, wenn es verschwinden sollte, der echte Franzose wird dann ja noch immer da sein.

Was mich anlangt . . . ich bin in Gegenwart einer Frau, einer reizenden Frau, zu allem fähig. Potztausend! Wenn sie mich so mit ihrem Blick streift, mit ihrem heiligen Donnerwetter von Blitz, der einem wie Feuer durch die Adern schießt, so krieg ich Lust zu ich weiß nicht was; ich möchte mich schlagen, möchte kämpfen, Möbel in Stücke brechen, bloß um ihr zu beweisen, daß ich der stärkste, der tapferste, der kühnste, kurz, der beste Mann auf der ganzen Welt bin.

Ich weiß ja gut, daß dies nicht stimmt, denn die ganze französische Armee fühlt wie ich, auf meinen

Eid. Vom Gemeinen bis zum General kennt sie kein
Zaudern und kein Zurückweichen, nein, sie weiß ihr
Ziel und rückt vor, sobald es sich um eine reizende
Frau handelt. Denken Sie daran, was Jeanne d'Arc
in alter Zeit aus uns gemacht hat. Passen Sie auf, ich
gehe darüber jede Wette mit Ihnen ein: wenn eine
Frau, eine herrliche Frau natürlich, unsre Armee geführt hätte, so würden wir am Tage von Sedan, als
der Marschall Mac-Mahon verwundet wurde, die
preußischen Linien durchstoßen und, jawohl, den
Siegestrunk aus ihren Kanonen gesoffen haben.

Paris hätte damals keinen Trochu, sondern eine
heilige Genoveva gebraucht.

Mir fällt da grade eine kleine Anekdote aus dem
Krieg ein, die Ihnen beweisen wird, daß wir unter den
Augen einer Frau das Äußerste zu leisten vermögen.

Ich war damals Hauptmann, ein einfacher Hauptmann, und führte eine Aufklärungsabteilung, die sich
auf ihrem Rückmarsch durch eine von den Preußen
besetzte Gegend durchschlagen mußte. Wir waren
umstellt gewesen und hitzig verfolgt worden, völlig
abgehetzt, abgestumpft, halb verhungert und tod-
müde.

Es gelang uns, ohne geschnappt, gerupft und massa-
kriert worden zu sein, vor Tagesanbruch Bar-sur-
Train zu erreichen. Wie es solange gut ging, ich kann
es wahrhaftig nicht sagen. Wir hatten noch zwölf
Meilen Nachtmarsch vor uns, zwölf Meilen durch den
Schnee, der immer noch fiel, und das mit knurrendem
Bauch. Ich dachte im stillen: »Es ist aus. Niemals
werden meine armen Teufel hinkommen.«

Seit gestern hatte es nichts mehr zu essen gegeben.
Den Tag über hielten wir uns in einer Scheune ver-
borgen. Einer drückte sich gegen den anderen, um
die Wärme zu halten; keiner sprach oder stand auf;
man warf sich hin und her, stöhnte und zuckte, wie
man eben schläft, wenn man übermüdet ist.

Um fünf Uhr war es Nacht, eine fahle Schneenacht.

Ich rüttelte meine Leute. Viele machten zunächst keinerlei Anstalt, sich zu erheben; sie waren steif und fast nicht mehr fähig, sich zu bewegen oder sich aufrechtzuhalten, durch die Kälte und alles übrige.

Vor uns lag die Ebene, eine weite baumlose überschneite Ebene. Der Schnee fiel so dicht wie ein Vorhang. Die weißen Flocken hüllten alles in einen schweren gefrorenen Mantel und betteten das tote Land wie ein Leichentuch aus eisigem Pelz. Als wäre das Ende aller Tage gekommen.

»Auf! Vorwärts, Leute!«

Sie sahen sich das an, dies Schneebett, das da von oben für sie heruntergeschüttet wurde, und sie mochten denken:

»Wir haben jetzt die Nase voll; lieber gleich hier verrecken.«

Ich zog meinen Revolver:

»Den ersten, der sich drückt, knall' ich um.«

Darauf setzten sie sich in Marsch, sehr langsam und mit schlaffen Beinen.

Ich schickte vier Mann als Patrouille vor; in etwa dreihundert Meter Abstand folgte das Gros; jeder ging, wo er wollte; der Haufen zog sich auseinander, die am meisten erschöpft waren, blieben zurück. Ich hatte die Kräftigsten an den Schluß gestellt und ihnen den Befehl erteilt, die Säumigen mit dem Bajonett anzutreiben... nötigenfalls in den Rücken zu... kitzeln.

Der Schnee schien uns lebendig begraben zu wollen; er legte sich auf die Käppis und auf die Mäntel, blieb dort liegen und schmolz nicht; wie Spukgestalten, wie Gespenster toter Soldaten schwankten wir über die Ebene dahin.

Ich sagte mir: »Jetzt kann uns nur ein Wunder helfen.«

Von Zeit zu Zeit ließ ich ein paar Minuten halten, damit die Zurückgebliebenen uns wieder einholten. In solchen Augenblicken war nur das Herabsickern des Schnees zu hören, dies kaum vernehmbare Rauschen, das die vielen sinkenden Flocken verursachten, die einander im Niederfallen streiften. Einige Leute schüttelten sich den Schnee ab. Andre waren schon zu stumpf dazu.

Dann gab ich das Zeichen zum Weitermarsch. Die Gewehre wurden wieder über die Schultern gehängt, und mit einer zögernden Bewegung setzte man sich in Marsch.

Plötzlich tauchte die Patrouille vor uns auf. Sie hatte etwas Verdächtiges bemerkt. Da vorn war gesprochen worden. Ich ließ sechs Mann unter der Führung eines Sergeanten vorgehen und wartete.

Auf einmal klang durch die tiefe Stille des Flockenfalls ein scharfer Schrei herüber. Eine Frauenstimme hatte geschrien. Ein paar Minuten später brachte man mir zwei Gefangene, einen Greis und ein junges Mädchen.

Ich sprach mit ihnen, wir flüsterten. Sie waren vor den Preußen, die ihr Haus gegen Abend besetzt und sich sofort ans Trinken gegeben hatten, geflüchtet. Der Vater hatte sich um seine Tochter gesorgt. Ohne Wissen und Beihilfe der Dienerschaft waren sie in die Nacht hinausgerannt.

Ich sah sofort, daß es sich um Leute aus dem gehobenen Mittelstand handelte.

»Sie werden uns begleiten«, entschied ich.

Wir setzten uns wieder in Marsch. Da der alte Mann die Gegend genau kannte, diente er uns als Führer.

Das Schneien ließ dann nach, und die Sterne erschienen am Himmel; die Kälte wurde erträglich.

Das junge Mädchen, das sich auf den Arm ihres Vaters stützte, ging mit kleinen kraftlosen Schritten vorwärts. Mehrmals hörte ich sie flüstern: »Ich habe kein Gefühl mehr in den Füßen«, und ich hörte das und litt wohl mehr als sie selbst.

Sie schleppte sich noch eine Weile durch den Schnee dahin. Dann aber ging es nicht mehr.

»Vater«, seufzte sie, »ich bin zu müde, ich kann nicht mehr weiter.«

Der Alte wollte sie tragen; aber er konnte sie nicht einmal halten; sie seufzte auf und sank zu Boden.

Alles trat heran. Was mich anlangt, ich stand wie verhext; mir wollte nicht einfallen, was jetzt zu tun wäre; es war selbstredend ganz ausgeschlossen, daß man Vater und Tochter zurückließ.

Plötzlich sprach einer der Soldaten das erlösende Wort. Es war ein Pariser, dem sie den Spitznamen »Der Praktikus« beigelegt hatten. Der rief:

»Packt zu, Kameraden, wir müssen das Fräuleinchen tragen. Wir wären ja sonst keine guten Franzosen, Donnerwetter noch mal.«

Meiner Treu, ich habe aus Begeisterung mitgeflucht:

»Donnerwetter ja, das ist fein, Kinder. Ich bin dabei.«

Zur Linken sahen wir einen dunklen Streifen liegen, es waren die Bäume eines kleinen Gehölzes. Ein paar Leute gingen los und kamen bald mit einer Art Trage aus zusammengeflochtenen Zweigen zurück.

»Wer verpumpt seinen Mantel?« rief der »Praktikus«. »Es ist für das hübsche Mädel da, ihr Brüderchen.«

Zehn Mäntel kamen geflogen und lagen zu seinen Füßen. Rasch wurde das junge Mädchen in die warmen Kleidungsstücke eingemummt und dann von sechs Schultern aufgehoben. Ich trug vorn, an der rechten Seite, und meiner Treu, ich war beglückt über die Last, die ich tragen durfte.

Wir zogen los, als hätten wir einen Schluck Wein zu trinken bekommen. Wir fühlten uns ermuntert und neu gekräftigt. Sie sehen, es genügt eine Frau, um die Franzosen zu elektrisieren.

Die Soldaten hatten von sich aus die Marschordnung wiederhergestellt; alles war frisch geworden und hatte Feuer in den Adern. Ich hörte, wie ein

alter Franktireur, der der Trage folgte und darauf
wartete, einen der Kameraden abzulösen, dem neben
ihm gehenden Träger zuknurrte:

»Ich bin nicht mehr so jung wie du, du Dummkopf,
aber wenn ein Weib mit im Spiel ist, dann stell' ich
immer noch meinen Mann, keine Bange!«

Bis gegen drei Uhr früh wurde fast ohne Pause
marschiert. Plötzlich stieß die Patrouille wieder zu
uns. Gleich darauf hatte das ganze Detachement
volle Deckung im Schnee genommen und war nur
noch ein dunkler Fleck auf der Ebene.

Meine Befehle wurden leise weitergegeben. Ringsum erklang das trockene und metallische Klappen
der Gewehrschlösser. Man war bereit.

Vor uns, mitten in der Ebene, rührte sich etwas. Es
sah aus wie ein lang dahinkriechendes Tier. Nun
streckte es sich wie eine Schlange, gleich darauf zog
es sich wie ein Igel zusammen. Jetzt stieß es ungestüm nach links vor, dann nach rechts. Darauf hielt
es an, um alsbald von neuem loszubrechen.

Dann aber kam die fließende Gestalt näher; ich sah,
daß es zwölf Ulanen waren, die in Linie eilig auf uns
lostrabten. Sie mochten sich verirrt haben und nach
dem Wege suchen.

Als sie so nahe heran waren, daß man deutlich das
Schnaufen der Gäule, das Geklirr der Waffen und
das Knarren der Sättel unterscheiden konnte, schrie
ich:

»Feuer!«

Eine Salve aus fünfzig Gewehren zerriß die Nacht-
stille. Vier oder fünf Schüsse klapperten nach, dann
noch ein einzelner; und als sich der Pulverdampf
verzogen hatte, sah man, daß die zwölf Ulanen und
neun von den Pferden am Boden lagen. Drei Pferde
sprengten in wildem Galopp davon; das eine schleif-
te seinen Reiter, der mit den Stiefeln am Steigbügel
hängengeblieben war, hinter sich her. Der Gefallene
wurde hin und her geschleudert.

Neben mir brach ein Soldat in ein gräßliches Gelächter aus. Ein andrer, vielleicht ein verheirateter Mann, meinte:

»Der hat auch 'ne Frau zu Haus!«

Ein dritter fügte hinzu:

»Der kann sowieso keinen Galopp mehr brauchen!«

Über der Trage erschien ein Kopf.

»Was ist geschehen«, fragte sie, »wird gekämpft?«

Ich sagte:

»Nichts von Belang, mein Fräulein, wir haben soeben ein Dutzend Preußen ins Jenseits befördert.«

Sie flüsterte:

»Arme Menschen!«

Da es ihr kalt wurde, verschwand sie wieder unter ihrem Berg von Mänteln.

Man trat an. Es wurde ein langer Marsch. Endlich begann der Tag zu grauen. Der Schnee wurde heller, er bekam Glanz und begann zu leuchten; der östliche Horizont färbte sich zartrosa.

Von fernher kam der Ruf: »Wer da?«

Ich ließ das Detachement halten und ging vor, um meine Papiere zu zeigen.

Wir hatten die französischen Linien erreicht.

Als meine Leute an der Feldwache vorbeizogen, kam ein Bataillonskommandeur herangesprengt. Indem er auf die Trage deutete, die an ihm vorüberzog, fragte er mit weithin schallender Stimme:

»Was bringt ihr denn da mit?«

Darauf erhob sich ein schmaler blonder Mädchenkopf aus der Mantelhülle, und eine fröhliche Stimme sagte:

»Mich, mein Herr!«

Meine Leute brachen in ein befreites Gelächter aus. Eine stolze Genugtuung war in aller Herzen.

Der »Praktikus« aber, der neben der Tragbahre marschierte, schwang sein Käppi und rief:

»Vive la France!«

Und ich, ich weiß nicht warum, ich fühlte mich da drinnen durch und durch gerührt, so nett und brav machte sich das.

Mir ging damals etwas auf. Ich fühlte, daß wir unser Land würden retten können, wenn wir so etwas täten, was andre Leute meinetwegen für verrückt halten mögen, etwas ganz Naheliegendes und wahrhaft Vaterländisches.

Das kleine Mädchengesicht von damals ist mir immer unvergeßlich geblieben; und wenn ich heute mein Urteil über die Abschaffung der Tambours und der Hornisten abgeben müßte, so würde ich vorschlagen, sie in jedem Regiment durch ein hübsches junges Mädchen zu ersetzen. Das dürfte mehr nützen als die ganze Marseillaise. Donnerwetter, wie das den Soldaten anspornen würde, dies Bewußtsein: eine Madonna zieht mit dir, eine lebendige kleine Madonna, und da drüben an der Seite des Regimentskommandeurs kommt sie geritten!«

Er dachte eine Weile nach. Darauf schüttelte er unmutig den Kopf und erklärte:

»Na, egal. Jedenfalls ... wir Franzosen lieben die Frauen sehr.«

DAS FÄSSCHEN

Für Adolph Tavernier

Meister Chicot, der Gastwirt von Épreville, hielt mit
seinem Dogcart vor der Ferme der Mutter Magloire.
Er war ein dicker Kerl von vierzig Jahren, mit rotem
Gesicht und vorgewölbter Weste; im Dorf galt er als
ein Heimtücker.

Er band das Pferd an den Pfosten des Gatters, stand
und überschaute den Hof. Er besaß ein Stück Land,
das an die Äcker der Alten grenzte, und liebäugelte
seit langem mit dem Gedanken, beides miteinander
zu vereinigen. Schon mindestens zwanzigmal war er
der Mutter Magloire mit dem Vorschlag gekommen,
ihm ihren Besitz zu verkaufen; jedesmal hatte sie
sich entschieden geweigert. Sie pflegte zu sagen:

»Ich bin hier geboren und will hier sterben.«

Er erblickte sie jetzt. Sie saß vor der Tür und schälte
Kartoffeln. Sie war zweiundachtzig, eingetrocknet,
runzlig und krumm, aber immer noch unermüdlich
bei der Arbeit wie ein junges Mädchen. Chicot gab
ihr einen freundlichen Klaps auf den Rücken und
nahm neben ihr auf einem Holzschemel Platz.

»Na, Mutter, was macht die Gesundheit? Alles im
Lot?«

»Es könnte schlechter gehen. Und Ihr, Meister
Prosper?«

»Ha, ein bißchen Reißen hin und wieder. Sonst
kann ich nicht klagen.«

»Dann geht's ja.«

Mehr sagte sie nicht. Chicot sah ihr bei der Arbeit
zu. Mit ihren gichtigen Fingern, die hart waren wie
Krebsscheren und wie Zangen aussahen, griff sie sich
die grauen Knollen aus dem Henkelkorb und begann
sie heftig zu drehen; darauf schnitt sie mit der Klinge
eines alten Messers, das sie in der anderen Hand hielt,
die Schale in langen Streifen ab. War die Kartoffel
völlig sauber und gelb geworden, so flog sie in einen

wassergefüllten Eimer. Drei Hühner, die sich nach-
einander bis an den Rock der Alten vorgewagt hatten, pickten sich von dem Abfall auf und stoben mit
der Beute im Schnabel eilig davon.

Chicot sah zu Boden und machte ein unschlüssiges
und bedrücktes Gesicht; er mochte etwas auf dem
Herzen haben, was ihm nicht recht über die Zunge
wollte. Am Ende aber gab er sich einen Stoß und
sagte:

»Hört mal, Mutter Magloire...«

»Wie gefällig?«

»Die Ferme, wollt Ihr sie mir immer noch nicht
verkaufen?«

»Wenn Ihr das meint, nein. Daran ist nicht zu denken. Was ich gesagt hab, hab ich gesagt. Fangt nur
nicht wieder davon an.«

»Ich hab die Sache aber jetzt anders vor, und so, wie
ich mir das denk', wird es für uns beide sehr gut sein.«

»Wie denn aber?«

»Ich meine das so: Ihr verkauft an mich, und Ihr
behaltet es trotzdem. Ihr versteht mich nicht? Paßt
also auf.«

Die Alte hielt beim Kartoffelschälen inne, hob die
faltigen Lider und sah den Gastwirt mit ihren flin-
ken Augen an.

Der fuhr fort:

»Ich will das ganz deutlich sagen. Ich gebe Euch
jeden Monat einhundertundfünfzig Franc. Paßt genau auf: jeden Monat bring ich hierher, in meinem
Dogcart, dreißig Hundertsoustücke. Und dabei wird
für Euch gar nichts anders, nicht das Geringste; Ihr
bleibt hier wohnen, Ihr kümmert Euch überhaupt
nicht um mich. Ihr habt weiter nichts mit mir zu
tun, als daß Ihr mein Geld einkassiert. Geht Euch
das ein?«

Er lächelte sie ermunternd an.

Die Alte aber sah sehr mißtrauisch drein und
fürchtete wohl einen Pferdefuß. Sie meinte dann:

»Das wär dann also für mich; was habt Ihr aber von der Ferme?«

Er versetzte:

»Das laßt nur meine Sorge sein. Ihr bleibt hier, solange der liebe Gott Euch leben läßt. Ihr seid hier daheim und zu Hause. Ihr sollt mir bloß beim Notar eine kleine Unterschrift geben, daß dies hier, wenn Ihr tot seid, mir gehört. Ihr habt keine Kinder und nichts als die Neffen, an denen Ihr nicht weiter hängt. Geht Ihr darauf ein? Ihr behaltet Euren Besitz, solange Ihr lebt, nicht wahr, und ich bringe Euch in jedem Monat Eure dreißig Hundertsoustücke. Das ist eine runde und glatte Einnahme für Euch.«

Die Alte saß überrascht da, sie war unruhig geworden; das klang ja sehr verlockend. Sie antwortete ihm dann:

»Ich sage nicht nein. Ich will es mir überlegen. Wir wollen in der nächsten Woche darüber weitersprechen, und ich geb Euch dann meine Antwort.«

Meister Chicot brach auf. Er freute sich wie ein König, der soeben ein neues Reich erobert hat.

Die Mutter Magloire kam von dem Gedanken nicht los. In der folgenden Nacht schlief sie schlecht. Vier Tage lang ging sie wie im Fieber herum. Sie witterte wohl, daß noch etwas Übles dahinterstecken müßte, aber der Gedanke an die dreißig Silberlinge pro Monat, an dies schöne blanke Geld, das da in ihre Schublade hineinklingeln würde und das doch so gut wie vom Himmel herunterfiel, denn sie tat ja nichts dafür – dieser Gedanke also machte sie rein besessen.

Sie ging zum Notar und trug ihm den Fall vor. Er riet ihr, den Vorschlag Chicots anzunehmen. Nur sollte sie fünfzig Hundertsoustücke statt der dreißig fordern, denn ihre Ferme wäre mindestens sechzigtausend Franc wert.

»Wenn Ihr noch fünfzehn Jahre lebt«, rechnete der Notar aus, »so werdet Ihr immerhin noch fünfundvierzigtausend Franc herausbekommen.«

Bei der Aussicht, fünfzig Hundertsoustücke pro
Monat herauszuschlagen, ging der Alten ein Glücks-
schauer über den Rücken; sie war zwar immer noch
mißtrauisch und fürchtete tausend unvorhergesehene
Dinge; sie meinte auch, daß eine List dahinterstecken
könnte; und so saß sie bis zum Abend da und stellte
immer noch neue Fragen und konnte sich nicht ent-
schließen, heimzugehen. Endlich gab sie dann ihre
Zustimmung, daß der Vertrag vorbereitet würde;
sie kam so benebelt zu Hause an, als hätte sie vier
Maß vom neuen Apfelwein getrunken.

Als Chicot sich dann einstellte und sich Antwort
holen wollte, ließ sie sich noch lange bitten; sie erklärte immer wieder, nein, sie würde es lieber doch
nicht tun; heimlich sorgte sie sich sehr, daß er nicht
bis zu fünfzig Hundertsoustücken hinaufgehen möchte. Da er dann nicht locker ließ, rückte sie am Ende
mit der neuen Forderung heraus.

Er fuhr schmerzlich enttäuscht in die Höhe und
lehnte entschieden ab.

Um seinen Widerstand zu besiegen, begann sie sich
über die mutmaßliche Dauer ihres Lebens zu ver-
breiten:

»Länger als fünf oder sechs Jahre werde ich's nicht
mehr machen, das ist so gut wie sicher. Ich geh jetzt
in mein Dreiundachtzigstes, und viel los ist sowieso
nicht mehr mit mir. Gestern abend meint ich schon,
ich kratz' ab. Es kam mir so vor, als ob mein
Leib ganz auslief. Hab mich sogar zu Bett legen
müssen.«

Chicot aber versetzte ärgerlich:

»Na, laßt schon, laßt schon! Das sind die alten
Kniffe, die man kennt! Ihr seid noch so fest wie'n
Kirchturm. Ihr werdet wenigstens hunderundzehn
Jahre alt. Ich sag ja, Ihr werdet noch bei meinem
Begräbnis dabei sein.«

Sie kämpften den ganzen Tag über, bis zum Abend.
Als die Alte dann immer noch nicht nachgab, be-

quemte sich der Gastwirt endlich dazu, die fünfzig
Silberstücke zu zahlen.

Am nächsten Tage wurde das Schriftstück unter-
zeichnet. Und Mutter Magloire schlug noch zehn
Krüge Apfelwein bei dem Verkauf heraus.

Drei Jahre vergingen. Die gute Alte blieb, die sie
war. Es war die reine Hexerei mit ihr, sie schien noch
um keinen Tag älter geworden zu sein. Chicot raufte
sich die Haare. Es kam ihm allmählich so vor, als
hätte er ihr die Rente nun schon ein halbes Hundert
Jahre lang gezahlt und als würde er von ihr betrogen, bestohlen und um sein Hab und Gut gebracht.

Im Juli geht der Bauer auf seine Felder, um zu
sehen, ob das Getreide schon reif für den Schnitt ist;
so ähnlich dachte der Gastwirt, als er eines Tages bei
ihr hereinschaute. Er las in ihren Augen so etwas
wie Schadenfreude. Sie mochte sich insgeheim über
den netten Streich, den sie ihm gespielt hatte, die
Hände reiben. Er stieg bald wieder in seinen Dogcart und fluchte:

Du verreckst also immer noch nicht, verdammtes
Gerippe! Was tun? Ihm fiel nichts ein. Wenn er ihr
begegnete, bekam er Lust, ihr den Hals umzudrehen.
Er haßte sie mit dem grimmigen und heimtückischen
Haß des Bauern, der sich betrogen fühlt.

Er sann darüber nach, wie die Sache zu Ende zu
bringen wäre.

Einmal, als er ein paar Minuten mit ihr geschwätzt
hatte, meinte er:

»Sagt mal, Mutter, warum kommt Ihr nicht bei mir
zum Essen rein, wenn Ihr in Épreville seid? Die
Leute reden schon darüber; man sagt, wir zwei
kämen nicht gut miteinander aus, und das ärgert
mich. Ich will nur sagen, bei mir, da soll es Euch gar
nichts kosten. Bei mir kommt es nicht auf ein Mittagessen mehr oder weniger an. Wenn Euch grade so
ums Herz ist, so kommt nur. Seid aber nicht bescheiden, denn mir macht Ihr damit einen Spaß.«

Mutter Magloire ließ sich das nicht zweimal sagen. Schon am übernächsten Tage, als sie auf ihrem Bankwagen, mit dem Knecht Célestin neben sich, zum Markte fuhr, spannte sie bei Meister Chicot aus und bestellte sich das versprochene Mittagessen.

Der Gastwirt strahlte übers ganze Gesicht. Er bediente sie wie eine Dame und setzte ihr Hühnerbraten, Blut- und Leberwurst, Hammelkeule und Kohl mit Speck vor. Aber sie rührte das alles kaum an, denn sie war an ihre Suppe und an ihr Stück Butterbrot gewöhnt.

Chicot redete ihr gut zu. Aber nein, sie wollte nicht. Sie wollte auch nichts trinken. Sogar Kaffee lehnte sie ab.

Er meinte:

»Aber so'n kleines Gläschen, das könnte doch nicht schaden.«

»Also gut. Ich sage nicht nein.«

Und er brüllte mit aller Kraft seiner Lungen durch die Gaststube:

»Rosalie, bring uns das Feinste vom Feinen, den mit den drei Sternen.«

Die Magd erschien mit einer langen Flasche, die mit einem zierlichen Weinblatt aus Papier beklebt war.

Er füllte zwei Schnapsgläser.

»Probiert mal, Mutter, es ist was Leckeres.«

Die gute Alte begann ganz bedächtig zu schlürfen, in kleinen Schlucken. Sie ließ sich Zeit bei dem Vergnügen. Als das Glas leer und der letzte Tropfen auf ihre Zunge geflossen war, nickte sie:

»Ihr habt recht, es ist was Leckeres.«

Chicot füllte ihr das Glas zum zweitenmal. Sie hatte eigentlich nicht mehr gewollt; da es nun einmal eingeschenkt war, so konnte man nichts machen. Sie schlückerte es ebenso langsam hinunter wie das erste.

Er wollte noch eine dritte Runde spendieren. Aber sie hielt die Hand aufs Glas. Er gab nicht nach:

»Aber was denn? Das trinkt sich doch wie Milch; ich trinke davon zehn, zwölf hintereinander, und es macht mir gar nichts. Das geht einem wie Zucker runter. Es tut dem Magen nichts und tut dem Kopf nichts, weil es nämlich auf der Zunge verfliegt. Es gibt weit und breit nichts Besseres für die Gesundheit.«

Da es ihr so sehr gut schmeckte, trank sie dann noch ein halbes Gläschen.

Plötzlich wurde Chicot von Großmut gepackt und rief:

»Paßt auf! Weil er Euch gefällt, geb ich Euch ein Fäßchen voll ab; dann soll noch einer kommen und sagen, daß wir zwei keine guten Freunde sind!«

Die gute Alte sagte nicht nein. Sie kam ein wenig beschwipst nach Hause.

Am nächsten Morgen fuhr der Gastwirt in den Hof der Mutter Magloire ein. Er hob ein kleines, mit Eisenreifen beschlagenes Stückfaß vom Wagen und trug es ihr ins Haus. Sie mußte durchaus eine Probe kosten, um festzustellen, daß es wirklich dieselbe feine Sorte war; als sie dann jeder drei Gläser geleert hatten, sagte er noch beim Abschied:

»Eins nicht vergessen: wenn es leer ist, so wißt Ihr, wo Ihr mehr bekommen könnt; und ziert Euch nicht. Ich bin gar nicht so. Je schneller es aus ist, desto mehr wird es mich freuen.«

Und er stieg wieder in seinen Dogcart.

Vier Tage darauf kam er wieder. Die Alte saß vor der Tür und war eben dabei, Brot in ihre Suppe zu schneiden. Er sagte ihr Grüß Gott und beugte sich nahe über sie, um ihren Atem zu riechen. Sie roch nach Alkohol. Als er das festgestellt hatte, strahlte sein Gesicht auf.

»Kann ich bei Euch ein Glas Schnaps bekommen?« fragte er. Und sie stießen ein paarmal miteinander an.

Bald danach hieß es in der ganzen Gegend, daß die

Mutter Magloire sich dem stillen Trunk ergeben hätte. Man las sie einmal in der Küche, einmal auf dem Hof, einmal an einem Feldwege auf und mußte die sinnlos Betrunkene nach Hause tragen.

Chicot zeigte sich nicht mehr bei ihr. Wenn man bei ihm in der Gaststube über die alte Bäuerin sprach, so sagte er mit erbittertem Ernst:

»Das ist doch wahrhaftig ein Jammer, wenn jemand in dem Alter noch auf so was verfällt! Wenn man so alt ist, dann wird man's nämlich nicht wieder los. Das wird ein schlimmes Ende nehmen!«

Er hatte recht gehabt, es nahm ein schlimmes Ende. Sie starb im darauffolgenden Winter, vor Weihnachten, als sie betrunken im Schnee liegengeblieben war.

Meister Chicot erbte die Ferme. Er äußerte sich so:

»Wenn die gute Magloire nicht angefangen hätte zu trinken, dann hätte sie noch mindestens zehn Jahre leben können.«

»Jede Art zu schreiben ist erlaubt –
nur die langweilige nicht.«

VOLTAIRE

Guy de Maupassant
Mamsell Fifi

Erzählungen · Diogenes

Erzählung
Aus dem Französischen von Walter Widmer
272 Seiten

Der Teufel / Die Hand / Ganz im Vertrauen / Eine Familie / Die Ordonnanz / Mamsell Fifi / Schmalzpummel / Joseph / Der Horla / Im Wald / Die Baronin / Der Tugendpreis der Madame Husson / Die Mißgeburten / Die Beichte des Théodule Sabot / Das Zimmer Nr. 1 / Die Mutter Sauvage.

Guy de Maupassant
Im Frühling
und andere Geschichten
von Lust und Leidenschaft

Diogenes

Erzählung
Ausgewählt von Daniel Keel und Daniel Kampa
Aus dem Französischen von Georg von der Vring und Walter Widmer
160 Seiten

Ein Liebesreigen vom gefährlichen Moment des
Verliebens bis zu einer Liebe, die so stark ist, dass
ein junges Mädchen aus vornehmem Haus bereit
ist, ihrem Husarenoffizier bis nach Korsika zu folgen, wo es statt auf Seide auf Stroh schlafen muss
und doch das große Glück lebt. Ob im Freuden-
haus oder im ehelichen Schlafzimmer, in dem es
aber auch nicht langweilig hergehen muss, zumal
wenn der Liebhaber plötzlich im Ehebett stirbt,
kurz bevor der Gatte vom Kartenspiel nach Hause
kommt. Oder in der freien Natur, wo ein Wald die
Leidenschaft auch noch nach Jahrzehnten wieder
entfacht ...

Flaubert
Die Erziehung des Herzens

Diogenes

Aus dem Französischen von E. A. Rheinhardt
Mit den Rezensionen von Jules Barbey d‹Aurevilly, George Sand
und Émile Zola sowie einem Glossar im Anhang
624 Seiten

Als Student voller Pläne und Hoffnungen, mit künstlerischen und gesellschaftlichen Ambitionen kommt Frédéric Moreau aus der Provinz nach Paris. Doch schon bald wird der empfindsame Moreau von der Liebe zu Madame Arnoux überwältigt, die seine Einbildungskraft gefangennimmt und seine Tatkraft auf Jahr hinaus lähmt. Seiner revolutionären Begeisterung folgt die maßlose Enttäuschung über den Sieg der Reaktion von 1848.

Auf **diogenes.ch/newsletter** erfahren Sie zuerst von Neuerscheinungen und Neuigkeiten unserer Autorinnen und Autoren.

Oder schauen Sie hier vorbei: